BIANCA PALMA

Römische Verdächtigungen

Über die Autorin

Bianca Palma studierte Musik und arbeitete als Dolmetscherin in Rom. Zeitweise lebte sie auch in Sizilien und einem sturmumwehten Bergdorf in Umbrien. Heute verbringt sie die Sommermonate in Italien, den Rest des Jahres lebt sie mit ihrem Jack Russel in Deutschland. Sie liebt Verdi, Wagner und die internationale Filmszene.

BIANCA PALMA

Römische Verdächtigungen

Ein Fall für Commissario Caselli

Kriminalroman

be THRILLED

beTHRILLED

Vollständige ePub-to-Print-Ausgabe des in der Bastei Lübbe AG
erschienenen eBooks »Römische Verdächtigungen« von Bianca Palma

beTHRILLED by Bastei Entertainment in der Bastei Lübbe AG

Textredaktion: Beke Ritgen
Lektorat/Projektmanagement: Stephan Trinius
Covergestaltung: Christin Wilhelm, www.grafic4u.de
Unter Verwendung von Motiven von © shutterstock: gyn9037|ilolab
Satz: 3w+p GmbH, Ochsenfurt
Druck: Books on Demand GmbH, Norderstedt

ISBN 978-3-7413-0046-2

www.be-ebooks.de

www.lesejury.de

Prolog

Philipp war zügig zu den Bojen der in der kleinen Bucht vertäuten Yachten gekrault. Jetzt kam er aus dem Wasser, erklomm die von Gischt umspülte Felsstufe und achtete sorgsam darauf, nicht auf einen Seeigel oder auf die spitzen Felszacken des Klippenvorsprungs zu treten. Er spürte die Anstrengung in den Beinen. In der ersten Woche hier am Mittelmeer hatte er seine gewohnte Kondition noch nicht wiedererlangt. Fröstelnd blickte er auf und winkte Simona, die am Strand saß und zeichnete. Die Wellen brandeten an die spitzen Felsen.

Simona legte ihre Zeichenutensilien weg, nahm das Handtuch vom Liegestuhl und kam ihm entgegen.

»Ziemlich frisch, was?«

Philipp trocknete sein Gesicht. »Immerhin wärmer als das Meer in Plymouth!« Er schlang das Handtuch um die Hüften. Sie gingen zu ihrem Liegeplatz. »In zwei Wochen bin ich braun wie ein Marokkaner!« Philipp warf sich auf den Liegestuhl.

»Nach der Gänsehaut auf deinen weißen Armen eher rot wie ein Hummer!« Simona lachte.

Philipp zog ein Gesicht und antwortete nicht. Er entdeckte Simonas Zeichenblock auf dem Klapptischchen unter dem Sonnenschirm, beugte sich vor und warf einen neugierigen Blick darauf. »Bin ich das?«, fragte er beinahe hoffnungsvoll. Er hätte es schmeichelhaft gefunden, von Simona gezeichnet zu werden. »Darf ich mal sehen?«

Simona reichte ihm den Block.

Philipp blätterte die Seiten durch. Anatomische Studien, Muskelstränge eines männlichen Rückens, Delta- und Untergrätenmuskel samt Musculus gluteus maximus. Das Gesamtergebnis war beeindruckend, und eines war klar: Sein schmächtiger Körper hatte für diesen Torso nicht als Modell gedient. Er blätterte weiter, die letzte Zeichnung zeigte den Charakterkopf eines älteren Mannes mit klassischem Profil, gerader Nase, krausem, kurzem Haar und wachen, feurigen Augen.

»Und?« Simona nahm ihm den Block aus der Hand und griff nach dem Rötelstift.

Philipp hob die Augenbrauen. »Ich mag nicht dran denken, was dir alles im Kopf herumgeht, um einen derart prachtvollen männlichen Rücken aufs Papier zu bringen.«

»Beleidigt?« Simona zog den Klappschemel heran und setzte sich. »Keine Sorge, lieber Cousin, du hast andere Qualitäten. Du bist der beste Freund, den ich habe.«

Philipp sog die Luft durch die Nase und genoss die Morgensonne, die seinen durchkühlten Körper aufwärmte. »Sure, wir sind ein unschlagbares Team. Du suchst dir Abenteuer, und ich helfe dir da wieder heraus …« Er wandte den Kopf.

Simonas Lachen gab ihm recht.

Er blinzelte gegen das Licht. Simona arbeitete an der Charakterkopfstudie weiter. Ab und zu nahm sie den Rötelstift zwischen die Zähne, retuschierte ein wenig mit dem Daumen und setzte erneut an.

Über einem Fischkutter, der in Richtung des Hafens in der nächsten Bucht tuckerte, kreischten Möwen. Simona hielt die Hand über die Augen, und Philipp folgte ihrem Blick zu den Sonnenstrahlen, die auf den leichten Wellen des Mittelmeers glitzerten.

Er beugte sich vor und griff nach der Sonnenbrille. Am Nachmittag würde er noch einmal mit Simona sprechen.

Sie konnte ihn unmöglich hängenlassen. So wie die Dinge lagen, hatte sie eine moralische Verpflichtung ihm zu helfen, das musste ihr doch klar sein.

*

Die mächtigen Akazien warfen ihre Schatten auf den Rasen, der die Villa am Hang umgab, als Philipp den steinigen Weg vom Ort heraufkam. Er holte Atem, dann ging er hinüber zur Veranda. Simona telefonierte im Salon. Philipp ließ sich in einen der Korbstühle fallen und fingerte in der ausgebeulten Tasche seines Leinenjacketts nach der Zigarettenpackung. Doch dann lehnte er sich zurück und genoss die Aussicht. Der Aufstieg hatte es in sich, und Philipp fühlte sich schon seit einer ganzen Weile ziemlich erschöpft. Die Tage am Meer würden ihm guttun. Von hier oben aus wirkten die Dreiecke der Segelyachten und die breiten Gischtstreifen der Motorboote ganz klein. Eine kühle Brise wehte. Die fiedrigen Rispen der Akazien bewegten sich leicht im Wind, und Philipp war, als wäre dies hier der angenehmste Ort auf Erden.

Das Telefonat zog sich hin. Philipp sah auf seine Armbanduhr, legte ein Bein über das andere, umfasste den Spann seines nackten Fußes und überblickte die Bucht. Die schwarzen Espadrilles hatte er abgestreift. Sie lagen neben dem großen Tonkübel, in den Simona eine Bougainvillea gepflanzt hatte, deren sternförmige, tiefvioletten Blüten üppig trieben und den Verandapfosten zur Dachrinne emporrankten.

Simona klang aufgebracht. Sie war sogar ziemlich in Fahrt.

Philipp wollte vermeiden hinzuhören, doch nun konnte er nicht umhin, das Gespräch zu verfolgen.

»Es geht um deinen Geburtstag …«, hörte er Simona sagen.

Also fuhr sie nicht zu ihrem Vater nach Siena. Das war gut, dann bliebe ihm mehr Zeit, ihr sein Vorhaben schmackhaft zu machen. Mit beiden Händen, die er gegen das Korbgeflecht stemmte, hievte er sich aus dem Korbstuhl und schlenderte ins Haus. Dort lehnte er sich in den Türrahmen, steckte eine Zigarette zwischen die Lippen und zündete sie an.

Simona winkte ihm zu. »Aber nein …«, wehrte sie ab, »nein, ich will dir nicht schon jetzt gratulieren. Natürlich weiß ich, dass das Unglück bringt!« Sie suchte Philipps Blick.

Philipp steckte eine Hand in die Hosentasche und lächelte ihr zu. Sie drückte eine Taste, damit er mithören konnte.

»Simona?«, hörte er Giulianos Stimme aus dem Lautsprecher. Sie schwang ihren Drehstuhl herum. »Ja?«, fragte sie alarmiert. Philipp stippte die Asche in die Bougainvillea neben dem Eingang.

»Michael hat vor ein paar Tagen angerufen.«

»Bei dir?«, sagte Simona überrascht.

Philipp zog die Stirn kraus.

»Ja, er dachte, du wärest bei mir. Du weißt, ich mische mich ungern in deine Angelegenheiten, aber er schien mir aufgebracht. Was ist denn vorgefallen?«

Es war plötzlich still in der Leitung.

Philipp betrachtete die glimmende Spitze der Zigarette.

»Pronto, Simona? Bist du noch dran?«

»Hast du ihm gesagt, wo ich bin?«, fragte sie.

»Bin ich senil, oder was? Natürlich nicht. Sag mir doch einfach, was los ist«, beharrte er.

»Wir sprechen ein andermal darüber.«

»Kommst du nun zu meinem Geburtstag?«

»Nein.«

»Ach, schade, ich hatte mich schon so gefreut!«

»Papà!«

»Du hast Semesterferien! Ein paar Tage kannst du dir doch freinehmen. Wir sehen uns viel zu selten. Ist dir klar, dass ich hier auf unserem Weingut mutterseelenallein bin? Die Toskana ist ganz schön einsam. Etwas Mitleid mit deinem alten Vater könntest du haben, schließlich erbst du das Ganze mal.«

Philip beobachtete seine Cousine. Simona drehte am Telefonkabel und schien zu überlegen. »Netter Versuch, Papà. Aber wenn, dann wirklich nur kurz. Professor Attardi stellt mir sein Atelier zur Verfügung. Ich will an meiner Skulptur arbeiten. Ich werde sie bei seiner Vernissage ausstellen.«

»Ach, stellt Attardi nun schon mit seinen Studenten aus?« De Broglios offene Missbilligung klang durch.

Philipp zog an der Zigarette und lächelte.

»Es ist doch nur für den Eröffnungsabend. Alfiero sagt, er platziert sie im Entree. Das ist eine Riesenchance! Es kommen jede Menge wichtiger Leute.«

»So … na, das freut mich für dich«, bemerkte Giuliano zögernd.

Philipp zuckte mit dem Mund. Seinem Onkel war wohl kaum entgangen, dass Simona ihren Professor beim Vornamen nannte.

»Arbeite doch hier, im Atelier im Gartenhaus«, schlug Giuliano vor.

»Da habe ich keine Inspiration.«

Philipp hielt es für besser, sich zurückzuziehen. Er ging über die sonnenwarmen Teakholzbohlen der Veranda und hockte sich auf das Geländer. Nun konnte er nicht mehr hören, was Giuliano sagte, aber Simonas Widerpart gab zu verstehen, dass ihr Vater etwas hinzugefügt hatte, dass ihr nicht passte. Danach war es still.

Philipp warf die Kippe in den Garten und ging zurück in den Salon. Der Hörer lag auf der Gabel, und Simona kaute auf ihrer Unterlippe. Kein gutes Zeichen. »Und?«, fragte er.

Sie sah auf. »Vielleicht sollte ich doch heiraten.« Sie versetzte dem Telefon einen unwilligen Schubs. »Ich würde ein schönes Bild abgeben mit einem Strohhut, an dem blaue Bänder flattern, einem kleinen Buben auf dem Arm und einem Mädchen an der Hand ...« Sie zog eine Schnute und blickte Philipp an.

»Charming, indeed ...« Philipp setzte sich auf die Korbstuhllehne. »Dann heirate. Soweit ich informiert bin, hängen ein paar in der Warteschleife.«

»Es ist nicht der Richtige dabei.« Simona streckte missmutig die langen, schlanken Beine von sich. Philipp beugte sich zu ihr und spielte mit einer Locke, die in ihren Nacken fiel. Sie hob den Kopf. »Musst du mein Cousin sein? Dich würde ich nehmen!«

Schlaksig stand er auf. »Na, das wäre vielleicht eine Lösung, besonders jetzt, wo Onkel Ernest gestorben ist ...« Dann wandte sich nach ihr um und musterte sie. »Weiß es dein Vater eigentlich schon?«

»Was?«, fragte Simona unkonzentriert.

»Dass du überraschend geerbt hast.«

Sie schüttelte den Kopf. »Ich habe es noch niemanden gesagt. Vater schon gar nicht. Er bringt es fertig und kürzt mir die Bezüge!«

Philipp blickte aus dem runden Fenster in den Garten hinter dem Haus, wo sich ein Pavillon und der Pool befanden. »Lange kannst du das nicht durchhalten«, gab er zu Bedenken.

»Ich werde nach Dorset fahren, um die Formalitäten zu regeln. Ich glaube, ich muss das Testament vorlegen und einen Erbschein beantragen, oder so. Hilfst du mir?«

»Das ist doch nicht dein Ernst!« Philipp fuhr ungehalten herum. Er musterte sie kalt.

Simona sah weg. »Na gut, dann werde ich eben doch Vater fragen. Ich sehe ihn ja am Montag zu seinem Geburtstag.«

Philipp spürte ein nervöses Flattern in der Brust. Er hielt den Atem an, um seine Stimme zu kontrollieren, dann trat er vor Simona und wartete, bis sie aufblickte. Er sah ihr in die Augen. »Hast du dir meinen Vorschlag überlegt?«

Simonas Blick verdüsterte sich. »Philipp, das Thema ist durch. Ich borge dir kein Geld. Und wie kommst du überhaupt darauf, mir einzureden, ich müsste dir etwas abgeben? Wenn Onkel Ernest dir etwas hätte vererben wollen, hätte er es getan. Schließlich bist du der gesetzliche Erbe, aber er wusste eben, dass du es durchbringen würdest. Du kannst nicht mit Geld umgehen, Philipp.«

Ihr Ton klang ebenso arrogant wie hartherzig, und Philipp spürte, wie Wut in ihm aufstieg und seinen Pulsschlag antrieb.

»Du bist mein Cousin, ich kenne dich von Kindesbeinen an, aber … werde endlich erwachsen!«

»Oh, shut up, please!«

Es war zwecklos, mit ihr zu reden. Philipp verlor die Geduld und wandte sich abrupt ab. Simona war verwöhnt, und sie hatte keine Ahnung, wie mühsam das Leben sein konnte, wenn man keine Familie im Rücken hatte und auf sich allein gestellt war. Er lenkte ein. »Du hast recht, wie immer. Hören wir auf zu streiten.«

Dann trat er an die Fensterfront. Die Blätter der Akazien vor den Arkaden der Villa standen still. Es rührte sich kein Windhauch. »Wann fährst du?«

»Morgen. Ich kann Vater an seinem Geburtstag schließlich nicht allein lassen.«

»Dann bleibt uns nicht mehr viel Zeit.« Er wandte sich langsam um.

1

Als Commissario Caselli am Tatort eintraf, stand Sergente Scurzi mit einer Hand gegen die mächtigen Steinquader eines römischen Palazzos gestützt und presste mit der anderen ein Taschentuch vor den Mund. Weiter vorn am Eck befand sich eine unansehnliche Pfütze. Scurzis Mageninhalt. Zwei Polizeibeamte standen betreten herum, Sanitäter luden eine leere Krankentrage in den Rettungswagen. Caselli blickte nach links. Im Durchgang der Via dell'Arco dei Banchi lag eine Leiche, das Gesicht mit einer grauen Plastikplane abgedeckt. Der Gerichtsmediziner packte den Metallkoffer zusammen. Die Lippen ein dünner Strich, den Kopf gesenkt, zog er die verschmierten Gummihandschuhe aus. Vor ihm stand eine junge Frau. Kupferrote Locken. Caselli schätzte sie auf Ende zwanzig. Sie machte sich Notizen auf einen Block. Das Fahrrad ein Stück weiter vorn, vermutlich ihres, schien in aller Eile an die Mauer gelehnt. Caselli entschied, sich zuerst um den Sergente zu kümmern. Er war grün im Gesicht, wirkte leidend, doch bemüht, sich zusammenzureißen.

»Geht's wieder?«, fragte Caselli freundlich, als er ihn erreicht hatte.

»Buon giorno, Commissario!« Der Sergente nickte. »Passiert mir sonst nicht, aber das …« Er presste das Taschentuch gegen den Mund und verstummte.

Der Gerichtsmediziner stieß zu ihnen. »Morgen.« Er lächelte matt.

»Doktor Gavani«, grüßte Caselli.

»Die Leiche einer Frau, schlimm zugerichtet«, berichtete der Arzt und blickte zur Plane hinüber. »Ich habe ja schon viel gesehen, aber das …« Er brach ab.

Caselli sah ihn an. Gavanis Gesicht wirkte grau und schlaff, die Strapazen jahrelanger Bereitschaftsdienste zu allen erdenklichen Tag- und Nachtstunden begannen Spuren zu hinterlassen.

»Wollen Sie's hinter sich bringen?«, fragte der Gerichtsmediziner und sah auf.

Caselli nickte.

»Sind Sie Commissario Caselli?« Die Fahrradfahrerin richtete den Gurt ihrer Umhängetasche und reichte Caselli die Hand. »Ich bin Tiziana Gordoni vom Messaggero. Ich kam gerade vorbei. Ist das hier ein Mordfall? Wissen Sie schon, wer die Tote ist?«

Caselli musterte die junge Frau. Sie hatte ein seltsam unregelmäßiges Gesicht und wirkte ermüdend forsch. »Dazu kann ich noch nichts sagen, Signorina, Sie gehen besser, hier sind Sie nur im Weg, und jetzt entschuldigen Sie mich bitte!«, wies Caselli sie ab.

»Ja, aber …«, setzte sie nach.

»Haben Sie nicht gehört, was ich gesagt habe!«, fuhr Caselli sie an, schärfer als gewollt. Die Rothaarige machte ein erstauntes Gesicht. Dann steckte sie den Block in die Umhängetasche und lief zu ihrem Fahrrad. Sie nahm den Helm vom Gepäckständer und wandte sich noch mal um.

Caselli ging mit Dr. Gavani die paar Schritte zum Torbogen. Kurz davor empfing ihn unangenehmer Geruch.

»Sie ist wohl bereits einen Tag tot. Es muss in der Nacht von Sonntag auf Montag passiert sein. In den frühen Morgenstunden. Sie lag zusammengerollt in der Ecke, mit Zeitungspapier abgedeckt. Heute wurde ein Passant auf den Geruch aufmerksam. Hier in der Stadt staut sich die Hitze, da geht das schnell«, erklärte der Arzt.

Caselli trat in den etwa vier Meter langen Durchgang und wies zu dessen Ende. »Wo kommt man da heraus?«, fragte er Gavani.

»In der Via del Banco di Santo Spirito. Wie Sie sehen, ist die Via dell'Arco dei Banchi eine Sackgasse. Das hier ist eine Abkürzung für Passanten. Fahrzeuge können nicht durchfahren, das verhindert der Poller. Nach dem Vicolo del Curato und der Piazzetta kommt dann gleich die Via dei Coronari mit ihren Antiquitätengeschäften, und dann ist es bis zur Piazza Navona natürlich nicht mehr weit … also jetzt mal grob zur Orientierung.«

»Hm«, machte Caselli und sah sich um. Der Durchgang war dunkel, etwa in der Mitte, im oberen Drittel der Mauer, befand sich eine Madonella, ein Bild der Muttergottes mit Kind, vor dem ein Eisengitter befestigt war, das rote Öllichter und verwelkte Blumen barg. Das Gewölbe des Torbogengangs war vor langer Zeit in Freskomanier ausgemalt worden, Taubenblau mit goldenen Sternen. Von oben sickerte offenkundig Wasser durch den Stein: Großflächig war Putz abgesprungen; die Mauer zeigte Risse. Die Feuchtigkeit hatte den Sternenhimmel verwaschen und schmutzig graue blinde Stellen hinterlassen. Der Boden starrte vor Dreck, an der Wand gegenüber der Madonella lagen Kartons, Plastiktüten und Zeitungen aufgehäuft.

»Wird von Obdachlosen als Unterschlupf benutzt …«, erläuterte Dr. Gavani. »Darum hat es niemanden gekümmert, dass hier jemand reglos lag.« Er blickte auf die Uhr.

»Ist die Tote eine Obdachlose?«, fragte Caselli.

Gavani schüttelte den Kopf. »Es handelt sich um eine junge Frau, Mitte zwanzig, in Abendkleidung und mit teuren Ohrringen. Ich möchte wissen, wo der Leichenwagen bleibt.« Er atmete angespannt aus. »Die lassen sich vielleicht Zeit.« Dann blickte er Caselli prüfend an. »Sind Sie bereit? Sie sind ja sicher einiges gewohnt … die Camorra ist auch nicht gerade zimperlich.«

Es war wohl aufmunternd gemeint. Caselli nahm die redliche Absicht zur Kenntnis und sparte sich den Hinweis, dass er aus Sizilien kam und man dort gegen die Mafia kämpfte. Er nickte nur.

Der Gerichtsmediziner knipste eine Taschenlampe an und lüftete die Plane.

Caselli schaffte es bis zum Ende des Torbogens.

Die Reiseführerin einer Touristengruppe auf dem Weg zur Engelsburg, die am gegenüberliegenden Tiberufer im Morgenlicht ein herrliches Bild bot, sprang zur Seite. »Das ist ja widerlich!«, rief sie spitz. »In aller Frühe schon betrunken!«

Caselli hob entschuldigend die Hand, und der Gerichtsmediziner reichte ihm ein Papiertaschentuch.

*

In der Questura staute sich die Mittagshitze. Caselli blickte zur Decke, an der ein alter Ventilator ratterte, und runzelte die Stirn.

Scurzi, der mit ihm im selben Raum Dienst tat, saß an seinem Schreibtisch links neben der Tür und sortierte Polizeifotos. »Wir wissen nicht, wer sie ist. Kann nicht identifiziert werden, so wie Kopf und Gesicht entstellt wurden. Eva Traviani aus der Pathologie sagt, es müsse eine Art Spitzhacke benutzt worden sein. Den Bericht bekommen wir aber nicht vor Freitag.« Er sah auf. Da Caselli nichts erwiderte, fuhr er fort: »Die Tote trug ein schwarzes Cocktailkleid und Sandaletten. Das Einzige was heil ist, sind die Ohrringe mit den grünen Steinen.« Scurzi hielt das Tütchen der Spurensicherung gegen das Licht. »Jeder Goldschmied hat einen Stempel. Wir können die Zeitungen informieren, vielleicht meldet er sich, oder ich frage bei der Handwerkskammer nach.«

Caselli stand auf. »Ja, tun Sie das.« Er vergrub die Hände in den Hosentaschen und blickte aus dem offenen Fenster über die Dächer Roms. Die Sonne gleißte, und die Luft flirrte in der Mittagshitze. Er dachte an das Meer, an kühle Wellen, an smaragdgrüne Tiefen, Felsklippen. An die Eidechsen, die sich neben Agaven auf ockerfarbenem Sandstein sonnten. Und er dachte an ein schwarzes Abendkleid, das Dora getragen hatte, in jener Mondnacht, als sie in das Lokal am Strand tanzen gegangen waren. Er hatte noch keinen Urlaub beantragt. Der Sergente war mit seiner Familie zwei Wochen in Rimini gewesen, immerhin. Caselli hatte vorgeschwebt, in die Berge zu fahren oder an den Luganer See, zusammen mit Dora natürlich. Dora hatte angekündigt, sie käme im Sommer nach Rom. Der Juli war vorbeigegangen. Sie hatte Prüfungen an der Universität in Catania gehabt, nun, das verstand er. Nun aber war es Ende August.

Im Hintergrund beendete Scurzi sein Telefonat und legte auf. Caselli wandte sich um.

»Das war ein Redakteur vom Messaggero. Die bringen es morgen … ach, übrigens, wissen Sie, dass die Gewerkschaften zum Streik aufgerufen haben? Da wird eine Menge Arbeit liegen bleiben, auch bei der Spurensicherung.«

Caselli blickte erneut zum Ventilator, der kaum Kühlung produzierte. Er zog ein zusammengefaltetes Taschentuch aus der Brusttasche seines Hemds und fuhr sich über die Stirn. »Ja, ich habe es gestern in den Nachrichten gehört.«

»Beim Messaggero war man richtig scharf auf die Geschichte«, fuhr Scurzi fort, »füllt das Sommerloch. Der ist ja nun bald vorbei, der Sommer.« Er rückte seine Schreibunterlage gerade.

Caselli sah wieder über die Dächer. Hinter ihm trommelte der Sergente mit den Fingerkuppen auf die Tischplatte, dann fiel ihm offenbar ein, auf die Uhr zu sehen. »So spät? Dann mache ich mal Mittag, Commissario.« Er schob geräuschvoll seinen Stuhl zurück und stand auf. »Nachher hole ich die Urlaubsbilder vom Fotoladen. Da freue ich mich drauf! Wie die Kinder im Sand buddeln. Meine Jungs und ich haben tolle Burgen gebaut«, berichtete er munter. »Also dann!« An der Tür hielt er inne. »Commissario?«

»Hm?« Caselli fuhr herum.

Der Sergente klopfte mit dem Zeigefinger auf das Zifferblatt seiner Sportuhr.

»Ja, guten Appetit, bis morgen«, antwortete Caselli. Durch die Glasfront, die die Hälfte der Zwischenwand einnahm, die nachträglich eingezogen worden war, um den kleinen Raum zu gewinnen, der jetzt sein Büro war, sah er, wie Signorina Flavia, die Sekretärin des Vice-Questore, sich mit einem Magazin Luft zufächelte. Ihr Schreibtisch stand im Empfangsbereich, zwischen seinem Büro und dem größeren, helleren Raum, den der Vice-Questore nutzte. Trotzdem hätte Caselli nicht tauschen mögen. Er hatte von seinem Platz alles im Blick. Die Tür zum Treppenhaus und zu den Aufzügen, Signorina Flavias Schreibtisch, Ruggiero Di Verdacchianos Bürotür. Und wenn er ungestört arbeiten oder ein Verhör führen wollte, ließ er die leichtgängigen, grauen Jalousien ein Stück herunter.

»Morgen?«, fragte Scurzi überrascht.

»Ja, ich gebe Ihnen frei, bei dieser Hitze kann doch kein Mensch effektiv arbeiten.«

Nachdem Scurzi gegangen war, griff Caselli nach seinem Jackett. Er musste das Meer sehen, und wenn es nur die trüben Wellen in Ostia waren.

2

Über Rapallo hing, passend zur frühen Stunde, Morgendunst. Es war kühl, die Brise frisch. Sanfte Wellen schlugen an den Sandstrand. Philipp mochte diese Zeit am liebsten. Er hatte sich vorgenommen Muscheln zu suchen und war seit Sonnenaufgang am Meer entlanggelaufen. Als er vom Badestrand auf die Uferpromenade zur Stadt gelangte, war es gerade erst acht Uhr. Vorbei an den hellblauen Umkleidehäuschen und Duschen. Nasser Sand auf feuchten Bretterrosten. Philipp trug eine Leinenhose, ein kurzärmeliges Hemd und einen roséfarbenen Baumwollpulli über den Schultern. In der Badeanstalt ging er zum nächsten Wasserhahn, um sich den Sand von den Füßen zu spülen. Dann krempelte er die Hosenbeine herunter und streifte die Espadrilles über. Ein Kellner des Bristol, auf dem Weg zum Hotel, um den Speisesaal für das Frühstück zu richten, grüßte, und Philipp nickte, beinahe hätte er den Mann in dessen Alltagskleidung nicht erkannt. Kurz darauf bog Philipp in eine Seitenstraße, betrat den kleinen Lebensmittelladen und erstand eine Packung Löffelbiskuits, die er gern am Strand aß. Am Zeitungsstand tauschte er mit dem Verkäufer ein paar freundliche Worte, suchte in seiner Hosentasche nach Kleingeld und klemmte sich dann den Messaggero und eine Sportzeitung unter den Arm, um sich eine Zigarette anzuzünden. Zurück am Strand säuberte der Bademeister den Sand dort mit einem Rechen.

»Ciao, Mario!«, rief er ihm zu. Der Bademeister hob die Hand. Philipp setzte sich in einen aufgeklappten Liegestuhl und rauchte die Zigarette zu Ende. Dann nahm er die Zeitung und schlug sie auf.

*

Als der Bademeister am Liegestuhl vorbeischlenderte, traute er seinen Augen nicht. Der Engländer saß tränenüberströmt in der Morgensonne und starrte reglos auf das Meer, das in kleinen Wellen sanft an den Strand schlug. Er fasste ihn an der Schulter. »Mr. Mortan … ist Ihnen nicht gut? Soll ich den Hotelarzt vom Bristol rufen?«

Mortan sah sehr langsam auf, dann atmete er tief durch. Es war, als habe er den Atem angehalten und schöpfte erst jetzt wieder Luft. Er schüttelte den Kopf, erhob sich aus dem Liegestuhl und ging weg.

Der Bademeister bückte sich. »Die Zeitungen! Wollen Sie die nicht mitnehmen?«

Der Engländer wandte sich um. »Arrivederci«, sagte er nur, »ich reise ab.«

3

Caselli kam am Mittwoch spät in die Questura. Vice-Questore Di Verdacchiano befand sich seit drei Wochen auf den Seychellen, da ging Caselli den Dienst etwas gelassener an, wenn er schon keinen Urlaub bekam.

»Buon giorno!«, rief er gutgelaunt, als er sein Büro betrat.

Scurzi sah vom Sportteil auf. »Commissario! War's schön am Meer?«

»Werde ich öfter machen«, antwortete Caselli verdutzt, während er sich fragte, woher Scurzi von seinem Ausflug wusste.

»Richtig so, Sie hatten ja noch gar keinen Urlaub. Ich war ja in Rimini.« Scurzi faltete die Zeitung. »Flavia sagte, Sie seien gestern auch bald gegangen.«

»Hm, ja.« Caselli setzte sich an den Schreibtisch, auf dem ein Tablett stand. »Ach, der Junge von der Bar war schon da?« Caselli fasste nach der Tasse. Der Espresso war kalt, aber er trank ihn trotzdem. »Neuigkeiten?«

»Ich habe den Goldschmied ausfindig gemacht, der die Ohrringe der Toten gefertigt hat. Über die Handwerkskammer war das ein Kinderspiel. Ich war heute Morgen dort. Er hat seine Bottega in der Via dell'Orso. Er wirkt wie ein solider Handwerker, groß, robust, Vollbart. Heißt Leone, aber da gibt es etwas.« Scurzi sah auf. »Leone ist vorbestraft wegen Körperverletzung. War in eine Rauferei verwickelt in seiner Lehrzeit. Das liegt länger zurück, aber trotzdem.« Scurzi griff nach dem Wasserglas, trank einen Schluck und stellte es wieder ab.

»Leone hat in seinen Büchern nachgesehen. Der Name der Kundin, die die Ohrringe bestellt hatte, ist Simona Mendel, Kunststudentin. Wohnte in der Via Paola 26. Ich bin hin, war nicht weit. Ich musste durch den Durchgang ... also, den Tatort. Sie musste da durch, um zum Palazzo zu kommen, in dem sie wohnte. Die Concierge hatte den Zweitschlüssel. Ich habe mir gedacht, ich sehe mich mal um. Bis die Spurensicherung kommt, das kann dauern. Ab heute wird ja gestreikt, CGL, CISL und UIL, alle Gewerkschaften miteinander, zieht sich die ganze Woche hin, und heute ist ja erst Mittwoch.«

Caselli nickte. »Was gab es in der Wohnung?«

»Nicht viel, das Apartment ist winzig. Dachgeschoss, ganz oben im obersten Stock. Ich musste endlos Treppen rauf, der Aufzug war kaputt, doch jemand war schon vor mir da.«

»Aufgebrochen?« Caselli sah auf.

»Nein, aber alles durchwühlt. Eine gewisse Unordnung hatte ich schon erwartet: Leinwände, angebrochene Farbtöpfe, Pinsel, Tonmodelle, Kisten, Terpentinkanister, na ja, das macht eine Wohnung nicht recht wohnlich, noch dazu, wenn sie klein ist. Für eine Kunststudentin nicht ungewöhnlich, aber es standen Schubladen offen. Das kam mir komisch vor. Ich habe natürlich nichts angefasst. Aber mitten auf dem Küchentisch lag ein Notizbuch, als ob es jemand extra da hingelegt hätte. Das habe ich mitgenommen. Eine Telefonnummer, ein Herz drumherum gemalt. Da habe ich ermittlungsmäßig angesetzt.«

Caselli griff nach einer Papierserviette und nahm ein Tramezzino-Sandwich.

»Und?«

»Die Nummer gehört einem Deutschen, Roland Krogmann, Maler und Bildhauer, lebt auf dem Land bei

Sacrofano, konnte ganz gut Italienisch. Ich sagte, morgen würde jemand von uns bei ihm vorbeischauen.«

»Ein deutscher Bildhauer?« Caselli sah auf die Uhr. »Fahren wir hin!« Er biss noch einmal in sein Thunfischsandwich. »Kleine Reminiszenz an Ihre Zeit an der Kunstakademie, hm?«

»Jetzt?« Scurzi sah erstaunt auf. »Das geht nicht, die PC-Schulung für das neue Auswertungsprogramm beginnt gleich, Sie sind da übrigens auch eingetragen.«

»So? Davon weiß ich gar nichts. Wann geht das los?«

»Um elf Uhr unten im Schulungsraum.«

»Hm, dann eben am Nachmittag«, sagte Caselli und kaute.

»Da muss ich passen, Commissario. Ich muss unbedingt pünktlich daheim sein. Und vorher ist ein Haarschnitt fällig. Wir gehen heute groß aus, Marcella und ich, Hochzeitstag!« Er unterbrach sich. »Corso Francia, und dann nehmen Sie die Flaminia ...« Er sah Caselli prüfend an.

»Danke, Sergente, ich komme mittlerweile mit den Verkehrswegen in Rom ganz gut zurecht!«

»Ich meine ja nur. Ich hätte das gern gemacht, die Befragung von Krogmann, wo er doch Bildhauer ist.« In Scurzis Stimme schwang aufrichtiges Bedauern mit.

»Sie werden ihn schon noch kennenlernen, Scurzi. Es wird kaum bei einer Befragung bleiben. Haben Sie die Angehörigen der Mendel verständigt?« Caselli knüllte die Serviette zusammen und zielte auf den Papierkorb.

»Ja, hab ich, der Vater heißt Giuliano De Broglio. War Manager in der Wirtschaft, in Mailand. Hat sich vor einem Jahr aus dem Geschäftsleben zurückgezogen und frönt seinem Hobby. Er leitet sein eigenes Weingut und wohnt auch da, allein übrigens. Ein großes Landhaus bei Siena. Die Mutter der Mendel war Fotomodell und lebt jetzt in Lucca. Beide waren sehr betroffen. Mendel ist der Mädchenname der Mutter. Sie sind nicht verheiratet. De Broglio sagt, seine Frau, er nennt sie so, habe nie heiraten wollen.«

»Kompliment Scurzi, gute Arbeit!« Caselli griff nach dem Jackett hinter sich auf der Lehne und stand auf. »So, ich gehe dann. Die PC-Schulung lasse ich sausen, und später fahre ich nach Sacrofano zu Krogmann raus. Ist das die Adresse?« Er nahm den Zettel vom Tisch. »Bis morgen, ach, und alles Gute zum Hochzeitstag, auch an Marcella!«

»Danke …« Scurzi presste die Lippen zusammen.

Während Caselli im Flur auf den Aufzugknopf drückte, ging ihm durch den Kopf, dass Scurzi an diesem Morgen, im Gegensatz zu seinen sonstigen Gewohnheiten, einiges erledigt hatte. Ob es einen Grund gab, warum er sich neuerdings derart in die Arbeit stürzte? Einen glücklichen Eindruck machte der Sergente nicht gerade, und das war schon seit geraumer Zeit so.

4

Caselli sah durch die Windschutzscheibe seines alten Fiat Punto skeptisch auf das Anwesen.

Krogmann wohnte in einem Steinhaus, das am Ende einer Zufahrtsstraße unter hohen Pappeln stand. Es machte einen baufälligen Eindruck. Caselli parkte den Wagen. Er hatte mit leicht schlechtem Gewissen in seiner Wohnung Siesta gehalten und war erst gegen Abend, als die Hitze nachließ, zu Krogmann hinausgefahren. Die Via Flaminia führte Richtung Norden, und an ihr reihte sich eine kleine, verschlafene Ortschaft an die andere, Ortschaften, die sich alle ihren ursprünglichen Charakter erhalten hatten. Hier wurden noch Patronatsfeste gefeiert, man besaß Land mit Olivenbäumen, und in den Bars saßen die alten Männer jeden Nachmittag zusammen. Es war Provinz, vor den Toren Roms. Caselli mochte die Gegend und fuhr an freien Tagen gern auf dieser Landstraße ins Blaue, manchmal sogar bis Viterbo.

Krogmann öffnete. »Sie sind der Kommissar, nicht wahr?« Der Künstler wischte sich mit einem schmutzigen Lappen über die Finger. »Kommen Sie herein. Entschuldigen Sie, wenn ich Ihnen nicht die Hand gebe«, lachte er und ging voraus. »Ich kämpfe mit der Materie!« Im Haus war es geradezu kalt, die dicken Steinmauern hielten die sommerliche Hitze draußen. Krogmann trug einen groben Strickpulli, Gesundheitslatschen und alte Jeans. Im offenen Kamin schwelte ein Feuer. Obstkisten mit Holz, Altpapierstapel und ein Kanister standen auf dem unebenen Terrakottaboden. »Sie sehen ja«, der

Künstler deutete auf den Qualm, der aus dem Kamin stieg, »er zieht nicht.« Krogmann griff nach dem Schürhaken und zerrte ein Stück gemusterten Stoff in die züngelnden Flammen.

»Was verbrennen Sie denn da?«

»Ach, nur alte Lappen …«, antwortete Krogmann und lehnte den Schürhaken an den Sims.

»Sie werden doch kein Benzin ins Feuer gießen?«, fragte Caselli besorgt mit Blick auf die Kanister.

Der Maler lächelte. »Aber nein, nur ein bisschen Spiritus.« Er verscheuchte zwei Katzen vom einzig benutzbaren Sessel. »Bitte …«

Caselli setzte sich auf einen Klappstuhl. »Katzenhaarallergie …«, gab er kurz und entschlossen an. Diese Notlüge gestand er sich zu.

Der Künstler nickte verständnisvoll. »Kenne ich. Ich bekomme krebsrote Quaddeln am ganzen Körper, wenn ich mich aufrege«, erzählte er. »Juckt sehr unangenehm, übrigens rein psychisch bedingt. Ich weiß dann, dass ich mich besser von der Frau trennen sollte, mit der ich gerade zusammen bin. Ein todsicherer Indikator!«

Caselli, der sich etwas umgesehen hatte, musterte den Maler. Er war groß und kräftig, das gegerbte Gesicht wirkte hager, war von tiefen Falten durchzogen. Unter dem Wollpulli trug er ein buntkariertes Hemd, aus dessen Ausschnitt spärliches weißes Brusthaar lugte. Der Künstler ging zu einer ungebeizten Spanplatte, die auf Blöcken auflag und eine geräumige Ablage bildete. Eine Reihe kleiner, abstrakter Aluminiumplastiken stand darauf, versetzte Würfel und Kugeln.

Krogmann griff nach einer Plastikwasserflasche, schenkte sich ein Glas voll ein und trank es hastig aus. Die Wände schienen zum Ausstreichen der Pinsel zu dienen und waren mit Farbbahnen und Spritzern übersät. »Ich hatte in Deutschland auch einen Kamin«, sagte Krogmann dann, »bevor mir diese Verbrecher von der Bank mein Haus weggenommen haben!« Eine gehörige Portion Bitterkeit war unüberhörbar. »Mit Mitte sechzig noch mal von vorn anfangen? Keine leichte Sache, sage ich Ihnen. Aber man hat keine Wahl, oder? Entweder man springt aus dem Fenster, oder man startet noch mal durch. Na ja, und ich hatte einen Bungalow«, fügte er hinzu. Er lächelte ein wenig, um den Scherz bemüht. »Die arme Simona …«, murmelte er. »Sie war so jung und so schön!« Plötzlich standen ihm Tränen in den Augen. Krogmann wandte sich ab und fuhr sich mit seiner großen, schmutzigen Hand über das Gesicht. »Scheißkonstruktion von einem Kamin«, grummelte er, als er sich wieder fasste. Er griff nach dem Schürhaken. »Meinen in Deutschland habe ich selbst gebaut, mit Aluminiumplatten umrandet, wunderbares Material, leicht und luftig, gut zu bearbeiten … eigentlich mein Lieblingsmaterial.«

»Der Mord an Simona Mendel nimmt Sie sehr mit, nicht wahr?«, schaltete sich Caselli ein. Krogmann bückte sich, zerriss ein paar Seiten Zeitungspapier und knäulte sie zusammen. »Ja.«

»Waren Sie lange zusammen?«, fragte Caselli. »Was können Sie mir über die Signorina sagen?«

»Wir waren kein Paar, wenn Sie das meinen«, antwortete Krogmann. Er hantierte mit dem Schürhaken, um das Papier zu verteilen. »Leider, kann ich nur sagen. Wie sind Sie auf mich gekommen?«

»Ihr Name stand in Signorina Mendels Notizbuch, in einem Herzen«, antwortete Caselli knapp.

»Ach?« Krogmann lächelte. Das Feuer loderte auf, Funken sprühten, und Krogmann wich einen Schritt zurück. Dann machte er sich daran, ein paar Scheite zu verlagern, und der Qualm ließ nach. »Wir waren nur gute Freunde, allerdings sehr gute.« Er sah in die Flammen, stellte dann den Schürhaken in die Halterung neben dem Sims und blickte Caselli an. »Ich habe natürlich immer gehofft, dass mehr daraus wird. Ich habe Simona oft angeboten, zu mir zu ziehen, eigentlich zum Spaß ...«, sagte er mit einem resignierten Lächeln, das ihn sympathisch machte, »denn es war mir klar, dass sie nicht darauf eingehen würde. War auch besser so. Es hätte nicht funktioniert. Ich habe mir, Gott sei Dank, ein gewisses Maß gesunder Selbsteinschätzung bewahrt, auch wenn man als Künstler niemals an die Sterblichkeit denken darf ...« Er sah Caselli durchdringend an. »Niemals, das ist der Tod jeder Kreativität! Man muss an die Unsterblichkeit glauben, die Ewigkeit, das Unendliche, an das Schaffen von Werken, die die Jahrhunderte überdauern.« Gleich darauf wurde sein Blick schwer. Er schien sich zu erinnern, dass Simona Mendel nicht mehr am Leben war, und rang nach Luft. »Es war mir selbstverständlich klar, dass ich mich nicht mit ihr einlassen konnte, über das Alter bin ich hinaus. Wahrscheinlich gebe ich im Adamskostüm ein ziemlich gruseliges Bild ab.« Er lachte jungenhaft. »Gott sei Dank ist meine Dusche in der Waschküche im Keller. Da unten gibt es nur einen Rasierspiegel.« Er grinste, tiefe Falten durchfurchten sein Gesicht. »Ich habe meinen Körper immer überfordert, wissen Sie, ich bin nicht zimperlich mit ihm umgegangen. Ich habe geschuftet und Steinblöcke geschleppt. Und als ich jung war, hat mich mein Vater hart rangenommen. Er hatte ein Malergeschäft, Anstreicher«, verdeutlichte er. »Ein Kind einzuspannen ist Unrecht, ganz abgesehen von den Prügeln.« Er brach ab. »Das war schlimm. Heute käme er dafür ins Gefängnis.« Krogmann sann zweifellos schlimmen Erinnerungen nach, die aus seinem Gedächtnis aufstiegen, und verbannte sie dann abrupt. »Ein Glas Wein, Herr Kommissar?«, fragte er betont locker und ging hinaus.

»Gern«, antwortete Caselli. Es war nach acht Uhr. Seine Dienstzeit war mehr oder weniger zu Ende.

»Ich habe vorhin etwas in den Ofen geschoben!«, rief Krogmann. »Mögen Sie Toast mit Champignons, Tomaten und Käse?«

»Machen Sie sich doch bitte …«, setzte Caselli an, doch sein Magen könnte tatsächlich etwas vertragen.

»Ach was, ist reichlich da!« Krogmann war bereits in der Küche. »Sie decken den Tisch, ja? Sie finden alles auf dem Bord.«

Caselli war überrascht, dann lächelte er und stand auf. Die zwanglose Atmosphäre, die der Künstler schuf, gefiel ihm. Er schob seinen Stuhl zu dem weißen Klapptisch und dem weiteren Stuhl vor den Kamin und ging zu einem gemauerten, gekalkten Regal, das an der Außenwand lehnte. Es beherbergte rigoros weißes Geschirr, verschiedene Gläser, jeweils im Dutzend, einen Besteckkasten, fein säuberlich gestapelte Packungen roter Papierservietten, sowie eine Kiste mit weißen Stearinkerzen. Caselli deckte den Tisch. Ihm fiel auf, dass die Gläser blitzblank gespült waren und vor Sauberkeit glänzten. Er legte die Bestecke neben die Teller und setzte sich. Das Kaminfeuer knisterte. Durch das Fenster sah er, dass Wind aufkam und die Wipfel der Bäume nach Süden bog. Nach einer Weile kam der Maler wieder.

»Bitte schön! Zweimal die Nummer drei!«, sagte er und balancierte ein beladenes Tablett. »Prima, der Tisch ist gedeckt, wir können essen!« Er schob mit einem Kuchenheber duftende Toasts mit knuspriger Käsekruste auf die Teller, lehnte das Tablett an die Wand und setzte sich. Dann entkorkte er die Flasche, die auf dem Tisch stand und schenkte ein. »Prost!«

Caselli hob sein Glas. »Ausgezeichnet!«, lobte er, als er den vollmundigen Roten gekostet hatte.

»Ja, manchmal leiste ich mir was Gutes«, schmunzelte der Künstler. »Ab und an ein guter Bordeaux. Ich bin eigentlich kein Freund von Chianti und Lambrusco. Und? Schmeckt's?« Er lächelte zufrieden, als er Caselli nicken und eifrig kauen sah.

»Hmm!«, machte Caselli nur.

»Nummer drei gelingt immer. Ist bei mir ein bisschen wie im China-Lokal. Nummer zwei: Nudelsuppe, Nummer eins: Pfannkuchen. Mehr steht nicht auf der Karte. Immerhin, für einen alten Mann nicht schlecht, was?« Er leerte sein Glas auf einen Zug und goss sich nach. Caselli schob noch ein Stück Toast in den Mund und hob eine Augenbraue.

»Übrigens, Ihr Deutsch ist ausgezeichnet. Sie hatten am Telefon ja Ihren deutschen Großvater erwähnt …«, fuhr Krogmann fort.

»Danke, Ihr Italienisch ist auch schon recht gut«, gab Caselli das Kompliment zurück. Er hob das Glas und nahm noch einen Schluck Wein.

Krogmann winkte ab. »Da ist es noch lange hin. Ich bringe es mir selber bei.«

»War Signorina Mendel in Schwierigkeiten?« Caselli hob die Hand. Der Maler hatte sein Glas zum zweiten Mal bis zum Rand nachgeschenkt.

»War ein nettes Mädchen, begabt, aufgeschlossen, herzlich. Nur ein Irrer kann diesen Mord begangen haben.« Krogmann stellte die Flasche ab. »Was für eine Untat, einen Menschen töten! Wer tut so was, wer?« Sein Blick schweifte ins Leere. »Was für ein Mensch muss das sein? Niemand hat das Recht dazu!« Er ereiferte sich, rasch atemlos geworden. »Geben Sie mir recht, Herr Kommissar? Sie geben mir doch recht!« Er sah Caselli mit einem gequält verknitterten Gesichtsausdruck an.

»Ja, natürlich«, sagte Caselli. Krogmanns Ausbruch wirkte auf ihn anrührend naiv, aber wahrscheinlich gehörten diese Eigenschaften zum Künstlerdasein. »Kennen Sie Simona Mendels Freundeskreis?«, fragte Caselli weiter und behielt das Glas in der Hand, damit Krogmann ihm nicht sofort wieder nachschenkte.

»Wenig, eigentlich gar nicht. Ich lebe hier zurückgezogen. Über ihre Liebschaften wollte ich nichts wissen«, sagte Krogmann matt, »ich habe es vorgezogen, mir vorzustellen, sie käme irgendwann zu mir … habe mich an meine Illusionen geklammert, das Einzige, was einem keiner nehmen kann. Nicht wahr, Herr Kommissar?« Krogmann drehte den Korken in die Flasche und drückte mit dem Handballen nach. »Ich sollte nicht so viel trinken, Mäßigung!«, entschied er und lächelte. »Man braucht einen klaren Kopf zum Schaffen. Bin keiner, der sich drei Linien Kokain reinzieht und dann Farbkleckse an die Wand spritzt. Ich bin alte Schule!« Er machte stolz eine ausladende Handbewegung, um Caselli auf seine Werke aufmerksam zu machen, die an der weißgekalkten Längswand hingen. Eine Metallschiene mit Strahlern schwebte über ihnen. Krogmann stand auf und schaltete die Beleuchtung an. Die Wirkung war eklatant, jedes Bild wurde exakt ausgeleuchtet. Rote, blaue und gelbe, schmale und breite Streifen waren geometrisch angeordnet.

»Toll, der Lichteinfall!«, bemerkte Caselli geistesgegenwärtig.

»Ja, nicht wahr? Der Raum ist auch meine Galerie, mache hier Vernissagen. Die Bilder gefallen Ihnen wohl weniger, was?« Der Künstler folgerte das offenbar aus einem Gespür für sein Gegenüber heraus. »Ich mag's gern wild!«, erläuterte er und lachte.

Caselli fand diesen Ausdruck sehr passend.

»Kraftvoll, mit Power, keine Larifari-Häuschen-Pinien-Hügel-Malerei! Die Leute wollen immer Dächer … auf Dächer sind alle total scharf!« Krogmann fuhr sich mit der schwieligen Hand über das Gesicht. »Häuserbilder mit Pinien davor werden gekauft wie nix, aber nicht mit mir! Da muss es schon Spitz auf Knopf stehen. Wenn ich nur noch zehn Euro in der Tasche habe, dann, ja dann male ich Dächer und fahre am Sonntag nach Civita Castellana auf den Trödelmarkt. Die gehen weg wie warme Semmeln, die Dächer …«, grummelte er, dann packte ihn ein Energieschub, und er fuhr hoch. »Schauen Sie«, rief er, »da drüben stehen ein paar meiner Plastiken.« Er ging mit großen Schritten in den angrenzenden Raum und schaltete einige Spotlichter an. »Aluminium, wunderbares Material«, sagte er euphorisch.

Caselli legte seine Serviette weg und stand auf, um ihm zu folgen.

»Lasse ich gießen, in Torvaianica. Gibt da eine Gießerei direkt am Meer. Bruno, ein paar Jahre jünger als ich, der versteht sein Handwerk.«

Caselli nickte anerkennend. »Sehr schön, überaus modern. Und was ist das?«, fragte er und deutete auf ein Objekt, das in einer dunklen Ecke lehnte und seine Aufmerksamkeit auf sich zog.

»Das ist mein Venenentstauungsgerät«, antwortete Krogmann und grinste. »Stinkteuer, hat meine Krankenkasse bezahlt, als ich noch eine deutsche Kasse hatte. Tja, Krampfadern, was will man machen. Aber es ist vor allem das Herz«, sprach Krogmann verhalten weiter. »Zu viel Aufregung, als ich mein Haus in Deutschland verlor. Zwanzig Jahre habe ich dieses Haus geliebt, mit ganzem Herzen. Dann kamen die schweren letzten Jahre, als mir die Bank im Nacken saß, und am Schluss haben sie es für ein Butterbrot zwangsversteigert, diese Halunken und Halsabschneider … für ein Butterbrot.« Seine Augen schimmerten verräterisch. »Die haben mich über den Tisch gezogen, die feinen Pinkel von der Bank in ihren Nadelstreifenanzügen, kaltblütig haben die mich erledigt. Mein Haus und das Grundstück mit den alten Ulmen, zwanzig Ulmen, waren zusammen über zwei Millionen Mark Wert, mindestens. Natürlich war alles belastet bis zum Anschlag, aber trotzdem. Wissen Sie, wie viel mir blieb?« Er lachte bitter und sprach weiter, ohne auf eine Antwort zu warten. »Achtzigtausend Mark! Als der Bagger kam und meinen Bungalow abriss, in dem ich über zwanzig Jahre gelebt habe, hatte ich einen Herzanfall.«

*

»Simona hat mit geholfen, wir kannten uns aus Deutschland. Sie kam vor Jahren zu einer meiner Vernissagen, als sie ihre Mutter besuchte. Im Sommer kam sie immer nach Deutschland. Ihre Mutter hat ein Haus in meiner Gegend. Vor Kurzem ist sie allerdings wieder nach Italien gezogen. Tolle Frau, Simonas Mutter, früher Fotomodell in Mailand. Lebt allein jetzt in der Nähe von Lucca. Aber für so eine Frau braucht man Geld, und das habe ich nicht. Nun, ich habe mich damals sofort in Simona verliebt, sofort, und wollte ihr ein Aquarell schenken, ein ganz spontaner Einfall. Ich sagte, suche dir eins aus! Und wissen Sie, welches sie genommen hat? Mein Bestes! Meer und Berge, aus einem Boot in der Türkei gemalt. Herrlich, die Chromatik war mir ausgezeichnet gelungen. Ihr gefiel mein bestes Bild! Sie hatte ein Auge dafür, natürlich. Hätte ich gewusst, dass sie Kunst studieren wollte … nein, ich hätte es ihr trotzdem geschenkt, alles, alles … hätte ich ihr geschenkt, alles, was ich hatte.« Krogmann hielt inne. »Wir blieben telefonisch in Kontakt, und wenn sie nach Deutschland kam, kam sie zu mir«, fuhr er fort. »Nach meinem Bankrott, also Jahre später, nachdem wir uns kennengelernt hatten, hat sie das Haus hier gefunden und für mich gemietet. Ich habe mich hier verkrochen, an Arbeiten war nicht zu denken. Sie hat den Makler bearbeitet, mit dem Preis herunterzugehen, damit ich mir die Hütte leisten konnte. Man braucht ein Dach über dem Kopf. Sie hat mir Lebensmut gegeben, meine Simona. Ich hätte alles hingeschmissen, wissen Sie, mir war alles egal. Ich hätte Schluss gemacht, wahrscheinlich ist eh bald Schluss. Eine Herzklappe ist verkalkt und müsste mal ordentlich durchgepustet werden, aber ich bin in keiner Kasse. Ich müsste blutverdünnende Mittel einnehmen, aber ich nehme sie nicht. Es friert mich dann immer so ...«

Caselli bemerkte die bläulichen Lippen. Er empfand Mitgefühl. Krogmann war sympathisch, bis darauf, dass er wahrscheinlich soff. Er würde sich erkundigen, vielleicht konnte man etwas mit der USL arrangieren. Er würde mal seinen Freund, den Kinderarzt Claudio Perticone, fragen, der kannte sich mit den örtlichen Gesundheitsstellen und verwaltungstechnischen Fragen aus. »Haben Sie große Schwierigkeiten?«, fragte Caselli mit gesenkter Stimme nach.

»Sie meinen Schulden?« Krogmann reckte das Kinn. »Ich habe noch fünfzig Euro in der Tasche, aber wenn der Auftrag, an dem ich dran bin, klappt, verdiene ich zweihundertfünfzigtausend Euro für eine Brunnenplastik in Viterbo. Ich habe da vielleicht einen Kontakt zum Bürgermeisteramt. Ja, so schnell kann das gehen, wenn man Fortune hat«, sagte er. »Fortune ...« Er presste die Lippen zusammen. »Glauben Sie mir, Herr Kommissar, ich mache nachts schon lange kein Auge mehr zu, na ja … morgen werde ich wieder Dächer malen, die gehen weg wie warme Semmeln.«

5

»Ha un attimo … Signorina?« Der Akzent klang britisch. Flavia Polidori sah auf. Die Sekretärin des Vice-Questore Di Verdacchiano verfrachtete den Stapel Akten, den sie in der Armbeuge hielt auf ihren Schreibtisch und strich ihren Rock glatt. »Ja, bitte?«

»Philipp Mortan. Ich möchte eine Aussage machen. Im Fall der Toten mit den Ohrringen.«

Caselli, der auf den Aktenordner wartete, den Flavia ihm gerade herausgesucht hatte, trat hinzu. »Commissario Caselli, ich bearbeite den Fall«, sagte er und gab Mortan die Hand. Er hatte vorgehabt, der Hitze, die sich im Altbautrakt der Questura staute, wieder baldmöglichst zu entfliehen und ans Meer zu fahren. Daraus wurde nun nichts. »Bitte, Signor Mortan.« Er wies zur Tür seines Dienstzimmers.

*

»Ich habe gestern den Zeitungsartikel im Messaggero gelesen. Ich war am Meer, in Rapallo, um genau zu sein. Ich bin heute früh gleich losgefahren, um in die Questura zu kommen. Die Tote ist Simona … Mendel. Sie studierte Kunst hier in Rom. Das Haus in Rapallo gehört ihrer Familie, steht etwas außerhalb, oben am Hang. Wir waren ein paar Tage zusammen dort. Samstag ist sie zurückgefahren nach Rom. Sie wollte etwas erledigen und dann zu ihrem Vater nach Siena. Er hatte Geburtstag am Montag.« Mortan sah auf. »Ich habe die Ohrringe wiedererkannt, Turmaline. Simona hatte sie anfertigen lassen bei einem Goldschmied in der Via dell'Orso. Sie hat sie selbst entworfen. Ich habe sie dort für Simona abgeholt.«

»Und bezahlt …«, setzte Scurzi hinzu.

»Der Goldschmied war … unpleasant«, sprach Mortan weiter. »Ich hätte ihn für einen Schlächter gehalten, hätte ich ihn auf der Straße getroffen. Groß wie ein Schrank, kräftig, Vollbart. Aber er versteht sein Handwerk.«

»Der Sergente wollte sagen: Haben Sie Simona Mendel die Ohrringe geschenkt?«, schaltete Caselli sich ein. Er war sich noch nicht sicher, was er von diesem Engländer halten sollte. Mortan wirkte sympathisch und aufgeschlossen. Caselli hatte ihn auf Ende zwanzig geschätzt und recht behalten. Mortan sah aus, wie man sich einen jungen Engländer vorstellte: schlank, mittelgroß, sommerlich adrett gekleidet, wie auf einer Promenade in Plymouth. Philipp Mortan war in Looe geboren, in Cornwall, was Sergente Scurzi bei der Aufnahme der Personalien nicht unerhebliche Schwierigkeiten im Buchstabieren verursacht hatte. Nach Cornwall fuhr man zum Wandern, wie Caselli aus einer Gartenzeitschrift wusste, die bei seinem Zahnarzt ausgelegen hatte. Das war eine Weile her, aber der Artikel hatte ihm gefallen und war ihm im Gedächtnis geblieben. »Waren die Ohrringe ein Geschenk?«, wiederholte er, da Mortan zögerte.

»Nein.« Der Engländer richtete seine Uhr am schmalen Handgelenk. »Ich sollte sie nur abholen.«

»Wissen Sie, wer den Schmuck bezahlt hat?« Caselli blickte zu Scurzi, der im kurzärmeligen Polohemd vor dem Computer saß.

»Ich denke, Simona selbst. Sie war nicht arm.«

»In welcher Beziehung standen Sie zur Toten?«

Scurzi wechselte einen Blick mit Caselli und wischte sich mit einem Tempotaschentuch über die Stirn.

»Wir sind cousins«, antwortete Mortan. Er hielt ein Zigarettenpäckchen hoch und blickte Caselli fragend an. Der Commissario nickte, und Mortan klopfte eine heraus.

Caselli starrte zum Ventilator an der Decke, dann fragte er gerade heraus: »War sie Ihre Geliebte?« Es war zu heiß für subtiles Vorgehen.

»Nein«, antwortete Mortan, die Zigarette zwischen den Zähnen. Sein Feuerzeug blitzte auf. Er nahm einen Zug, lehnte sich zurück und schlug die Beine übereinander. Er trug Todds, in deren Rillen noch Sandkörnchen schimmerten, und hatte gebräunte Fußknöchel.

Caselli ging ans Fenster, von dem keinerlei Windhauch hereinwehte. Die Luft stand in der Stadt und flirrte auch heute wieder vor Hitze.

»Wir waren sehr gute Freunde, das ist alles«, erklärte Mortan.

»Hatte Signorina Mendel einen Freund?«, fragte Scurzi.

»Sie hatte eine Menge Verflossener.«

»Liebhaber, die sie verlassen haben, also«, stellte Scurzi fest. Caselli wandte sich um und lehnte sich gegen das Fensterbrett. Er verschränkte die Arme und stellte einen Fuß vor den anderen. Als er zu Boden blickte, stellte er fest, dass sein rechter Fuß sich geradezu weiß vom Mittelbraun seines Wildlederslippers abhob. Er schaute genauer hin und prüfte auch den andern Fuß. Tatsächlich: weiße Füße. Vor zwei Jahren, als er noch in Sizilien Dienst getan hatte, wäre so etwas nicht vorgekommen. In seiner Heimatstadt Modica war er jedes Wochenende ans Meer gefahren, nach Marina di Modica oder in den kleinen Fischerort Sampieri. Schon im Juni hatte er immer eine gesunde Bräune gehabt. Dann hatte er sich versetzen lassen … und jetzt war es so weit, dass ein blasser Engländer mehr Farbe hatte als er. Caselli schüttelte den Kopf und fuhr sich müde über die Augen.

»Soweit ich weiß, wurde Simona nie verlassen«, antwortete Mortan, »es war sie, die stets abrupt Schluss machte, aber dann überkamen sie Skrupel und Schuldgefühle, und sie betrieb für die Jungs eine Art Telefonseelsorge.« Mortan wandte sich um, offenbar störte ihn, dass er Caselli im Rücken hatte. Er ruckte mit dem Stuhl, damit er sowohl Scurzi als auch Caselli im Blick haben konnte. »Die haben dauernd angerufen.«

Caselli hob eine Augenbraue. »Können Sie uns Namen nennen?«

»Roberto Cavallone, ein Biobauer mit einem Podere bei Morlupo. Michael Weilershausen, ein deutscher Archäologe, wohnt irgendwo in der Nähe von Genf, wenn er nicht im Jemen oder sonst wo gräbt.«

»Haben Sie einen Verdacht, wer Simona umgebracht haben könnte?«, hakte Caselli nach.

Mortan drückte die Zigarette im Ascher aus. Und die Antwort kam prompt und schneller, als Caselli erwartet hatte. »Attardi, ihr Professor … dem würde ich es zutrauen«, stellte Mortan unumwunden in den Raum.

Caselli sah zu Scurzi, der den Rücken durchdrückte und Philipp mit offenem Mund, gleichsam empört, anstarrte. »Wollen Sie damit sagen, Sie verdächtigen Professore Alfiero Attardi von der Kunstakademie?«, entfuhr es ihm. Dabei betonte er Vor- und Nachnamen des Mannes ganz besonders.

Caselli lächelte. Wenn es um die Akademie ging, auf der Scurzi, bevor er in den Polizeidienst getreten war, ein Wintersemester belegt hatte, fühlte er sich immer noch quasi persönlich involviert. Caselli schnaufte. Er wäre gern nach Hause gegangen, um ein Nachmittagsschläfchen zu halten. Und er sehnte sich geradezu nach einer kalten Dusche.

»Und wie kommen Sie darauf, wenn man fragen darf?«, rief Scurzi aufgebracht.

Mortan spielte mit seinem Feuerzeug, das er rhythmisch auf die Schreibtischplatte kippen ließ.

»Nun, Attardi ist ein Exzentriker, so hat Simona ihn beschrieben. Und sie sagte wörtlich, manchmal habe sie regelrecht Angst vor ihm. Seine Wohnung sei ein Sammelsurium abstruser Dinge, und sein Geheimatelier grenzt an einen frühchristlichen Katakombengang, well, sind wohl alle frühchristlich, die Katakomben.« Er lächelte.

»Was heißt geheim?« Caselli setzte sich an seinen Schreibtisch und sah zum Ventilator hoch, als könnte er ihn dazu bringen, wenigstens etwas kühle Luft zu verbreiten.

»Niemand weiß, wo es liegt«, antwortete Mortan.

»Aber Simona wusste es«, folgerte Caselli, den Mortans Aussage langsam zu interessieren begann. Außerdem hatte er ein sehr sympathisches Lächeln, das musste man ihm lassen.

»Ja, sie schon.«

Caselli sah fragend zu Scurzi. Der Sergente schüttelte den Kopf. In Simonas Notizbuch war keine entsprechende Adresse vermerkt. Der Name Attardi existierte darin nicht.

»Sie hat ihn mir beschrieben als Mischung zwischen Cagliostro, dem Grafen von Montechristo, und einer Figur in einer Kinderfibel«, fuhr Mortan fort, »von Wilhelm Busch, einem Zeichner aus dem vorletzten Jahrhundert. Simona war vernarrt in ihre deutschen

Kinderbücher. Sie hat sie alle aufgehoben. Ihre Mutter ist Deutsche, Fotomodell.«

Caselli nickte. »Wie hieß die Figur noch gleich?« Er hatte als Junge auch ein paar deutsche Bilderbücher gehabt.

»Keine Ahnung, es war ein Schulmeister. Simona hat jedenfalls gesagt, er sei die perfekte Karikatur Attardis, bis auf die Körpergröße. Attardi ist klein, und das mache er zwanghaft mit Willensstärke wett.« Mortan ließ das Feuerzeug erneut auf Scurzis Schreibtischplatte kippen.

»Sie sagten, Simona hätte Angst vor dem Professor gehabt. Hat er sie bedroht? Hat sie das Ihnen gegenüber mal erwähnt?«, fragte Caselli weiter.

»Sie sagte, manchmal sei er ihr unheimlich, wenn er cholerisch wurde in der Akademie oder wenn sie bei ihm im Atelier war. Das muss ziemlich unangenehm gewesen sein.«

»Was hat sie denn in seinem Atelier gemacht?«, fragte Scurzi dazwischen.

»Gearbeitet, nehme ich an …« Mortan lächelte. »Eine Zeit lang hat sie ihm Modell gestanden für eine Skulptur.«

»Was wollte Simona denn in Rom?«, insistierte Caselli. »Warum ist sie zurückgefahren, allein? Sie sagten vorhin, sie wollte etwas erledigen.«

Mortan blickte Caselli an. »Das sagte ich doch, ihr Vater hatte Geburtstag, am sechsundzwanzigsten, also diesen Montag. Sie wollte erst in Rapallo bleiben, aber dann hat sie sich entschlossen, doch zu ihm in die Toskana zu fahren. Sie hat in Rom Zwischenstation gemacht, in ihrer Wohnung.«

»Und Sie?« Caselli stand auf und umrundete seinen Schreibtisch.

»Ich hatte vor, am Meer zu bleiben, so ungefähr bis Mitte September, anschließend hätte ich ein paar Tage bei Simona in Rom verbracht.«

»Sie blieben also allein … in der Villa.«

»Nein, im Hotel.«

»Sagten Sie nicht, Ihre Cousine habe ein Sommerhaus oben am Hang?«, fragte Scurzi nach. »Hätten Sie nicht dort wohnen können?«

»Simona wollte ihre Ruhe. Wir waren gemeinsam am Strand und haben Ausflüge gemacht. Ich war oft bei ihr in der Villa, aber ich musste mein eigenes Hotelzimmer haben. Das wollte sie so.«

Scurzi schürzte die Lippen.

»Warum sind Sie nicht beide zur Geburtstagsfeier gefahren?«

Mortan wandte sich Caselli zu, der die Frage gestellt hatte. »Ich sagte schon, Simona hatte vorgehabt, in Rapallo zu bleiben, mit mir. Sie hasste Familienfeiern, aber dann bekam sie ein schlechtes Gewissen und fuhr halt doch.«

»Aber wieso reiste sie erst die ganze Strecke nach Rom? Von Rapallo nach Siena wäre es doch viel kürzer gewesen«, fragte Caselli.

»Sie brauchte vielleicht irgendwas. Aus ihrer Wohnung, keine Ahnung. Aber vor allem wollte sie, das weiß ich ganz sicher, zu ihrem Kunstprofessor.«

»Sie wollte in Rom Professor Attardi aufsuchen?«, fragte Caselli nach. »Es ist kein Semester.«

Mortan machte ein ernstes Gesicht. »Sie planten eine Ausstellung. Attardi hat Ende September eine Vernissage. Er hat Simona erlaubt, ihre neue Plastik ins Entree zu stellen. Als Starthilfe. Er sah sich gern als Mentor.«

»Sah Simona ihn auch so?«, wollte Caselli nun wissen.

Mortan änderte seine Sitzposition und schlug dann wieder die Beine übereinander. »Es war mehr ein Geschäft. Wer ihm Modell stand, durfte ausstellen.«

»Aha.« Caselli blickte zu Scurzi.

»Warum sind Sie erst heute gekommen?«, fragte der Sergente. »Heute ist der neunundzwanzigste. Die Nachricht über den Mord stand doch bereits gestern in der Zeitung.«

»Ich war nicht in der Verfassung«, sagte Mortan leise.

»Gut, das wäre dann erst einmal alles, Mr. Mortan«, schloss Caselli. »Danke, dass Sie sich gemeldet haben. Ihre Hinweise bringen uns hoffentlich weiter. Ich möchte Sie bitten, sich noch zur Verfügung zu halten. Wo wohnen Sie?«

Mortan hob die Schultern. »Fast alles, was ich habe, ist in Simonas Wohnung. Ich habe meinen Koffer bei ihr gelassen, bevor wir nach Rapallo sind.«

»Hm, das geht jetzt schlecht …«, erklärte Scurzi, »die Wohnung ist versiegelt. Da können Sie nicht rein.«

»Dann werde ich mir ein Hotel suchen müssen.« Mortan verzog missbilligend den Mund. »Einige Sachen aus der Wohnung bräuchte ich aber schon. Ich meine, ich hatte am Meer fast nur einen Leinenanzug und meine Badehose dabei.«

Caselli öffnete die Tür. »Im Moment geht das nicht. Signorina Flavia wird Ihnen behilflich sein, ein Hotel zu finden. Sollten Sie sich selbst darum kümmern wollen, geben Sie uns Bescheid, wo wir Sie erreichen können.« Er lächelte knapp und reichte Mortan die Hand. »Ach, Mr. Mortan?«

Philipp Mortan wandte sich noch einmal um.

»Kennen Sie die Adresse von Signorina Mendels Professor?«

»Attardi wohnt in der Via della Scrofa«, antwortete Mortan prompt. Dann grüßte er Scurzi, trat durch die Tür und ging zu Flavia hinüber.

Scurzi sah ihm nach. »Wirkt nicht besonders niedergeschlagen, dafür, dass seine Cousine tot ist. Dass er nicht in die Wohnung kann, hat ihm gar nicht gepasst, haben Sie das gemerkt, Commissario?«

»Ja. Muss aber nichts zu bedeuten haben. Kennen Sie Attardi von Ihrer Zeit auf der Kunstakademie?«

Scurzi schüttelte den Kopf. »Ich kenne ihn nicht persönlich. Er hatte damals keine Professur. Aber Attardi wird in Kunstkreisen ebenso hochgeschätzt, wie auf dem Kunstmarkt gehandelt. Er ist übrigens Sizilianer, wie Sie.«

Caselli sah auf die Uhr. »Gut, drei Uhr durch. Ich schlage vor, wir statten ihm einen Besuch ab. Danach machen wir Schluss, damit Sie mal ein wenig Zeit für Ihre Familie haben, hm?«

»Ach, die Kinder freuen sich sicher, aber Marcella ...« Scurzi brach ab und fuhr mit dem Fingernagel eine Rille auf dem Schreibtisch nach.

Caselli goss Mineralwasser in ein Glas. »Haben Sie irgendwelchen Ärger, Scurzi?«, fragte er. Er wurde seit geraumer Zeit das Gefühl nicht los, dem Sergente läge etwas auf der Seele.

»Ach, eigentlich nicht, Commissario. Es ist nur, seit der kleine Giacomino da ist, da ist alles anders geworden. Marcella ist nur noch schlecht gelaunt, bei jeder Kleinigkeit schreit sie mich an. Ich gehe gar nicht mehr gern nach Hause. Wenn die Kinder nicht wären ...« Er schwieg.

»Bringen Sie Ihrer Frau mal Blumen mit, hm?« Caselli nahm einen Schluck Wasser. Das klang nach Ehekrach, offenbar hing bei seinem Sergente der Haussegen gründlich schief.

»Habe ich ihr erst zum Hochzeitstag geschenkt, drei Nelken mit Grün.« Scurzi fuhr sich mit der Hand über den geschorenen Kopf. Der Barbier hatte etwas zu viel des Guten getan. Scurzis Radikalschnitt war Caselli schon am Morgen aufgefallen. »Sie hat sie in eine Ecke gestellt, und das war es dann. Auch sonst.«

»Haben Sie eigentlich eine Haushaltshilfe?«, fragte Caselli. Der Gedanke, dass Marcella mit vier Kindern, dem Dienst in der Pförtnerloge und ihren Pflichten als Hausfrau überfordert sein könnte, schien ihm ein naheliegender Grund für ihre Reizbarkeit. Er bekam keine Antwort.

»Attardi wohnt in Via della Scrofa ...« Scurzi rieb sich nachdenklich das kantige Kinn.

»Ja, und?« Caselli griff nach der Wasserflasche. Sie war leer, und er stellte sie wieder hin.

»In Via della Scrofa hat Caravaggio seinen Mord begangen.«

»Wie, seinen Mord?« Caselli lehnte sich zurück und verschränkte die Hände hinter dem Kopf.

»Na, den Mord, wegen dem er dann geflohen ist. Immer weiter, erst nach Neapel, dann nach Malta und am Schluss nach Sizilien«, erläuterte Scurzi.

»So?«, sagte Caselli. Er setzte sich wieder gerade hin.

»Aber sicher, da hat er seine bekanntesten Spätwerke hinterlassen. Sogar bei Ihnen um die Ecke, in Syrakus: Santa Lucia al Sepolcro. Das Gemälde hängt jetzt im Palazzo Bellomo«, schob Scurzi nach, »da war er schon mit den Nerven am Ende, Caravaggio, meine ich. Sie können das richtig sehen, am Pinselstrich. Gehetzt, fast verwischt, auf der Flucht eben, keine Spur mehr vom lächelnden Bacchus-Knaben mit Weinlaub um den Kopf. Richtig erschütternd, wie Caravaggio da gemalt hat. Und dann – auch ein Spätwerk – der herangewachsene Johannes der Täufer mit einem Widder statt einem Lamm. Dieser Gesichtsausdruck, da können Sie alles drin lesen. Wissend, vom Leben enttäuscht. In acht Jahren hat er sich elend zugrunde gerichtet, bis er dann starb, in Porto Ercole war das, noch bevor er nach Rom zurückkehren konnte, wie er es eigentlich vorgehabt hatte. Dem Irrsinn verfallen, weil er das Schiff verpasst hat. Nach allem, was er jahrelang durchgemacht hatte, verpasste er das Schiff kurz vor der Heimkehr. Das ist tragisch, das Leben des Caravaggio.« Scurzi umfasste die Tischkanten und atmete durch. »Ja, und in der Via della Scrofa, da hat er ihn umgebracht, den Ranuccio Tomassoni aus Terni, im Streit. Und danach, da hat er diese ganzen Enthauptungen gemalt. Zur Strafe, wenn man so will. Also, weil er sich selber ... ich meine, er war gläubig, wie die Leute damals eben waren um sechzehnhundert, und er wusste – also, zumindest dachte er das, genau weiß ja keiner, was danach kommt , dass es für ihn keine Vergebung geben würde, auch nach dem Tod nicht. Das war bitter. Er hat sich schuldig gemacht, und diese Schuld auf dem Gewissen zu haben, raubte ihm den Verstand. Schließlich war er ein sensibler Künstler, irgendwo, genauso wie Cellini und Massaccio, die waren auch Raufbolde und Mörder, aber vom Künstlerischen her ...« Scurzi fuhr mit der Handkante über den Tisch. »Ich bin ja nicht besonders gläubig, Marcella dagegen sehr«, setzte er noch hinzu.

»Wollen Sie etwa darauf hinaus, Attardi käme als Mörder in Frage, weil er in der blutgetränkten Via della Scrofa wohnt und als exzentrischer und cholerischer Künstler gilt?«, fasste Caselli mit zweifelndem Gesichtsausdruck zusammen.

»Das haben Sie gesagt.« Scurzi hob die Hand. »Andererseits, man hört so einiges. Der Professor muss wirklich ... also, es heißt, er sei schlimmer als D'Annunzio, was das Moralische angeht. Das schlägt sich auch in seinen Werken nieder. Und als Mensch, so im normalen Leben, soll er auch nicht einfach sein. Wir machen uns besser auf etwas gefasst, Commissario.« Der Sergente nickte beklommen. »Glauben Sie mir.« Er schluckte.

»Ach, kommen Sie, Scurzi, ich habe Krogmann befragt, der ist auch Bildhauer und war ganz normal, regelrecht sympathisch. Sie übertreiben da maßlos. Rufen Sie bei diesen Attardi an, damit wir ihn dann auch antreffen!«

6

Der Palazzo wirkte unbewohnt. Wuchtige Mauern mit bossiertem Sockelgeschoss reckten sich in die Höhe. Caselli hatte in der Bar am Eck einen caffè getrunken und wartete seit einer Viertelstunde auf den Sergente, der jetzt vorn in die Straße bog. »Da sind Sie ja endlich!«

Scurzi breitete entschuldigend die Hände aus. »Tut mir leid, Commissario, hat etwas gedauert. Der Lungotevere war dicht, am späten Nachmittag finden Sie nirgends eine Parklücke!«

»Wo stehen Sie?«

»Vor dem Mausoleum des Augustus. Und ich bin noch in der Akademie vorbei, in der Via Ripetta, lag auf dem Weg. Die Werkräume sind in den Semesterferien offen, damit die Studenten weiterarbeiten können, nur deshalb habe ich Sie warten lassen, Commissario.«

»Also, dann wollen wir mal!« Caselli stand vor dem Portal. Er hatte, während er wartete, bereits vergebens nach einem Klingelknopf gesucht. Es gab keine Sprechanlage. Er betätigte daher den Bronzeklopfer in Form einer Sphinx. Eine Weile rührte sich nichts. Caselli sah zu Scurzi, der ratlos die Schultern hob. Dann ging die Tür auf.

*

Die schweren Brokatvorhänge ließen wenig Tageslicht herein, und der Raum war düster. Caselli saß auf einer harten Bank. Er kämpfte mit einem Hustenreiz und verfolgte, wie eine Rauchfahne exotischen Räucherwerks tänzelnd aus einer Bronzeschale quoll, sich arabesk kräuselnd, an die Kassettendecke stieg und in luftiger Höhe unter allerlei Wappengetier und geschnitzten Rosetten zu unsichtbarem Äther verging. Eine Mischung zur Klärung der Luft, wie Attardi bemerkte, als Caselli gebeten hatte, ein Fenster zu öffnen. Eine Bitte, die unerhört blieb. Der Professor sprach und verbat sich dabei jede Unterbrechung. Die erstaunliche Ungezwungenheit, mit der Attardi Gefallen daran fand, seltsame Gesprächsthemen zu zelebrieren, bestärkte Casellis Überzeugung, der Künstler wolle die ungebetenen Besucher rasch loswerden. Caselli lockerte seinen Kragen. Scurzi, der die unbequeme Bank mit ihm teilte, wagte schon nicht mehr den Blick zu heben. Er hatte die Hände in den Schoß gelegt und malträtierte, hochrot im Gesicht, seine Daumen. Caselli änderte die Sitzposition. Die durchgesessene, mit Samt bezogene Bank stand frei im Raum und besaß keine Lehne. Mit dem unbehaglichen Gefühl, wie ein Pennäler dazusitzen, musterte Caselli den Künstler. Der drahtige alte Mann, der eine Jacke aus schwarzer Seide mit indischem Kragen trug, saß in einer offenbar beneidenswert komfortablen Bergère. Während Caselli dem Umstand entgegenzuwirken suchte, dass sich ihm bislang unbekannte Muskelpartien seines Rückens zunehmend verkrampften, fiel sein Blick auf Attardis dürre Hand, auf der bläulich Adern hervortraten. Das Gesicht wirkte raubvogelhaft ausgemergelt. Das graue Haar war fest und kraus, nicht licht, aber spärlich, und im Nacken zu einem Zöpfchen zusammengenommen. Caselli überlegte, ob es sich bei dem Stoff der schwarzen Hose um Gabardine handelte. Im Gegensatz zur Seidenjacke wirkte der Stoff der Hose dicht gewirkt. Caselli hörte Scurzi unruhig schnaufen. Attardi hatte die

Befragung ignoriert und eine Konversation begonnen, die weder ihm noch dem Sergente behagte.

»Es ist eine Frage des Skrotums«, fuhr Attardi fort und legte die Fingerspitzen sinnierend zu einer Pyramide zusammen. »Betrachten Sie das Geschlecht eines jungen Mannes, bei Ihrer Prägung können Sie sich an eine römisch-griechische Statue halten«, sagte er und bedachte Caselli mit einem dünnen Lächeln. »Sie werden feststellen, dass es ein kompaktes Gebilde ist. Fest zusammengehalten sitzt es am rechten Fleck, normalerweise. Bei erlahmender Manneskraft hängt das Ganze herab, was auf das Erschlaffen der Muskulatur dort unten zurückzuführen ist.«

Caselli zog eine Braue hoch und sah zum Sergente. Dieser rieb seinen Hinterkopf, hüstelte und blickte weiterhin starr zu Boden.

»Nun, dieser freudlose Zustand drosselt die Durchblutung, und dies wiederum beeinträchtigt die notwendige Hormonerzeugung. Mutter Natur schlägt dem alternden Mann ein Schnippchen!« Der Künstler schob die Unterlippe vor. »Dem gilt es entgegenzuwirken, denn das Nachlassen endokriner Drüsen zieht in geradezu verheerender Weise den Geist in Mitleidenschaft. Man will es nicht wahrhaben – niemand will das –, natürlich nicht, doch es ist nun mal erwiesen!« Er setzte eine Zäsur und blickte auf. »Mit erlahmender Manneskraft geht auch der Esprit verloren! Die Intelligenz verfällt; sie geht dahin, ohne dass sich etwas aufhalten ließe, und bis zur Senilität ist es dann nur noch ein kleiner Schritt.«

»Professore Attardi …«, setzte Caselli an, um dessen Monolog zu unterbrechen. Doch der Künstler hob erneut gebieterisch die Hand, und Caselli verstummte.

»Selbst die Kirche weiß, dass ein starker Geist eine intakte Männlichkeit voraussetzt. Warum wohl sonst gab ein Papst im siebzehnten Jahrhundert den Erlass heraus, einem seiner Männlichkeit beraubten Mann die Priesterweihen zu verwehren?« Er blickte die beiden nacheinander an.

Caselli verschränkte die Arme vor der Brust. Es sah aus, als käme Professor Attardi endlich zum Ende. Das konnte er noch abwarten.

»Ergo kommt es darauf an, den Körper zu stärken, um so den Geist zu erhalten!«

Das war das Schlussresümee. Caselli holte Luft, um seine Frage zu platzieren.

»Nun ist die Muskulatur da unten ausgerechnet glatt ...«, kam ihm Attardi zuvor. Caselli schnaufte. Der Professor schlug die dürren Beine übereinander. »Ihre Kontraktion entzieht sich unserem Willen. Man kann ausschließlich über den Weg der Reflexe auf sie einwirken. Dafür gibt es eine ebenso simple wie probate Lösung, die ich praktiziere. Morgens und abends einen Kaltwasserguss! Ich versichere Ihnen, das wirkt Wunder!« Er lehnte sich zurück. »Ein kalter Guss, da unten, am Abend und am Morgen, und alles kommt wieder ins Lot.«

Caselli sah den Moment gekommen und stand auf. »Professore Attardi, beantworten Sie nun bitte meine Frage! Ihre Studentin, Simona Mendel, die Sie gut kannten, denn sie stand Ihnen hier im Palazzo Modell, wurde in der Nacht vom fünfundzwanzigsten auf den sechsundzwanzigsten August, also vergangenen Sonntag, zwischen Mitternacht und zwei Uhr morgens auf abscheuliche Art und Weise ermordet. Wo hielten Sie sich zu diesem Zeitpunkt auf?« Caselli ging ein paar Schritte in den Raum, bevor er sich zu Attardi umwandte.

Der Professor blickte ihn an und schwieg. Dann sagte er: »Ich wollte Ihnen noch meine Karyatiden zeigen, doch nun vergeuden Sie meine Zeit.« In seinem Ton schwang blasierte Verachtung. »Mit Parabeln wissen Sie nichts anzufangen, Caselli. Sie haben nicht verstanden, was ich Ihnen damit sagen wollte. Nun gut, ich mache es kurz. Und deutlich. Wie Sie meiner kleinen Geschichte entnehmen konnten, beschäftige ich mich mit dem Alter, denn hat man wie ich die Lebensmitte weit überschritten, rückt der Tod und damit der Gedanke, was uns danach erwartet, in die zentrale Perspektive. Der Tod lauert schon auf einen. Und als künstlerisch schaffender Mensch will man die Zeit, die einem noch vergönnt ist, nutzen, gewiss, doch vor allem, Caselli: Man zieht Bilanz! Bilanz über sein Leben, insbesondere den Lebenswandel, und meine Bilanz fällt gar nicht mal schlecht aus. Ich bin ein gläubiger Mensch, seit Kindertagen! Sicher, auch ich strauchle hin und wieder, doch habe ich nie nachgelassen, mich zu zügeln und den Pilastern der katholischen Kirche treu zu bleiben. Und so können Sie sicher sein, Caselli, absolut sicher, dass ich mir, so knapp vor meinem Abgang – denn selbst ich komme am Tod nicht vorbei, bleibt auch mein Werk unsterblich –, keine Todsünde auf das Gewissen laden werde. Wo denken Sie hin! Die schöne Bilanz verderben? Das wäre unklug, um nicht zu sagen, eine Dummheit sondergleichen, sich kurz vor Schluss schuldig zu machen! Hätte ich diese zweifelhafte Erfahrung gesucht, durch meine Hand einen Menschen sein Leben aushauchen zu lassen, dann hätte es sich gelohnt, als ich dreißig oder vierzig war. Aber jetzt? Nie und nimmer! Ich vermassele mir doch nicht das Jenseits! Und im Übrigen halte ich es für eine unverzeihliche Tat und Sünde, zu töten. Diese wundersam funktionierende Maschinerie, diesen ausgetüftelten Organismus eines Lebewesens aus Fleisch und Blut, was für eine Anmaßung, das Zusammenspiel der Muskeln zu unterbinden! Geist und Intellekt zu vernichten, Emotionen, Erinnerungen, Erfahrungen auszulöschen, der Kreativität, den Träumen, alledem, was den Menschen ausmacht, durch einen Akt der Willkür ein vorzeitiges Ende zu setzen: unfassbar! Ein geniales Wunderwerk der Natur zerstören? Nein! Bei mir sind Sie falsch, Caselli, absolut! Das und nichts anderes habe ich Ihnen mit meiner kleinen Parabel erklären wollen, einprägsam, denn nur Einprägsames bleibt haften im Hirn, das in unserer Zeit der Moderne mit Informationsmüll überhäuft und in seiner klar denkenden Funktion auf das Schlimmste beeinträchtigt wird. Ich sehe das an meinen Studenten!« Er stand auf. »Nun, meine Zeit wird knapp, und da Sie tumb insistieren würden, beantworte ich Ihre Frage explizit, Caselli. Ich befand mich auf einer privaten Veranstaltung, hier in Rom, und wie das Wort privat schon sagt, möchte ich mich nicht weiter dazu äußern. Wenn Sie mich jetzt entschuldigen. Ich gehe bald außer Haus und möchte zuvor ein Bad nehmen.« Attardi wies in Richtung der Tür und führte seine Gäste dann hinaus. Agil lief er endlose Treppen voraus, um sich schließlich an einer unscheinbaren Pforte zu verabschieden, die in eine schmale Seitenstraße mündete.

»Links oder rechts?«, fragte Caselli.

Scurzi sah die Gasse hinunter und zuckte die Achseln. »Ich weiß nicht. Hier war ich noch nie. Ich kenne auch nicht jede Gasse in Rom, Commissario.«

Caselli bog nach rechts.

»Ich hatte recht, nicht wahr?«, sagte Scurzi neben ihm. »Ich sagte Ihnen ja, der ist schwierig.« Scurzi presste die Hand gegen die Stirn. »Ich habe richtig Kopfweh von den Räucherstäbchen. War so was von stickig da drin. Ich mag nur Weihrauch. Ich war als Junge Ministrant.« Sergente Scurzi wandte sich um. »Commissario?«

Caselli war stehen geblieben und musterte die mächtigen Steinquader des Bossenwerks. »Glauben Sie, darunter gibt es ein Gewölbe, Scurzi? Das geheime Atelier, von dem Mortan sprach, könnte unter dem Palazzo liegen, oder?« Er betrachtete die vergitterten Fenster des Sockelgeschosses.

»Ein Atelier braucht Licht«, meinte der Sergente nur. Caselli trat einen Schritt zurück, um zum Dach hochzuschauen, auf dem ein Kuppelbau zu erkennen war. »Da oben … über den Dächer von Rom!«

»Nein, ist nur der Lichthof.« Scurzi schwenkte um. »Ob das stimmt, was der Professore gesagt hat?« Seine Stimme klang dünn. »Es heißt, wenn man lange nicht, dann …« Er schluckte. »Und wenn Marcella so weitermacht … gesund ist das nicht für einen Mann. Wie ist das denn, ich meine, Sie sind doch Junggeselle, Commissario. Sie haben da mehr Erfahrung. Wann fängt das denn an mit den Schwierigkeiten, also so im Schnitt? Bei Marcella und mir, na ja, seit Giacomino ist Schluss.«

Casellis Miene verriet nichts. Er ging einfach weiter.

Scurzi seufzte. »Ach, Commissario, das hatte ich ganz vergessen!« Er holte Caselli ein, zog ein Notizbuch aus der Gesäßtasche und begann darin zu blättern. »Ich bin doch dran herauszufinden, wo das Atelier liegt. Ich war vorhin in der Akademie und hatte Glück. Eine Kommilitonin der Mendel hat im Werkraum gemeißelt. Zehn Minuten habe ich ihr schöngeredet und ihre mickrige Plastik mit dem Spätwerk Rodins verglichen. Dann hat sie herausgerückt, dass die Stadtverwaltung und das Assessorat für Kultur Attardi ein leer stehendes Fabrikgebäude zur Verfügung gestellt haben. Läuft über die Kunstakademie und gehört zu seinem Lehrvertrag. Also, er arbeitet mit einem Kompressor. Das ist laut. Das Atelier soll an der Via Appia Antica sein. Mortan erwähnte

Katakomben, da liegen welche. Der Rest ist ein Kinderspiel. Ich habe Kontakte zur Stadtverwaltung, wie Sie wissen. Ich rufe da dann gleich mal an!«

Caselli schnaufte. Ja, das wusste er in der Tat nur allzu gut. Scurzis Nebenerwerbstätigkeit in der Verwaltung der städtischen Müllabfuhr war ihm schon lange ein Dorn im Auge. Ganz legal war das nicht. Doch wenn es wenigstens der einzige Nebenjob gewesen wäre, dem der Sergente nachging …

»Das ist aber noch nicht alles«, fuhr der Sergente fort. »Diese Studentin heißt Silvia Marconi, und was wichtig ist, sie sollte ihm selber Modell stehen, Attardi. Also, sie ihm. Deshalb hat es länger gedauert, bevor ich herkam.«

»Gut gemacht, Scurzi!«, lobte Caselli. »Und? Gilt Attardi als gewalttätig? Oder war die Marconi eifersüchtig auf die Mendel? Was hat sie Ihnen sonst noch anvertraut?« Caselli warf im Vorübergehen einen Blick zu den überquellenden Müllcontainern, auf denen Katzen hockten. »Streikt die Müllabfuhr auch schon wieder?« Er machte eine Kopfbewegung in Richtung der gestapelten grauen Plastiksäcke.

»Nein, die werden geleert, früher oder später«, antwortete der Sergente. »Also, um auf die Marconi zurückzukommen, den Eindruck, dass sie eifersüchtig wäre, den hatte ich nicht. Über Attardi sagte sie, er gelte als janusköpfig. So hat sie es ausgedrückt. Wir gehen einen Kaffee trinken, morgen, Silvia und ich, in der Via Ripetta, vielleicht erzählt sie mir da mehr.«

»Wäre wünschenswert«, stimmte Caselli zu.

»Der Professore hat was zu verbergen, sonst würde er sich nicht dermaßen ins Zeug legen«, fuhr Scurzi in seinen Überlegungen fort. »Er wollte uns doch ganz klar provozieren, alles ein Ablenkungsmanöver!«

»Ja, das glaube ich auch.« Im selben Augenblick sah Caselli die Wipfel von Platanen und machte eine Handbewegung in deren Richtung.

Scurzi orientierte sich ebenfalls. »Ah, Platanen, Lungotevere. Er hat uns zu einem Hinterausgang gebracht. Nun müssen wir den ganzen Weg zum Wagen zurücklaufen.«

»Etwas Bewegung schadet nicht«, bemerkte Caselli, als sie abbogen. »Nehmen Sie Attardi mal genauer unter die Lupe, Scurzi. Finden Sie heraus, wie sein Tagesablauf aussieht, wann er arbeitet, wie sein Haushalt organisiert ist, wer bei ihm aus- und eingeht. Schließlich kann er nicht den ganzen Tag Räucherstäbchen anzünden und Kaltwassergüsse nehmen. Ich habe den Eindruck, er hat uns vorgeführt. Wäre wohl klüger gewesen, unangemeldet zu erscheinen.«

»Er ist ein bekannter Künstler, die sind da eigen …«

Sie bogen in eine Seitenstraße, und Caselli deutete auf eine Bar. »Caffè?«

»Ja, gern«, sagte Scurzi.

Caselli ging voran. »Ich würde sagen, anschließend machen wir dann Schluss für heute. Es ist halb sechs durch … und wegen der anderen Sache, da machen Sie sich mal keine Sorgen. So schnell treten schon keine Schwierigkeiten auf.« Er malte Anführungszeichen in die Luft und bemerkte aus dem Augenwinkel, dass sein Sergente erleichtert aufatmete.

7

Am nächsten Tag saß Caselli allein in der Questura. Sergente Scurzi hatte kurzfristig aus familiären Gründen, wie Signorina Flavia ausrichtete, einen Tag Urlaub genommen. Caselli hatte nur genickt. Es war Freitag, da hatte Scurzi regelmäßig Probleme, mit der Koordinierung seiner Nebenjobs. Caselli widmete sich der Erledigung überfälliger Berichte. Die Spurensicherung streikte immer noch, und über der Stadt brütete die Sommerhitze. Caselli drückte das schlechte Gewissen wegen der PC-Schulung, die er hatte ausfallen lassen, um den Maler Krogmann in Sacrofano aufzusuchen. Das neue Auswertungsprogramm war vorgestellt worden, und er musste zumindest in groben Zügen wissen, worum es dabei ging. Er erkundigte sich bei Flavia, ob der Kurs für eine andere Gruppe wiederholt würde. Flavia brachte das mit zwei Telefonaten in Erfahrung, und Caselli konnte die Schulung nachholen. Somit war es doch noch ein produktiver Vormittag.

Als Caselli spätnachmittags, mit dem Jackett über dem Arm, seinen Wagen aufschloss, um nach Hause zu fahren, fühlte er sich müde und ausgelaugt. Wie sollte er sein Wochenende verbringen? In der Stadt staute sich die Hitze, und Giovannis Trattoria war im Sommer mit Touristen überfüllt. Casellis Blick fiel auf den Zettel mit der Adresse des Ateliers, die Scurzi dank seiner Kontakte mit nur einem Anruf bei der Stadtverwaltung erhalten hatte. Der Zettel klemmte hinter der Sonnenblende. Caselli steckte ihn in das Jackett und klappte die Blende hoch. So geheim, wie Mortan getan hatte, war das Atelier nicht. Es lag in der Nähe der Via Appia, auf halbem Weg zum Meer, sozusagen. Nun, er könnte sich umsehen und nach Ostia weiterfahren. Meeresluft, das Geschrei der Möwen, ein Spaziergang bei Sonnenuntergang am Strand und das nette Fischlokal an der Piazzetta, das er neulich entdeckt hatte. Ja, er würde den Freitagabend in Ostia ausklingen lassen. Er konnte wieder gegrillte Scampi essen, die ihm so gut geschmeckt hatten … oder diesmal lieber Spaghetti alle vongole, die vongole frisch aus dem Meer? Dazu ein Glas gut gekühlten Pinot grigio? Caselli beschloss genau das zu tun.

*

Als er frisch geduscht und umgezogen im Palazzo in der Via dei Cappellari die Treppen hinabging, schloss Signor Leontini, der ältere Herr aus dem dritten Stock, gerade seine Wohnung auf. »Buona sera!«, grüßte Caselli. »Wie geht's?«

»Ah, Alessandro!« Leontini lächelte, doch er wirkte erschöpft.

»Alles in Ordnung?«, fragte Caselli.

»Na ja«, sagte Leontini matt, »willst du hereinkommen? Auf einen Cognac?«

»Nein, heute nicht, ich muss noch fahren. Aber demnächst komme ich auf eine Partie Schach. Sie sind mir eine Revanche schuldig!«

»Fein« sagte Leontini und drehte den Schlüssel im Schloss. »Machen wir das, solange wir noch Ruhe haben. Im Herbst wird es laut, da fangen die Renovierungsarbeiten an. Das bedeutet drei Monate Krach!« Er blickte Caselli müde an.

»So? Davon habe ich noch gar nichts gehört.« Caselli war ehrlich überrascht.

»Da, schau dir das an«, Leontini deutete auf die Wand, an der der Putz abblätterte. »Alles porös. Und da …«, er deutete mit dem Stock zum Geländer, »das Eisen ist durchgerostet, muss erneuert werden, ist noch original, neunzehntes Jahrhundert, Jugendstil! Ich werde das Schmiedeeisen und das Geschnörkel vermissen. Die machen Stahlrohr hin. Das einzig Gute an der Sache ist, dass wir offenbar endlich einen Aufzug bekommen. Gestern Abend, da war Condominio-Sitzung, die Wohnungseigentümergemeinschaft hat das Wesentliche schon beschlossen. Kostet jeden von uns mindestens zwanzigtausend Euro. Die Fassade wollen sie gleich mitmachen. Da habe ich dagegen gestimmt. Hat natürlich nichts genutzt. Ich muss wohl eine Hypothek aufnehmen, so viel Geld habe ich nicht.« Er seufzte und atmete schwer.

»Das tut mir leid, Lorenzo.«

Leontini nickte. »Sei froh, dass du zur Miete wohnst, Alessandro, sei froh, aber du musst mit einer Erhöhung rechnen. Die Eigentümer legen die Kosten auf die Mieter um.«

Caselli schnaubte.

»Und was hast du Schönes heute Abend vor?« Leontini wandte sich zu ihm um.

»Ich fahre ans Meer nach Ostia. Vorher will ich noch zu einem Zeugen, Routinebefragung.«

»Na, dann … buona sera!«

»Ihnen auch, Lorenzo. Einen schönen Abend!«

*

Caselli fuhr an den Caracalla-Thermen vorbei stadtauswärts, Richtung Süden. Schon von Weitem sah er die Aurelianische Stadtmauer und die Porta S. Sebastiano.

Als er dann den Bogen passierte, war er geradezu erwartungsfroh. Da lag sie vor ihm, die Via Appia Antica. Caselli ging das Herz auf. Seit er als Junge in dem kleinen Kulturfilm-Kino in Modica zum ersten Mal La Dolce Vita gesehen hatte, hatte er ein Faible für die Glanzzeiten von Cinecittà. Für jemanden, der nichts weiter damit verband, war die Appia eher unspektakulär, eine schmale, von Efeu überwucherten Mauern begrenzte Straße. Doch Casellis Puls schlug schneller, und er presste vor innerer Freude die Lippen aufeinander, als er auf das holprige, schwarze Kopfsteinpflaster fuhr, die Filmszene mit seinem Lieblingsschauspieler Marcello Mastroianni im Kopf. Im offenen Lancia braust Mastroianni mit Anita Ekberg nachts die Via Appia entlang. Genau genommen spielte die Szene auf der Via Pompeo Licino im Archäologischen Park der Appia Antica, aber das war ja praktisch dasselbe. Auf jeden Fall war er hier entlanggefahren, Mastroianni. In den 1960er Jahren, als die Via Appia Antica mit ihren Katakomben und von Pinien, Platanen und Zypressen umstandenen römischen Ruinen drauf und dran war, sich in ein Snob-Viertel nach der Art des Hollywood-Vororts Beverly Hills zu verwandeln. Die großen Filmstars wie Gina Lollobrigida zogen hierher. Auch der Produzent Dino de Laurentiis, der mit Silvana Mangano verheiratet war. Die Mangano hatte in Bitterer Reis den Weltruhm der italienischen Kurvenköniginnen begründet. Caselli schmunzelte. Das deutsche Wort Kurvenköniginnen hatte er aus einer Ausgabe des Wochenmagazins Der Spiegel seines Großvaters. Die Zeit, die er als Jugendlicher mit seinem Großvater verbrachte, hatte zu seinen schönsten Erinnerungen gezählt. Als es dem alten Herrn in Hannover zu einsam geworden war, hatte er, bereits weit in seinen Siebzigern, kurzerhand beschlossen, nach Sizilien zu seiner Tochter zu ziehen. Seine umfangreichen Sammlungen kamen mit, Kisten über Kisten. Eine davon umfasste fast sämtliche Spiegel-Ausgaben seit dem Jahr 1956. Caselli musste lachen. Das Gesicht seiner Mutter, als der Umzugswagen aus Hannover anrollte, würde er nie vergessen. Zum Glück war das Casale Zagara, der Familiensitz, den die Vorfahren seines Vaters seit Generationen bewohnten, eines der Landhäuser, wie man sie im 19. Jahrhundert in Sizilien baute, groß genug gewesen, alles unterzubringen. Zagara, ein Ausdruck für die Blüten der Zitrusfrüchte und deren feinen Duft. Der Namensgeber des Casale hatte offenkundig eine romantische Ader besessen. Aber es passte ja, denn zum Gut gehörten auch Orangenhaine. Caselli schüttelte den Kopf. Was für ein Theater hatte seine Mutter veranstaltet, als der Großvater in die beiden Räume, die er bewohnte, deckenhohe Regalwände einbauen ließ. Casellis Vater hatte über ihr Gezeter nur gelacht und angemerkt, der alte Kasten habe Schlimmeres an spontanen Baumaßnahmen überlebt. Caselli konnte sich noch genau erinnern, wie er tagelang mithalf, die Regale bis oben hin mit Schallplatten, vor allem Wagner, Mahler und italienische Opern, zahllosen Büchern und der schier unüberschaubaren Politmagazin-Sammlung voll zu räumen. Als Jugendlicher hatte er die Magazine mit Begeisterung gelesen, während sein Großvater am Fenster im Lehnstuhl gesessen, eine Decke über den Knien, und Rheingold gehört hatte.

Caselli drückte aufs Gaspedal. Die Straße war frei und verlief schnurgerade. Also, warum nicht ein wenig Marcello Mastroianni spielen? Sofern sein Fiat Punto das mitmachen würde. Er stemmte die Hände gegen das Lenkrad und gab Gas. Doch kurz darauf kam ein Linienbus im Gegenverkehr. Caselli trat scharf auf die Bremse. Zwischen Mauer und Grünhecken wurde es auf der Appia gefährlich eng. Caselli drehte das Steuer so weit wie möglich nach rechts, hier war Augenmaß gefragt. Der Bus fuhr vorbei, und Caselli schaltete herauf. Das war schon so eine Sache, dass die Stars ihre Luxusvillen ausgerechnet entlang der Militär- und Verbindungsstraße gebaut hatten, die von Mausoleen der Oberklasse des alten Roms gesäumt wurde und von Katakomben. Im Grunde standen die Villen und Swimmingpools auf einem Gräberfeld. Scurzi hätte da bestimmt wieder einmal kunsthistorisch auszuholen gewusst. Angefangen bei dem Straßenbau 312 v. Chr. durch Appius, und dann wäre er sicher auf Cicero, Hannibal und Petrus zu sprechen gekommen. Cicero wurde auf der Appia ermordet, Hannibal zog sie entlang in den Krieg, und Petrus war hier der Heiland erschienen. Eine Apetta tuckerte vollbeladen mit Gemüsekisten vor sich hin. Caselli blickte in den Rückspiegel und überholte. Kulturell so dürftig beschlagen, wie der Sergente glaubte, war er nicht. Doch was die Appia anging, kam das Imperium Romanum hintan, denn sein Herz schlug für die 1950er, den Glanz der Filmbranche, der Stars und ihrer Villen, die versteckt hinter gut gesicherten Eisentoren lagen. Eben die ganze Ära des Dolce Vita. Das alles vermochte einen Jungen, der in Sizilien auf einem der Zeit entrückten Casale inmitten ausgedörrter Vegetation und verbrannter Erde aufgewachsen war, zu begeistern. Die Filme hatten ihn von der großen, weiten Welt träumen lassen. Gerade fuhr er wieder an einer Einfahrt vorbei. Wer hier wohl wohnte? Caselli reckte den Hals, doch auf der Marmortafel am Mauerpfosten stand nur die Hausnummer. Linker Hand lag ein Restaurant. Es hatten sich entlang der Appia auch elegante Nachtlokale mit Freiluft-Tanzflächen etabliert, auf denen sich allnächtlich flirtende Pärchen zu den Rhythmen lautstarker Unterhaltungsorchester wiegten … stand auch im Spiegel von 1956. Den Artikel kannte Caselli fast auswendig. Ebenso wie das Libretto von Rheingold. Er lächelte zufrieden. Sein quasi fotografisches Gedächtnis war ihm bei seinen Ermittlungsarbeiten schon oft zugutegekommen. Er ließ auch das Seitenfenster auf der Beifahrerseite herunter. Der Fahrtwind war angenehm. Caselli machte einen tiefen Atemzug und strich sich mit den Fingern durch das Haar. Marcello Mastroianni – sanfter Melancholiker, Latin Lover, ein Mann, den die Frauen liebten. Praktisch alles, was er selber nicht war. Aber gern gewesen wäre.

Allerdings brauchte er sich mit seinen 1,75 m, dem vollen, mittelbraunen Haar und seiner schlanken Figur nicht zu verstecken. Er wusste, dass er durchaus sportlich wirkte, wenngleich er, abgesehen von dem Pflicht-Fitness-Programm für Polizisten, keinen Sport trieb. Er hatte blaue Augen, wie sein Vater, Erbe der Normannen, und seine Mutter hatte ihm – wenigstens das – ihre harmonischen Gesichtszüge mitgegeben. Zudem bekam Caselli oft zu hören, er habe schöne Hände. Dora hatte das auch gesagt, sonst hielt sie ja mit dem Hervorheben seiner Vorzüge eher hinter dem Berg. Dora war keine Frau, die einem Mann Komplimente machte. An seinem Äußeren lag es also nicht, dass Caselli sich weit von seinem Ideal entfernt sah, vielmehr daran, dass in seiner DNA eine explosive Mischung brodelte, so empfand er es zumindest. Manchmal hatte er das Gefühl, mit seinem Charakter selbst nicht klarzukommen. Er musste dann alle Disziplin aufbringen, die ihm seine Erziehung antrainiert hatte, um gelassen und souverän zu wirken.

Mit einem Vater im Militärischen Dienst und dann der Ausbildung auf der Polizeischule hatte es ihm an disziplinarischem Drill wahrlich nicht gemangelt. Wie es in ihm wirklich aussah, trug er nicht nach außen. Was ihn beschäftigte oder belastete, machte er mit sich allein aus. Und wenn er ehrlich war, dann war sein tadelloses Auftreten, die unaufdringliche Eleganz, die er sich gönnte, einerseits eine Reminiszenz an die Korrektheit der Uniform, aber andererseits ein Schutzmantel. Caselli schnaufte. Doch, das konnte man schon so sagen. Sein gepflegtes Äußeres schuf quasi den Gegenpol zu seiner inneren Unruhe. Er war sich dessen durchaus bewusst, und diesen kleinen Kunstgriff gestand er sich zu. Nur leider erlaubte sein Budget keine allzu großen Sprünge.

Marcello Mastroianni war nun mal der Inbegriff der italienischen Eleganz und ein grandioser Schauspieler. Was hatte Fellini über ihn gesagt? Mastroianni sei wie ein guter Freund, der uns auf der Leinwand durch eine fremde Stadt führe. Caselli nickte. Das war in der Tat wahr. Der Film La Dolce Vita hatte ihn beeindruckt, und als man ihm aufgrund seiner Verdienste und seines Dienstgrades freistellte, in welche Stadt die Versetzung erfolgen solle, hatte er sich für Rom entschieden. Unter allen Übeln das geringste. Sizilien zu verlassen oder den Polizeidienst aus Sicherheitsgründen zu quittieren, war ihm beides unvorstellbar erschienen. Er hatte alles darangesetzt, seine Polizeistation nach dem Anschlag weiterzuführen. Der Anschlag hatte allein ihm und seinem Familiennamen gegolten. Das schwere Erbe seines Vaters. Dass Caselli sich trotz Warnung weiterhin exponierte und den Weisungen von oberster Stelle widersetzte, hatte am Ende einen seiner Polizisten das Leben gekostet und nicht wiedergutzumachenden Schaden angerichtet. Das hatte Caselli sich nicht verziehen, und das würde er sich nie verzeihen. Der Vice-Questore wusste vage über die wahren Gründe der Versetzung Bescheid; Caselli selbst schwieg hartnäckig über seine Vergangenheit. Nun war Sizilien weit weg. Als Commissario in Rom konnte er weiterhin dem Staat dienen und das tun, was er als Lebensinhalt ansah, wenn auch in einem ganz anderen Dienstgrad. Er war noch Polizist, das war ihm geblieben. Aber was hatte er sonst? Wenn er es sich recht überlegte, überhaupt nichts. Caselli stützte den linken Ellenbogen auf das offene Seitenfenster und nagte an seinem Fingerknöchel. Es war, als stehe seit dem Anschlag auf ihn sein Leben still. Er fühlte sich leer, wie in der Schwebe. Und wenngleich ihm jeder versicherte, er trage keine Schuld, bekam er den Blick des jungen Polizisten, der auf offener Straße seinen Verletzungen erlag, während er, sein Vorgesetzter und Ziel des Anschlags, nichts ausrichten konnte, als für ein paar Augenblicke dessen Hand zu halten, nicht mehr aus dem Kopf.

Müde fuhr er sich mit der Hand über das Gesicht. Wie weit war es denn noch? Er hielt nach einer Einfahrt Ausschau, um die Straßennummer abzulesen. Attardis Atelier lag laut Scurzi irgendwo in der Nähe des Mausoleums der Cecilia Metella, auf Höhe der Nummer 180 also. Er sah eine Tafel: 119. Also weiter geradeaus.

Die Appia Antica war hier von hohen, kahlen Mauern gesäumt. Links und rechts weiter vorn sah Caselli mächtige Pinien und jeweils das obere Drittel der Zypressen, die zu den Gärten der Villenbesitzer gehörten. Das Blattwerk niedriger Büsche ragte gerade so eben über die Mauern, und ab und an erspähte Caselli einen Dachfirst. Der Himmel war blau mit kleinen Kumuluswolken.

Die Straße war frei, doch Caselli fuhr in gemächlichem Tempo. Er genoss den Fahrtwind und hing seinen Gedanken nach.

Er vermisste Dora mehr, als er sich bisher einzugestehen wagte. Er wollte einfach nicht wahrhaben, dass sie sich von ihm getrennt hatte. Da war noch immer die

Hoffnung, mit der Zeit renke sich alles ein. Doch vorerst war er allein, und ja, wie sollte er es anders ausdrücken: machtlos. Er konnte nichts tun, um die Situation zu verändern. Die Zeit spielte gegen ihn. Er war weit weg und Dora ebenso sinnlos stur wie unnachgiebig. Wegen ihrer Flugangst würde sie auch nie über das Wochenende nach Rom kommen. Und dann gab es da noch zu seinem großen Ärger Santino Turlà, den Doras Vater als potenziellen Schwiegersohn favorisierte, ohne ein Hehl daraus zu machen. Wenn Caselli an ihn dachte, stieg ihm gleich das Blut zu Kopf. Santino, dieser Provinz-Casanova und Geflügelfabrik-Erbe, wohnte in Modica, genau wie Dora. Somit hatte Caselli keine ruhige Minute.

Am falschen Ort, zur falschen Zeit. Sein wahres Leben war nicht mehr existent. Nach Sizilien konnte er nicht zurück. Als Privatmann würde man ihn in ein paar Jahren eventuell in Ruhe lassen, doch nicht als Polizisten und Sohn von Salvatore Caselli, der in Sizilien Inbegriff für Integrität und Mafiabekämpfung war, Verdienste, die ihn frühzeitig das Leben gekostet hatten.

Mit Unmut dachte Caselli daran, dass in seiner Wohnung immer noch nicht ausgepackte Umzugskartons standen, als sei sein Aufenthalt in Rom nur vorübergehend, ein Provisorium. Ihm fehlte das Meer, das unvergleichliche Licht, das den Sandstein der Barockstadt Modica am Nachmittag aprikosenfarben erstrahlen ließ, die hellblauen Fensterläden, die Kaktusfeigenhaine und die typisch sizilianischen Gerichte, die seine Haushälterin für ihn gekocht hatte. Es fehlte ihm die rote Erde unter den Füßen, die kleinen, grünen Eidechsen auf den Trockenmauern neben steinigen Feldern mit Karobbäumen und die ganze Insel, auf der er als Junge eine unbeschwerte Kindheit verlebt hatte. Das machten die Appia Antica und ein paar Fellini-Filme nicht wett. Was würde er darum geben, den Duft der winzigen Blüten arabischen Jasmins zu riechen, des alten Jasminstocks, dessen Blattwerk sich dicht an der Hauswand im Innenhof des Casale bis zu den Schlafzimmerfenstern emporrankte. Diesen betörenden Duft arabischen Jasmins – je tiefer die Nacht, desto intensiver der Duft, den die weißen Blüten verströmten. Und neben ihm im Mondschein auf dem Laken, Dora. Dora, die spät in der Nacht mit ihrem Wagen zu ihm aufs Land gefahren kam und durch die Gartenpforte in das Casale geschlüpft war, in jenem Sommer, in dem sie sich heimlich verlobten. Ja, das hatte sie getan. Das hätte er ihr gar nicht zugetraut, aber da hatte sie ihn offenbar sehr geliebt, und sie konnte unkonventionell sein, wenn sie wollte. Mutig war sie immer schon gewesen. Außerdem hatte sich in Sizilien vieles verändert. Die Jugendlichen machten, was sie wollten. Es war nichts mehr so streng und bigott wie früher. Als seine Mutter die Scheidung einreichte, Anfang der Achtzigerjahre, hatte das einen gehörigen Skandal verursacht. Heute würde niemand mehr ein Wort darüber verlieren. Nur noch die großen alten Familien hielten auf ihren guten Ruf. Und ihre Töchter an der Kandare, solange diese unverheiratet waren. Dora war aus einer jener Familien, denen bis ins 19. Jahrhundert die Ländereien der halben Ostküste gehört hatten. Der Romancier Tomasi di Lampedusa hatte in seinem Sittengemälde Il Gattopardo das Leben in Sizilien gut gezeichnet. Doch heute war vom Glanz der großen Familien, der riesigen Landhäuser und unermesslichen Vermögen nichts mehr übrig. Und falls doch, sorgten schon der italienische Staat, der Euro und die Wirtschaftskrise dafür, dass alles den Bach hinunterging. Allein die vor einigen Jahren unter der Monti-Regierung neu eingeführte Bemessung der Grundsteuer trieb diejenigen, die ein großes Landgut besaßen, in den finanziellen Ruin. Caselli atmete angestrengt durch. Die neuen Steuern fraßen alles auf. Auch das Casale, in dem er groß geworden war, würde vielleicht bald nicht mehr seiner Familie gehören.

Seine Onkel, die das Gut jetzt verwalteten, gingen anderen Berufen nach. Man hatte den Anschluss verpasst. Die Orangenhaine bestanden aus den alten Sorten, saftige Blutorangen, aber bittersüß im Geschmack und mit Kernen, somit nach heutigen Verbraucherstandards nicht mehr zu vermarkten. Man hätte die Haine vor dreißig Jahren roden und neu setzen müssen. Die Preise für Karob und Mandeln waren im Keller. Der Gebäudekomplex, der vor nicht einmal einem Jahrhundert noch vierzig Landarbeitern Lohn und Brot gegeben hatte, wurde nur in den Sommerferien bewohnt. Würde das Casale verkauft, dann wäre auch das Letzte, das er mit seinem Herzblut liebte, verloren. Aber selbst das wäre zu ertragen, hätte er nur Dora … Die Momente der Nacht in jenem einen Sommer, als sie zu ihm gekommen war, waren für ihn der Inbegriff des Glücks gewesen. Caselli fühlte Tränen aufsteigen und biss die Kiefer zusammen. Jeder Gedanke daran, wenn er ihn denn zuließ, traf ihn wie ein Stich mitten ins Herz. Er schalt sich einen Narren. Nein, Rührseligkeit wollte er sich nicht erlauben. Er starrte durch die Windschutzscheibe auf die Appia. Er war in Rom. Er hätte es wirklich schlechter treffen können. Doch er konnte sich an nichts richtig erfreuen, auch wenn die Ewige Stadt ihr Bestes gab, ihn jeden Tag aufs Neue durch Kunst und Kultur und ihre unvergleichliche Atmosphäre zu verführen. Auch jetzt, da er auf der legendären Via Appia Antica fuhr, auf dieser engen, piniengesäumten Straße der Campagna Romana, berührte ihn die Schönheit der Landschaft, und er fühlte den warmen Fahrtwind auf seiner Haut, die viel zu lange keine zärtliche Berührung mehr erfahren hatte.

*

Caselli stoppte auf einem unbefestigten Feldweg. Das baufällige Gebäude mit einzelnem hohem Schlot war abgelegen. Es vom Mausoleum der Cecilia Metella aus zu finden, hatte ihn noch einmal zwanzig Minuten gekostet. Mittlerweile knurrte sein Magen gewaltig. Er würde sich kurz fassen. Nach Ostia, wo er in dem netten Lokal am Meer zu Abend essen wollte, war es dann ja auch noch ein ganzes Stück.

Das Tor stand offen, ein Wagen parkte in der Einfahrt. Beim Rundgang über das eingezäunte Gelände hatte Caselli einen Schacht bemerkt, zu dem zementierte Stufen führten. Jetzt stand er vor einer Metalltür, wie sie in Industriehallen verwendet wurden. Sie gab nach. Eine Steintreppe führte in die Tiefe. Das Mauerwerk war feucht. Am Rand sickerte Wasser in einer Tuffsteinrinne. Caselli stieg bemooste Stufen hinab und stand dann in einem Gewölbe. Hier war der Boden uneben, bestand aus taubeneiergroßen Kieseln, die wie einbetoniert wirkten. Aus dem Ende des Gangs drang höllisch lauter Maschinenlärm, gemischt mit Fetzen moderner Musik. Caselli glitt auf den glitschigen Steinen aus und schrammte gegen die raue, klamme Tuffsteinmauer. Er fluchte und ging weiter. Gewölbe und Gang waren mit Neonröhren ausgeleuchtet. Er sah jetzt, wo er hintrat. Seine Slipper waren mittlerweile durchnässt. Der lange, enge Gang barg auf beiden Seiten Nischen. Es dauerte eine Weile, bis Caselli verstand, wo er sich befand. Es war tatsächlich ein Katakombengang. Die Grabnischen waren leer und sauber, doch allein die Vorstellung, dass hier einmal Schädel und Gebeine geruht hatten, ließ Caselli erschaudern. Verfolgte Christen, denen die Todesangst im Gesicht stand, hatten hier Fackeln gehalten und gehetzt um sich geblickt, während die Luft dünn wurde.

Der Gang öffnete sich, und Caselli hatte freie Sicht auf die Szenerie. Attardi stand in der Raummitte unter einem hellen Lichtkegel und bearbeitete einen Steinblock mit einem Vorschlaghammer. Caselli blickte nach oben. Aus der runden Öffnung in der gut zwanzig Meter hohen Decke flutete milchiges Tageslicht herunter. Staub- und Marmorpartikel flirrten in der Luft und tanzten im Licht der Abendsonne. Gegen die Staccatosalven des Presslufthammers schrien Sänger einer zeitgenössischen Oper an. Wilde, synkopierte Rhythmen und dichte Perkussionspassagen ließen Caselli an einen Opferritus im afrikanischen Busch denken.

Als der Künstler Caselli gewahrte, ging er zum Kompressor und schaltete ihn aus. »Wie kommen Sie hier herein?«, rief er barsch, sobald er die Schweißerschutzbrille abgenommen hatte. Attardi reckte cholerisch den Hals.

Caselli hob entschuldigend die Hände und tat, als habe er nichts verstanden. Die Musik dröhnte nunmehr ungebremst auf einen scheinbar orgiastischen Höhepunkt zu. Attardi holte eine Fernbedienung aus der Tasche seines Overalls und zielte in eine weit entfernte Raumecke. Die Opferorgie verstummte.

»Was war das?«

»Wie?«, rief der Künstler und riss mit seinen Fingern unbeherrscht die Klettverschlüsse seines Overalls auf.

»Die Musik?«, schrie Caselli durch den Raum, und seine Stimme hallte in der Kuppel wider.

»Henze, Bassariden!« Attardi öffnete den Overall. Ein schwarzer Seidenrollkragenpullover kam zum Vorschein. »Ich will hier keine Störung! Der Schaffensprozess gleicht einem sakralen Akt, man braucht eine asketische Atmosphäre. Rein. Unbefleckt. Besucher mit ihren niederen Schwingungen stören meine Aura. Sie haben hier nichts zu suchen, ich betrachte dies als Privatissimum!« Er unterbrach sich. »Das ist kein Ort für Verhöre, Caselli. Wir haben uns doch gestern erst gesprochen!«

»Simona Mendel war der einzige Mensch, den Sie hier duldeten, nicht wahr? Sie hat Sie verehrt, Signor Attardi, wussten Sie das? Simona Mendel sah Sie als den herausragendsten zeitgenössischen Bildhauer Italiens schlechthin!« Caselli wagte diesen Vorstoß, gleichzeitig war es ein vager Versuch, Attardis cholerischen Ausbruch abzublocken.

Der Künstler richtete den Rollkragen und würdigte Caselli keines Blickes. Er schwieg eine Weile, dann kreuzte er die Arme vor der Brust, hob das Kinn und legte den Zeigefinger der linken Hand nachdenklich vor seine Lippen. »Eine kluge junge Frau. Klug und begabt!«, sagte er dann.

Caselli betrachtete den Steinblock, der in einer Wolke golden glimmender Staubpartikeln im aus der Kuppel einfallenden Licht thronte. Bis auf die Werkzeuge und Maschinen war der Raum ansonsten leer. Es war kein anderes Werk zu sehen, allein der überdimensionale Granitblock dominierte die Raummitte unter dem runden Lichtschacht.

»Und, was meinen Sie, hatte sie recht … diese Simona?« Attardi hatte den Kopf erhoben, den Blick ins Unendliche gerichtet. »Hier«, kam er Caselli zuvor, seine Pose auflösend, »bin ich noch ganz am Anfang. Ich arbeite ausschließlich an einem einzigen Objekt, bis es ausgereift ist.« Dann wandte er sich unvermutet behände um, und die Ader an seiner Schläfe vor dem krausen Haaransatz pulsierte. »Sie stören meinen Schaffensprozess! Ich kann den Zyklus nicht unterbrechen. Ich werde noch mehrere Stunden arbeiten. Gehen Sie!« Er zog den Overall hoch, fixierte den Granitmonolithen und nahm die Fernbedienung vom Steinblock. Erneut hallte Henze in ohrenbetäubender Lautstärke durch das Gewölbe.

»Ich werde Sie am Montag in Ihrem Palazzo aufsuchen, Professore«, schrie Caselli. »Wann treffe ich Sie an?«

»Wann Sie wollen! Kommen Sie aber niemals nach acht Uhr abends!«, rief Attardi. Er hob die Hand zum Gruß, dann zog er die Schutzmaske über und ging an den Kompressor.

Caselli schnaufte. Sein sizilianisches Ehrgefühl meldete sich mit einem Aufflackern von Jähzorn. Diese Art rüder Abfuhr war er nicht gewohnt. Gewöhnlich war er es, der ein Gespräch beendete. Aber der Künstler war eigen. Es siegte die Vernunft, und Caselli trat den Rückzug an. Er ging den Gang zurück und sah prüfend auf die Armbanduhr. Dabei bemerkte er, dass er sich vorhin die Handkante an der Mauer aufgeschürft hatte, als er auf den Kieseln ausgeglitten war. Die Schürfwunde brannte. Nun, vielleicht konnte der Wirt des Fischlokals an der Piazzetta in Ostia mit einem Heftpflaster und Desinfektionsmittel aushelfen, so lassen konnte man die Wunde jedenfalls nicht.

8

Am Samstagmorgen hatte Caselli recht früh, um die morgendliche Frische in Roms Straßen auszunutzen, ein Paar Schuhe zum Schuster in der Via delle Muratte gebracht. Es war Wochenende, zwei Tage brauchte er nicht in die stickige Questura, sondern konnte es sich in seiner Wohnung im Palazzo gemütlich machen, in der es dank dicker Mauern relativ kühl war. Caselli ging an den farbenfrohen, übervollen Markständen unterhalb der Mauern des Quirinal vorbei. Es roch nach Basilikum, Melone und reifen Feigen, und schon hier, weit bevor die Fontana di Trevi zu sehen war, hörte man das Rauschen der Wassermassen. Caselli bog um die Ecke, und schon lag der Trevi-Brunnen in imposanter Pracht vor ihm. Doch richtig konnte er sich an den Fontänen, Neptunfiguren und Seepferden nicht erfreuen. Er fühlte sich nicht gut. Er tippte auf Kreislauf oder Magen. Es würde wieder ein heißer Tag werden. Caselli überlegte, ob er in der Bar am Eck einen caffè trinken sollte, damit sein Kreislauf in Schwung käme. Zum Frühstück hatte er kaum etwas gegessen, da war ihm bereits mulmig gewesen.

Am Fuß des ausladenden Beckens, unterhalb der Absperrung, gab es ein Gerangel. Caselli kniff die Augen zusammen und trat einen Schritt vor, um zu sehen, was da los war. Eine Prügelei war im Gange. Ein Kinnhaken beförderte den einen Mann mit lautem Platschen in das Ozeanbecken, der andere drängte mit Einsatz der Ellenbogen durch die Menge, übersprang die Absperrung und flitzte Richtung Palazzo Poli. Caselli bahnte sich einen Weg durch die Menge. Ein junger Mann watete zum Beckenrand. Caselli erkannte ihn sofort. Es war der Engländer, den er zwei Tage zuvor vernommen hatte. Philipp Mortan stieg über das Eisengeländer, fuhr sich über das Gesicht und strich die nassen Haare zurück.

»Mr. Mortan …!«

Der Engländer hob den Kopf, erkannte ihn und kam auf Caselli zu.

»Das trifft sich gut, Commissario«, sagte er, als er triefend vor ihm stand. »Ich gebe Ihnen lieber nicht die Hand, entschuldigen Sie!« Er lächelte matt. »Dieser Halunke hat mir meine Brieftasche geklaut, alles weg. Reisepass, Führerschein, Geld, ich habe nichts mehr!« Er blickte ratlos zum Becken und schüttelte den Kopf. Amerikanische Touristinnen warfen Münzen über die Schulter, Fotoapparate und Handys klickten. Mortan machte eine Kopfbewegung in Richtung des Brunnens und spielte auf die Geldstücke an, die am Grund des Beckens lagen. »Well, für ein frugales Dinner kann ich mir da ja was zusammenklauben, aber sonst …!« Er schniefte und strich sich erneut das nasse Haar zurück.

»Was ist mit Ihrem Hotel?«, wollte Caselli wissen.

»Es war nur zwei Nächte frei, alles ausgebucht, zumindest die Preisklasse, die für mich in Frage kommt. Ich habe schon mehrere Pensionen abgeklappert, alles voll.« Er schlang die Arme um den Körper und trat von einem Fuß auf den anderen.

»Dann kommen Sie mit«, sagte Caselli gezwungenermaßen. »Sie können bei mir duschen und sich umziehen. Ist das Ihre Tasche?« Caselli zeigte auf eine Reisetasche, die auf einer Stufe stand.

»Ja, den Dieb hat nur meine Brieftasche interessiert.«

Caselli trat näher. »Die Anzeige machen Sie dann später. Bei mir um die Ecke ist eine Carabinieristation.«

Er bückte sich, fasste nach der Tasche und streifte Mortans Arm, der ebenfalls nach der Tasche fasste. Caselli zog die Hand zurück. Er hatte sich ruckartig aufgerichtet, und ihm wurde schwindelig, aber dann ging es wieder. Sein Magen war nicht in Ordnung, da war ein flaues Gefühl. Wenn er es recht bedachte, hatte er sich schon unwohl gefühlt, seit er vom Meer zurück war. Seit er die Muscheln gegessen hatte. In dem Fischlokal in Ostia.

»Alles in Ordnung, Commissario?« Er spürte Mortans Hand auf seiner Schulter.

»Ja, ja«, antwortete Caselli. »Alles in Ordnung, dann wollen wir mal.«

*

In Casellis Wohnung ging Mortan unter die Dusche. Caselli sackte in seinen Sessel. Er war ihm heiß, als ob er Fieber hätte, aber vielleicht war es auch nur diese furchtbare Schwüle in Rom. Er rang nach Luft, wollte aufstehen. Wenn er das Fenster öffnete, würde er mehr Luft bekommen. Er streckte noch die Hand aus, aber dann wurde ihm schwarz vor Augen.

Philipp, der mit einem Badetuch um die Hüften aus der Dusche kam, fand Caselli regungslos im Sessel. Er dachte zuerst, sein Gastgeber wäre eingenickt, dann bemerkte er die fahle Gesichtsfarbe und den kalten Schweiß auf dessen Stirn. Er zog eine Augenbraue hoch und rüttelte Caselli an der Schulter. Der Commissario murmelte ein paar unverständliche Worte. Mortan fühlte ihm die Wange. Sie glühte. Das war hohes Fieber. Er legte sich Casellis Arm um die Schulter, zog ihn hoch, brachte ihn ins Schlafzimmer und deponierte ihn auf dem Bett. Gerade als er Caselli die Schuhe ausgezogen hatte, läutete es an der Tür. Mortan zog das weiße Handtuch fester um die Hüften und ging, um zu öffnen.

Eine dunkelhaarige Frau stand auf der Kokosmatte und blickte ihn aus schwarzen Augen misstrauisch an. Sie hielt einen Koffer in der Hand und wirkte erschöpft. »Wer sind Sie denn? Ist Alessandro nicht da?«, sagte sie mit einem Akzent, der alle Silben schwerfällig in die Länge zog. Mortan tippte auf Sizilianisch oder sonst etwas aus dem Süden.

»Den habe ich gerade ins Bett gebracht.« Er zog das rutschende Badetuch fest. Einigermaßen hübsch war sie, aber uncharmant.

»Sie?«, fragte sie nach.

»Möchten Sie hereinkommen? Geben Sie her, ich nehme den Koffer …« Mortan streckte die Hand aus.

Die junge Frau trat einen Schritt zurück.

»Ich heiße Philipp, entschuldigen Sie bitte meinen Aufzug, ich habe gerade geduscht.«

»Dora Scamazzù …«, sagte die Dunkelhaarige, und Philipp bemerkte, dass auf ihrer Oberlippe und ihren Unterarmen zarter dunkler Flaum stand. »Ich bin aus Modica.«

»Aha, da sind Sie bestimmt sehr müde vom Flug, kommen Sie doch herein!«

»Ich bin mit dem Zug gekommen.«

»Oh yes, viel romantischer, nicht? Der gute, alte Schlafwagen«, lächelte Philipp höflich.

»Sitzplatz.«

»Hm.«

Sie starrte ihn an. Philipp begann sich unbehaglich zu fühlen. Aus dem Schlafzimmer drang leichtes Stöhnen. Er wandte den Kopf. »Also kommen Sie nun herein, oder nicht? Ich muss nach Alessandro sehen. Es geht ihm nicht gut, er ist ziemlich erschöpft. Ich muss mich um ihn kümmern.«

»Ich gehe in ein Hotel!« Sie drehte sich brüsk um und rannte geradezu die Treppen hinunter.

»Aber warten Sie doch!«, rief Philipp ihr nach. Er trat einen Schritt in den Hausflur. Aber sie war schon fast unten. Mortan zuckte die Achseln und schloss die Tür.

9

Caselli erwachte in einem kargen Krankenzimmer, das lindgrün gestrichen war. Nachdem er sich eine Weile unruhig im Bett gewälzt hatte, starrte er an die Decke. Er hatte dem Arzt gesagt, er wolle nach Hause. Aber Claudio Perticone, der ebenfalls nach ihm gesehen und dafür für eine halbe Stunde seine Kinderstation im Stich gelassen hatte, hatte sich unerbittlich gezeigt. Eine Nacht musste er noch zur Beobachtung dableiben. Zwei Tage hatte Caselli damit verbracht, sich zu übergeben, und sich sterbenselend gefühlt. Man sagte ihm, er habe Glück gehabt und verdanke Mortan, dass er noch am Leben sei. Das war schön, doch Letzteres gab Anlass zur Sorge. Als Sizilianer hatte er seinem Lebensretter dankbar zu sein, egal worauf das hinausliefe. Das war eine Frage der Ehre, doch Caselli behagte die Vorstellung, Philipp Mortan Dankbarkeit zu schulden, überhaupt nicht.

Er lag auf dem Rücken und seufzte. Er war von einer akuten Fischvergiftung genesen, und zu seiner Erleichterung bestand keine Gefahr, dass eine Hepatitis hinzukäme. Das war das Wichtigste, alles andere würde sich finden. Die beste Ablenkung war, sich mit dem aktuellen Fall zu beschäftigen. Der brutale Mord an der Kunststudentin Simona Mendel … das war sein Fall. Und seine Erkrankung verzögerte die Ermittlungen. Caselli drehte sich auf die Seite und schob eine Hand unter das Kopfkissen. Vice-Questore Di Verdacchiano würde Ergebnisse sehen wollen. Nach seinem Urlaub war er immer besonders motiviert, wenn es um die Arbeitsmoral seiner Mitarbeiter ging.

Caselli rief sich die Fakten ins Gedächtnis. Simona Mendel war vor einer Woche im Durchgang der Via dell'Arco dei Banchi zur Via Banco di Santo Spirito tot aufgefunden worden. Ihr Gesicht war entstellt, eine Identifizierung vor Ort unmöglich. Einziges Indiz waren die Turmalinohrringe, die sie getragen hatte. Scurzi hatte den Goldschmied ausfindig gemacht und die Adresse der Ermordeten erhalten. Bei der Durchsuchung der Wohnung hatte er ein Notizbuch gefunden, in dem der Name eines deutschen Bildhauers in einem Herz prangte. Die Befragung Krogmanns hatte nicht viel ergeben. Dann hatte sich Philipp Mortan in der Questura gemeldet, ein junger Engländer, Cousin der Toten. Mortan hatte die Namen mutmaßlicher Verdächtiger, ehemaliger Freunde der Mendel, genannt, den Biobauern Roberto Cavallone sowie den Archäologen Michael Weilershausen, und Mortan hatte einen konkreten Verdacht geäußert: Professor Attardi. Caselli drehte sich wieder auf den Rücken und starrte erneut an die Decke. Den hatte er befragt, Krogmann schon davor. Was die anderen Verdächtigen betraf, hatte er noch keine Ermittlungen anstellen können. Er setzte sich ruckartig auf. Es gab so viel zu tun! Er würde Scurzi anweisen, Weilershausen ausfindig zu machen. Auch der Goldschmied musste genauer überprüft werden. Während Caselli mit flatternden Lidern auf das Lindgrün der Wände sah, fiel ihm siedend heiß ein, dass die Angehörigen benachrichtigt werden mussten. Aber nein, Scurzi hatte das schon getan. Mutter und Vater, die beiden, die nicht verheiratet waren. Caselli ließ sich erschöpft in die Kissen zurückfallen. Es ging ihm zu viel im Kopf herum. Er sollte sich schonen. Er verlangte sich mehr ab, als seine Kräfte zuließen. Andererseits, eine Fischvergiftung war schließlich kein Beinbruch. Es wurde Zeit, dass er aus diesem Krankenzimmer käme, zu Hause könnte er sich viel besser erholen. Er hatte das Gefühl, die Krankenhausatmosphäre mache ihn kränker, als er eigentlich war.

Die Tür ging auf. Sergente Scurzi kam herein, einen Blumenstrauß in der Hand. Caselli hob erfreut den Kopf. Schön, dass Besuch kam. Er hatte die Questura und seinen Sergente schon vermisst.

»Sie machen Sachen, Commissario … ich habe es erst heute Morgen erfahren, als ich in die Questura kam! Marcella und ich waren gestern mit den Kindern in Caprarola, Sonntagsausflug. Wie geht es Ihnen denn?« Scurzi zog sich einen Stuhl heran.

»Schon besser, Sie kommen wie gerufen …« Caselli lächelte und rappelte sich hoch.

Claudio steckte den Kopf herein. »Ach, du hast Besuch! Ich sehe später nach dir. Er muss sich schonen, Sergente«, mahnte er, die Klinke in der Hand. »Der Fall muss nicht am Krankenbett gelöst werden!«

Caselli nickte pflichtschuldig und wartete, bis Claudio die Tür zugezogen hatte.

»Hatte Ihr Freund nicht Urlaub? Marcella sagte, er sei zwei Wochen nicht da. Er ist unser Kinderarzt. Mein kleiner Giacomino kränkelt doch dauernd, verstehe ich gar nicht, die anderen drei sind pumperlgesund.« Er strich mit der Hand über seinen neuen Stoppelhaarschnitt.

»Doch schon, hatte er, er kam früher zurück. Irgendeine Personalgeschichte.«

»Das werde ich dann gleich Marcella sagen!«

»Also, Scurzi, was gibt's Neues? Schießen Sie los!«

»Ich habe Mortans Alibi überprüft. Er hatte angegeben, er habe seinen Urlaub in Rapallo abgebrochen, was stimmt. Mortan war zur Tatzeit im Hotel. Die Mendel bewohnte die Sommervilla ihres Großvaters. Mortan traf sie am Strand, und sie nahmen meistens die Mahlzeiten im Hotel ein. Der Bademeister und die Kellner kennen ihn und bestätigten, dass er sich nach der Abreise der Mendel in Rapallo aufgehalten hat. Sie erinnerten sich daran, dass er mittags plötzlich allein ins Restaurant kam.«

Caselli nickte.

»Dann habe ich Informationen über Attardi. Von Silvia, der Bildhauerin. Also, sie studiert noch. Wir haben einen caffè zusammen getrunken. Sie ist nett, eigentlich, und ihre Plastiken sind gar nicht so schlecht, wenn man genauer hinsieht. Sie sagt, jeder wisse, dass Attardi fast jeden Tag die Messe in der Kirche Santa Maria di Monserrato besucht. Die liegt in der gleichnamigen Straße, rechter Hand, hinter der Piazza Farnese. Also, zumindest wenn man vom Campo de Fiori kommt. Seltsam, wer besucht denn heute noch die Frühmesse, und das täglich! Hätten Sie das von Attardi gedacht?« Scurzi blickte Caselli an. »Und noch dazu in dieser Kirche. Das muss mit seiner Vorliebe für Spanien zusammenhängen. Spanien ist eine richtige Manie von ihm, sagt Silvia. Er spielt auch spanische Konzertgitarre, Flamenco, in einem Nachtclub. Wie passt denn das zusammen? Silvia war mehrmals dort, alle seine Studenten gehen da hin.«

»Hm …«, machte Caselli, um auch etwas zum Gespräch beizusteuern. Das Heftpflaster an seiner linken Hand war lose. Er machte es ab. Die Schramme, die er sich im Katakombengang zugezogen hatte, war schon gut verheilt.

»Santa Maria di Monserrato ist die Nationalkirche der Spanier«, fuhr Scurzi fort, »und es ranken sich düstere Geschichten um diese Kirche. Haben Sie schon mal davon gehört?«

Caselli sah auf. »Nein, worum geht es da?«

»Dort lagen doch lange die Gebeine der beiden Borgia-Päpste in einer simplen Bleikiste«, erklärte Scurzi, »zweihundertfünfzig Jahre in der Abstellkammer. Also, in Santa Maria di Monserrato hat man Calixtus III. und Alexander VI. beigesetzt, aber erst im Jahre 1889. Bereits 1610 wurden die Gebeine mit Erlaubnis von Papst Paul Borghese aus den Vatikan-Grotten in die Kirche gebracht und blieben liegen. Ein spanischer Geistlicher wollte ihnen ein Grabmal setzen, dazu kam es aber nie. Warum, ist nicht bekannt. Die Jahrhunderte vergingen, die Gebeine waren vergessen. 1865 fand ein Priester auf dem Fußboden einer Kammer besagte Bleikiste. Er öffnete sie. Darin befand sich ein Kasten aus Holz; um den Kasten war eine schmale Banderole aus Leinen gelegt mit zwei roten Siegeln, die so alt waren, dass man den Stempel kaum erkennen konnte. Darüber stand auf einem weißen Papieretikett in altertümlicher Schrift, wer drin war, in dem Kasten meine ich. Ist doch gruselig.«

»Aha«, knurrte Caselli, »und was tut das zur Sache?«

Scurzi blickte ihn erstaunt an. »Nichts, ich dachte nur, es interessiert Sie. Also, ich finde solche Sachen interessant. Mein Francesco auch, mein Ältester, das hat er von mir. Wir gehen gern zusammen in Museen.« Er fuhr sich wieder über den Stoppelschnitt. »Attardi spendet hohe Summen für karitative Zwecke«, nahm der Sergente den Faden wieder auf, »und es wird gemunkelt, er gehöre einem Geheimbund an, so etwas Neo-Ägyptisches. Wo die sich treffen, weiß keiner. Man vermutet, in den Gewölben der Kirche, also unter Santa Maria di Monserrato, so etwa seit Anfang des Jahres. Angesehene Politiker sollen das ins Leben gerufen haben. Eine Art Neuauflage der P2, heißt es. Ihr Erkennungszeichen ist der Skarabäus. Silvia meint, Attardi trage einen Anhänger aus Gold, und es ist genau so ein Skarabäus. Commissario?« Scurzi fasste Caselli am Arm.

Caselli schlug die Augen auf.

»Überanstrenge ich Sie? Dann gehe ich lieber wieder, was?«

»Nein, ich höre Ihnen schon zu«, erwiderte Caselli benommen, »ich glaube, die Schwester hat mir vorhin ein Schlafmittel gegeben.« Er fühlte sich tatsächlich schwach. »Danke für Ihren Besuch, Sergente …«, hörte er sich sehr leise sagen, mehr bekam er nicht mit.

Als er erwachte, wurde es schon dunkel, und Scurzi war gegangen. Die Schwester stellte gerade die Blumen in eine Vase auf den Nachttisch. »Gut geschlafen? So ist's recht. Der Oberarzt sagt, Ihre Werte sind in Ordnung. Morgen dürfen Sie nach Hause.« Sie lächelte.

Caselli nickte zufrieden.

10

Als Caselli am Dienstagmorgen gegen halb neun Uhr vor dem Portal des Palazzos stand, wo er wohnte, stellte er fest, dass er seine Schlüssel vermisste. Offenbar hatte sie Mortan. Er drückte auf seine Klingel, keine Reaktion. Ein Hausbewohner öffnete das Portal von innen, einen Müllsack in der Hand. Caselli grüßte und trat in den kühlen Flur. Das Treppenhaus mit den Steinfliesen und dem schmiedeeisernen Geländer wirkte beinahe fremd. Der Krankenhausaufenthalt hatte zwei Tage gedauert, aber es kam Caselli vor, als wären es Wochen gewesen. Er läutete bei Leontini aus dem dritten Stock und ließ sich die Ersatzschlüssel geben, die er für Notfälle bei dem Pensionär hinterlegt hatte, seit die Hausverwaltung keinen Hausmeister mehr beschäftigte.

Als Caselli die Wohnungstür aufschloss, stieg ihm der Duft von frisch gebrühtem Kaffee in die Nase. In der Küche gurgelte die Caffettiera, das Radio lief in voller Lautstärke, und jemand pfiff gut gelaunt. Caselli ahnte Schlimmes. Mortan hatte sich also tatsächlich bei ihm einquartiert.

»Hallo?«, rief er in die Wohnung und legte die Schlüssel auf die Konsole.

»Alessandro! Du bist schon da? Ich hätte dich doch abgeholt!«

Caselli erinnerte sich. Mortan hatte ihn ins Krankenhaus Santo Spirito gebracht, das hatte Caselli ihm mit letzter Kraft genannt. Am folgenden Tag hatte Mortan sich rührend um ihn gekümmert und in einem schwachen Moment, als Caselli die Augen aufgeschlagen und Mortan auf einem Stuhl am Krankenbett wachend erkannt hatte, hatte er sich an die Worte des Arztes erinnert: Sie sind außer Lebensgefahr, das haben Sie dem jungen Mann hier zu verdanken! Und da hatte er seinen Arm ausgestreckt, seinem Lebensretter die Hand gedrückt und ihm das Du angeboten. Leider.

Mortan kam aus der Küche. Er trug eines von Casellis mittelblauen Maßhemden, das sich in äußerst verknittertem Zustand befand, und biss in eine Brioche. »Komm, Frühstück ist fertig!«

Caselli sah an ihm hinunter und lächelte gezwungen. Seine guten Lederpantoffeln trug Mortan auch.

Er goss den Espresso in die Tassen. »Entschuldige, ich habe mir etwas aus deinem Schrank geborgt. Meine Sachen sind in der Reinigung, und in Simonas Apartment komme ich ja nicht hinein. Es ist ja nur für ein paar Tage.«

»Ja«, sagte Caselli und lächelte gequält. Er ging ins Badezimmer, um sich die Hände zu waschen. Als er das Chaos aus Plastikrasierer, gebrauchter Unterwäsche, hingeworfenen Handtüchern und Haaren in der Dusche sah, zuckte er zurück.

»Was machen wir denn heute?«, fragte Mortan, der hinter ihm stand und Marmelade auf die nächste Brioche strich.

Eigentlich hatte Caselli vorgehabt, unter die Dusche zu gehen und sich dann auszuruhen, denn er fühlte sich noch schwach. Aber der Gedanke, den Tag hier mit Mortan verbringen zu müssen, ließ ihn seine Absicht ändern. Er warf einen angewiderten Blick ins Bad. Aber so wie er aussah, konnte er unmöglich in die Questura, und bevor das Bad nicht in Ordnung war, war an Körperpflege nicht zu denken. Er würde sich nur etwas anderes anziehen. »Ich werde wohl dem Biobauern in Morlupo einen Besuch abstatten«, sagte Caselli und nahm das letzte frische Handtuch aus dem Fach des schmalen Regals mit Lamellentür, das sich gleich neben der Badewanne befand.

»Prima … da komme ich mit. Ich wollte mir diesen Roberto schon lange mal näher ansehen, und überhaupt, ich kann dir helfen, Alessandro, niemand kannte Simona so gut wie ich! Ich bleibe in Rom, bis der Fall aufgeklärt ist. Muss ich ja sowieso, ich brauche neue Papiere. Das bin ich Simona einfach schuldig. Ich will ihrem Mörder ins Gesicht sehen!«

»Hm«, machte Caselli, »hör mal Philipp, ich will mich rasch umziehen und … könntest du mir inzwischen etwas aus der Apotheke holen?« Er suchte in seinem Jackett nach dem Rezept.

»Sure, soll ich auch gleich ein bisschen einkaufen? Obst und Gemüse? Du brauchst jetzt Vitamine.« Mortan kaute den letzten Bissen Brioche und wischte sich die Marmeladenfinger am Hemd ab. Caselli nahm es mit einem grellen, inneren Aufschrei zur Kenntnis und fingerte hastig mehrere Scheine aus seiner Brieftasche. »Hier, kauf dir ein paar Oberhemden, vorn an der Piazza del Campo de Fiori gibt es jede Menge billiger Geschäfte.«

»Alright!«, lachte Mortan. »Bin schon weg!«

Nachdem die Tür hinter ihm ins Schloss gefallen war, griff Caselli zum Hörer.

»Concetta? Ja, Caselli hier, guten Morgen, ich habe unerwartet Besuch … nein, nicht meine Mutter … Gott sei Dank … ja, grazie, Concetta, heute noch. Nein, ich muss gleich weg, aber Sie haben ja die Schlüssel und, Concetta … kaufen Sie eine große Flasche Desinfektionsmittel und putzen Sie das Bad gründlich, sehr gründlich! Ja, natürlich … ich weiß, das tun Sie immer … nein,

nein … es ist alles stets tipptopp, wenn Sie da waren, also, buon dì!« Er legte auf und wählte eine andere Nummer.

»Paolo? Caselli hier, wann kommt das Siegel von der Wohnung in Via Paola 26? Na, Simona Mendel, die Kunststudentin. Ja, ich weiß, dass Streik ist. Nicht vor nächster Woche? Geht das nicht schneller? Es ist dringend, ein Notfall! Die Wohnung wird benötigt! Ja, bitte sieh zu, was sich machen lässt. Danke, Paolo!«

Der dritte Anruf ging an die Questura.

»Scurzi kommt nicht, etwas mit den Kindern«, sagte Flavia. »Der Vice-Questore ist heute im Büro und wünscht Ihnen gute Besserung. Ja, ich sage ihm, dass Sie ihm danken. Er ist nur kurz da. Er fährt morgen noch für eine Woche nach Amalfi … spontan. Hier in Rom ist es ja wirklich zu heiß. Gut, ich weiß Bescheid. Sie kommen eventuell am Nachmittag ins Büro, in Ordnung, Commissario.«

Caselli atmete durch. Fürs Erste war alles organisiert. Er hoffte inständig, sein Freund Paolo von der Spurensicherung würde ihn nicht hängen lassen. Mit Mortan hatte er sich ja was Schönes eingebrockt. Aber er hatte keine Wahl, er war Mortan auf Gedeih und Verderb verpflichtet. Einem Mann, der ihm das Leben gerettet hatte, konnte ein Sizilianer nichts abschlagen.

11

Mortan hatte sich erboten zu chauffieren, da die Medikamente, die Caselli einnehmen musste, die Fahrtüchtigkeit beeinträchtigten. Nun fuhr der junge Engländer durch ein Tor, dessen Eisenflügel weit nach hinten geöffnet waren und so aussahen, als wären sie lange nicht mehr bewegt worden. Denn Gras und Wildblumen hatten die Eisengitter schon gut einen Meter überwuchert. Mortan steuerte Casellis Fiat Punto die staubige Zufahrtsstraße hinauf. Das Podere lag an der Via Flaminia nahe der Ortschaft Morlupo, somit einige Kilometer weiter nördlich als das Haus des deutschen Malers Krogmann. Das Steinhaus stand abseits, auf einer Anhöhe, inmitten von Wiesen und abgeernteten Kornfeldern. Es war unschwer zu finden, da zwei hohe Pfosten im alten gemauerten Stil die Zufahrtstraße säumten. Der linke trug die Marmortafel mit der Hausnummer. An der mächtigen Steineiche rechts neben der Einfahrt war ein großes Kartonschild befestigt, das mit in schwarzer Farbe aufgepinselten Lettern Honig, Wein und Eier frisch vom Biohof feilbot. Caselli hatte es entdeckt und Mortan gesagt, er solle hier abbiegen.

Jetzt sah Caselli von Weitem, wie ein Mann vom Traktor stieg und über das halb gepflügte Feld lief, das den Hang einnahm. Caselli bat Philipp anzuhalten. Wenn das der Biobauer war, brauchte er ja nicht erst auf die Anhöhe zum Hof zu fahren, das schien noch ein gutes Stück. Weiter vorn begann eine der für die Campagna romana so typischen Pappelalleen.

Mortan parkte an der Umzäunung neben einem Strommasten.

*

Roberto Cavallone hatte sein kariertes Hemd ausgezogen und den Kopf mehrmals in den Viehtränketrog getaucht. Das Wasser rann von seinen dunklen Locken über den muskulösen, braun gebrannten Oberkörper. Er trocknete sich Gesicht und Hände mit dem zusammengeknüllten Hemd ab.

Caselli ging ihm entgehen.

Philipp, der beim Wagen blieb, sah die beiden einige Worte wechseln. Er musterte den Biobauern. Nun war ihm klar, wen Simona für ihre Rötelzeichnungen männlicher Untergrätenmuskeln als Modell genommen hatte. Es war heiß in der prallen Sonne, und Mortan schlenderte Richtung Koppel. Nahe der Umzäunung standen drei weiße Rinder mit großen Hörnern. Sie käuten im Schatten der mächtigen Bäume friedlich neben Heuballen wider. Mortan hob die Hand gegen die gleißende Mittagssonne und verfolgte am wolkenlos blauen Himmel den Flug eines Bussards. Schließlich siegte seine Neugier. Er setzte sich in Richtung der beiden in Bewegung, denn er wollte erfahren, was dieser Cavallone dem Commissario zu berichten wusste.

*

Caselli nahm Mortan aus den Augenwinkeln wahr, der offenbar seine Anordnung, beim Wagen zu bleiben, ignoriert hatte und nun unschuldig grinste. Caselli stellte ihn kommentarlos mit ‚Mr. Mortan' vor. Mortan reichte dem Bauern die Hand, nahm die kernige Begrüßung entgegen und schüttelte dann, hinter seinem Rücken, die schmerzenden Finger. Caselli unterdrückte ein Lächeln. Cavallones festen Händedruck hatte auch er gespürt. Der Trick dabei war, ebenso fest zuzudrücken. Das hatte Mortan offenbar nicht getan.

»Porca miseria … da habe ich aber Glück, dass Sie ausgerechnet jetzt, wo der Traktor den Geist aufgegeben hat, hier auftauchen, Commissario! Ich hätte jetzt zwei Kilometer Fußmarsch zum Gut vor mir, in der Mittagshitze! Kommen Sie, ich lade Sie und Ihren Kollegen zu Mittag ein, mit dem Auto ist es zum Podere nicht mal fünf Minuten. Na, kommen Sie, Commissario, ein Glas Rotwein und eine Gemüsesuppe. Alles biologischer Anbau, alles ohne Pestizide angebaut, auch der Wein kommt aus meiner eigenen Kelterei. Ich habe ein paar Rebstöcke hinter dem Haus. Für dreißig Flaschen im Jahr reicht's.« Er lachte und strich sich mit beiden Händen durch die nassen, schwarzen Locken.

»Sehr freundlich, vielen Dank«, kam Mortan Caselli zuvor. »Nicht wahr, Alessandro, wir können den armen Mann doch nicht in der sengenden Mittagshitze hierlassen. Wir bringen ihn selbstverständlich zu seinem Anwesen!« Sein Lächeln wirkte aufgesetzt. Das merkte nicht nur Caselli.

Cavallone zog sein nasses Hemd über und lachte. Doch es kam nicht von Herzen. In Mortans Tonfall hatten Spott und Ablehnung durchgeklungen. Das ließ den Biobauern stutzen und vorsichtig werden. »Sie sind kein Italiener, nicht wahr?«, fragte er Mortan, als dieser den Vordersitz des Fiat Punto vorklappte, um sich nach hinten zu setzen.

»Englischer Volontär, intereuropäische Zusammenarbeit, Sie verstehen?« Mortan trug knüppeldick auf.

Caselli schüttelte den Kopf, doch er sah keine Veranlassung einzuschreiten. Sollte Mortan ruhig ein wenig Räuber und Gendarm spielen, wenn es ihm gefiel.

Die Zufahrtsstraße zog sich, und Caselli war froh, als sein Fiat endlich in den Schatten der Allee eintauchte. Die unzähligen samtig grauen Dreiecksblätter der Silberpappeln raschelten im Wind. Zwischen den Bäumen blitzte die Sonne durch und warf Lichtstreifen auf die sanft ansteigende Straße. Kurz darauf kam das zweistöckige Steinhaus in Sicht. Es lag frei in mitten einer ungepflasterten Fläche. Ein Parkplatz mit vier leeren Stellplätzen lag rechterseits ein Stück weiter vorn. »Fahren Sie weiter, ich parke immer direkt am Haus. Den Parkplatz habe ich für Gäste angelegt. Ich habe drei Ferienwohnungen ausgebaut … sind gerade fertig geworden. Ich hoffe, das läuft gut an«, erklärte Cavallone. Caselli fuhr noch einmal an, und unter den Reifen des Fiat Punto spritzten kleine Steinchen zur Seite.

Von diesem Plateau hatte man einen herrlichen Blick auf das Tal und konnte bis zum Monte Soratte und den Hügelketten der Sabiner Berge sehen. Caselli hatte das Seitenfenster heruntergelassen und genoss die schöne Landschaft.

Als sie auf dem Hof hielten, kläffte ein Hund an einer langen Kette. Cavallone fluchte in deutlicher Missbilligung und, kaum dass Caselli hielt, riss der Biobauer die Autotür auf und stieg aus. Eine hübsche junge Frau trat oben an der Mauerbrüstung der soliden Steintreppe aus dem Haus. Auf dem Sims standen rote Geranien in Tontöpfen.

Caselli, der Cavallone nachblickte, sah wie dieser den Mischlingshund von der Größe eines Setters von der Kette losmachte. Der Hund begrüßte seinen Herrn stürmisch, flitzte mehrere Runden um ihn herum und sprang dann an ihm hoch. »Ja, ja … ist ja gut!«, lachte Cavallone und klopfte dem Hund die Flanken. »Lauf, Blix«, rief er, »lauf!« Doch der Hund wich seinem Herrn nicht von der Seite. Er drückte sich dicht neben ihn und wedelte mit dem Schwanz. Die Italienerin kam die Stufen der seitlichen Aufgangstreppe herunter. Sie trug ein wadenlanges, geblümtes Sommerkleid. Kurze, dunkelbraune Locken fielen ihr ins Gesicht. Ihr Lippenstift wirkte etwas zu grell.

»Du sollst ihn nicht anketten, wenn ich nicht da bin, verdammt noch mal!«, rief Roberto Cavallone rüde. »Wann kapierst du das endlich!«

»Haben wir Gäste zum Essen?« Die junge Frau lächelte, von seiner Zurechtweisung offenbar unbeeindruckt, und kam mit geschmeidigen Bewegungen auf die Männer zu.

»Sind von der Polizei. Sie kommen wegen Simona«, sagte Roberto grimmig.

»Ich bin Sandra, Robertos Verlobte«, stellte sie sich vor und reichte Caselli die Hand. Bei dem Wort ‚Verlobte' blickte sie zu Roberto, der wandte den Blick ab, sah zu Boden und kraulte seinen Hund.

»War … das nicht Simona, seine Verlobte, meine ich?«, fragte Mortan geradeheraus. Caselli warf ihm einen strafenden Blick zu.

»Schon, aber das ist ja jetzt vorbei«, sagte Sandra mit einem selbstzufriedenen Lächeln. »Simona ist tot. Und ich bin wieder eingezogen. Es ist alles wie früher, und Roberto wird mich im Herbst heiraten …« Sie legte beide Hände auf ihren flachen Bauch. »Geschwängert hat er mich auch schon.« Sie lachte hell.

Caselli blickte unangenehm berührt zu Roberto, der immer noch unbeteiligt seinen Mischling kraulte. Der Biobauer machte keinen glücklichen Eindruck.

»Sie bleiben zum Essen, nicht?«, sprach Sandra weiter. »Wir essen draußen, unter dem Baum ist es schön schattig!« Sie wies auf zwei Bänke, die rechts neben dem

Haus unter dem Blätterdach einer Platane um einen einladend wirkenden, langen Holztisch standen.

»Ich helfe Ihnen, das Geschirr heraustragen«, erbot sich Philipp Mortan.

»Gern«, sagte Sandra.

Die beiden gingen die schmale, seitliche Aufgangstreppe hinauf. Plastikbänder klatschten hinter ihnen zusammen, und ihre Stimmen verklangen im Haus.

»Hat Sie ganz schön an der Kandare, hm?«, sagte Caselli. Eine Bemerkung unter Männern, wie es sonst eigentlich nicht seine Art war. Doch er war hier, um etwas in Erfahrung zu bringen.

Roberto sah ihn unschlüssig an, als überlege er, ob er ihm trauen könnte. »Ich habe mich selten in einem Menschen derart getäuscht, wahrscheinlich nur ein einziges Mal«, sagte er dann, den Blick starr in die Ferne gerichtet. »Sie hat mich überrumpelt, in allem. Seit Simona tot ist, ist für Sandra klar, dass alles wieder so wird wie früher. Wir waren fünf Jahre zusammen, aber ich liebe sie nicht mehr.« Er sah Caselli an. »Das habe ich eigentlich noch nie, höchstens ganz zu Anfang. Deshalb habe ich sie auch nicht geheiratet. Und werde es auch jetzt nicht tun. Simona ist noch nicht einmal eine Woche tot.«

»Und das Kind?«, fragte Caselli.

»Sandra ist vor ein paar Wochen hier eingezogen. Ich habe ein paarmal mit ihr geschlafen, weil sie es wollte. Aber ich habe mich vorgesehen. Sie kann nicht schwanger sein, nicht von mir ...«, fügte Roberto grimmig hinzu. »Ich werde ihr beibringen müssen, dass sie ausziehen soll, aber bisher habe ich noch nicht die richtigen Worte gefunden.«

»Simona Mendel ist in der Nacht vom fünfundzwanzigsten auf den sechsundzwanzigsten August ermordet worden. Wo waren Sie da?« Caselli ließ den Blick über die rosa blühenden Oleanderbäumchen schweifen, die neben der Eingangstür zum Untergeschoss standen.

»Auf der Viehauktion in Terni. Ich bin erst am Montag zurückgekommen, am späten Nachmittag«, antwortete Cavallone und atmete dabei schwer.

»Wie haben Sie erfahren, dass Simona tot ist?«

»Aus der Zeitung vor ein paar Tagen, als man Simona anhand der Ohrringe identifiziert hat.«

»Nun, Sie waren mit Simona Mendel zusammen. Warum haben Sie dann Ihre Exverlobte bei sich einziehen lassen? Und … könnte es nicht sein, dass Ihre Exverlobte von dem Tod Simona Mendels früher wusste als Sie?«, formulierte Caselli eine vage Anspielung. »Der Tod der Rivalin kam ihr nicht ungelegen, könnte man meinen.«

Cavallone sah ihn ernst an, dann schüttelte er den Kopf. »Nein, das sieht jetzt anders aus, als es war. Ich hatte Simona gebeten, meine Frau zu werden, schon im Frühjahr.« Er fuhr sich durch die Locken. »Simona hat abgelehnt.«

»Wollte Simona sich Ihren Antrag durch den Kopf gegen lassen und danach eine Entscheidung treffen?«, hakte Caselli nach.

Roberto Cavallone schüttelte erneut den Kopf. »Nein, sie wollte mich nicht. Simona hat das vollkommen rational entschieden. Ich kann hier nicht weg. Der Hof, das Land, mein Leben ist hier. Das sind meine Wurzeln, und hier will ich alt werden. Ich bin zufrieden mit dem, was ist. Simona dagegen wollte in die Welt, viel erleben, vielleicht nach London ziehen. Ihre Mutter hat da Beziehungen, sie war ja in London Fotomodell. Unsere Lebensphilosophien haben nicht zusammengepasst, obwohl wir verliebt waren. Simona wollte mich nicht heiraten, und damit war es aus, für mich zumindest. Ich brauche klare Verhältnisse. Ich muss wissen, woran ich bin.«

Caselli gab ihm recht. Diese Einstellung teilte er. Cavallone hatte konsequent gehandelt.

»Als ich Sandra hier vorfand, dachte ich, sie habe einfach von jemandem erfahren, dass Simona und ich nicht mehr zusammen sind. Ich habe sie nicht sofort weggeschickt. Das war ein Fehler. Aber ich war auch ein bisschen einsam, und Sandra kenne ich schon lange. Ich habe ein paar Tage gebraucht, bis mir klar wurde, dass eine Beziehung zwischen ihr und mir nicht mehr möglich ist. Ich wollte es ihr schonend beibringen, jetzt zahle ich dafür die Rechnung.« Cavallone biss die Kiefer zusammen. Schließlich durchbrach er die Starre, die ihn während der Befragung befallen zu haben schien, gab dem Hund, der treu neben ihm saß, einen Klaps und verfolgte zufrieden, wie der Mischling ungestüm losrannte. »Sandra hat nichts mit dem Mord zu tun …«, schloss er und sah an sich herunter. »Ich glaube, ich ziehe mir vor dem Essen besser ein sauberes Hemd an.« Er lächelte verlegen, wandte sich zum Gehen.

»Ja«, sagte Caselli, dann fiel ihm noch etwas ein: »Signor Cavallone!«

Roberto drehte sich um und blieb stehen, den Hund wieder an seiner Seite. Caselli ging ein paar Schritte auf ihn zu. Oben auf der Schwelle erschien im selben Moment Philipp mit einem Tablett, auf dem sich Teller und Gläser türmten. »Kannte die Signorina … wie ist gleich ihr Nachname?«

»Pecci, Sandra Pecci«, antwortete Roberto.

»Kannte sie Simona Mendel?«

Roberto zögerte. »Ja«, gab er widerstrebend zu. »Sandra hat Simona einige unschöne Szenen gemacht.«

»Wo?«, fragte Caselli hellhörig.

»In Rom.« Roberto fuhr sich mit den Fingern erneut durch die dunklen Locken, die sommerliche Hitze hatte sie fast schon getrocknet. »Sie hatte Simona mehrmals vor der Akademie abgepasst und auch in ihrer Wohnung Sachen zertrümmert und so …«

Mortan achtete vorsichtig auf die Stufen und ging die Steintreppe langsam herunter, um dann das sichtlich schwere Tablett zum Essplatz unter der Platane zu schleppen. Als Mortan an Caselli vorbeikam, zwinkerte er ihm bedeutungsvoll zu.

»Wo wohnte Signorina Pecci, solange Sie beide nicht zusammen waren?«, fragte Caselli rasch.

»Bei ihren Eltern in Rom. Sie haben ein Lebensmittelgeschäft in Parioli.«

»Danke, das ist vorerst alles«, schloss Caselli freundlich.

Cavallone nickte und ging dann zur Treppe. Der Hund musste unten bleiben. Er hob die Schnauze, so als schaute er seinem Herrn nach. Dann trottete er davon und legte sich in den Schattenkegel, den die Zypresse links neben dem Aufgang spendete. Caselli wandte sich um und sah zu Mortan, der gerade das Tablett auf dem Holztisch abstellte. Der Sitzplatz lag ein Stück weit rechts neben dem Steinhaus auf der Talseite und war gut gewählt. Von hier bot sich einem ein Panorama bis zu den weit entfernten Apenninen. Caselli bewunderte die Aussicht. Cavallones Hof war bescheiden, aber die Lage war idyllisch. Hier hatte man seine Ruhe. Abgesehen vielleicht von den Zikaden, die in den Trockenmauern zirpten, die das Terrain von der Böschung zum Tal hin abschirmten. Es war kaum zu glauben, dass es so nahe an der Hauptstadt fast unberührte Natur gab. Die schneebedeckten Bergkuppen im Blick, ging Caselli hinüber zu Mortan.

Er hatte die Gabeln in der Hand, die er sich anschickte aufzulegen. »Du wirst nicht glauben, was mir diese

Sandra alles erzählt hat!«, sagte er halblaut, obwohl außer Caselli sonst niemand da war. »Sie war mit Simona spinnefeind! Sie sagt, sie sei froh, dass sie nicht mehr da sei. Simona habe ihr Roberto wegnehmen wollen, utmost disgusting!« Er machte ein indigniertes Gesicht.

Das Paar kam die von Geranientöpfen gesäumte Treppe herunter, und Mortan beeilte sich, fertig einzudecken. Sandra stellte eine Schale dampfender Pastasciutta auf den Tisch, und Roberto Cavallone verschwand hinter einer Pforte im Unterschoss, neben der die rosa blühenden Oleanderbäumchen standen. Die dunkelgrün gestrichene Tür führte offenbar zum Kellergewölbe. Der Rundbogen aus Stein war mit einem kleinen Wappenemblem in Form eines Fasses verziert und ließ vermuten, dass dort der Weinkeller und die Vorratskammern lagen. Unter einem Wacholderstrauch rechts daneben lagerten Obstkisten.

Kurz darauf erschien Roberto mit einer Flasche Rotwein in der Hand, die er entkorkte. Sandra Pecci verteilte die Spaghetti. Mortan tat begeistert und erging sich mit seinem sympathischen britischen Akzent in Komplimenten. Davon, dass er diese Sandra als utmost disgusting beschrieben hatte, war nichts zu spüren. Sieh an, Mortan kann sich gut verstellen, dachte Caselli, der sich in den Schatten gesetzt hatte. Zwei Gabeln Spaghetti hatten ihm gereicht. Der sugo war nun wirklich utmost disgusting. Eine gute Köchin war Sandra Pecci mit Sicherheit nicht. Sein Magen revoltierte noch von der gerade überstandenen Fischvergiftung. Caselli hielt sich mit dem Essen zurück. Er trank einen Schluck Wasser und beobachtete unauffällig die Frau in dem geblümten Kleid, die am Ende der Bank unter der Platane saß und temperamentvoll mit Philipp Mortan scherzte. Ihr Lachen war zu laut, als müsste sie alle davon überzeugen, dass sie glücklich wäre. Und wie Caselli vermutete, war sie es nicht. Vielleicht trug sie eine drückende Schuld mit sich herum.

12

Caselli, der nach seinem Krankenhausaufenthalt den ersten Tag im Büro war, setzte die Hitze unverändert zu. Er saß am Schreibtisch, lockerte seine Krawatte und versuchte, sich so wenig wie möglich körperlich zu betätigen. Er blickte auf das Kalenderblatt an der Wand. Mittwoch, 4. September. Der August war vorbei, doch immer noch war es unerträglich schwül in Rom.

Scurzi hielt eine Akte hoch. »Weilershausen erwähnte, vor zwei Monaten sei seine gesamte Ausrüstung aus Simona Mendels Wohnung gestohlen worden, als er bei ihr für eine Nacht Zwischenstation machte. Und zur Tatzeit saß er angeblich im Flugzeug. Muss ich noch nachprüfen. Er ist achtundreißig, Archäologe und schreibt für so ein Fachmagazin. Deutscher Landadel, unverheiratet, spricht kein Italienisch.«

Flavia steckte den Kopf herein.

»Ihr Ferngespräch in den Jemen steht. Heben Sie einfach ab, Commissario! Ich stelle durch.«

Scurzi erhob sich und verließ den Raum.

Caselli zog das Telefon heran und nickte Flavia durch die Glasfront zu.

»Michael von Weilershausen hier!«, brüllte es aus dem Hörer. »Wissen Sie eigentlich, was das für ein Aufwand war, ins Konsulat zu kommen?«

Caselli hielt den Hörer etwas von seinem Ohr weg. Das hatte ihm gerade noch gefehlt: ein cholerischer Adeliger! Er lockerte seinen Kragen noch ein Stück. Er hatte vergessen, seine Tabletten zu nehmen. Sein Magen fühlte sich immer noch flau an, und da war so ein Druck. Caselli fasste nach dem Wasserglas.

»Hätte es nicht ein Anruf vom Handy getan wie vorgestern? Von den Ausgrabungsstätten bis nach Sana sind es zweihundert Kilometer! Sagen Sie ihm das!« Das Kommando galt wohl dem Dolmetscher.

Caselli hatte nichts dergleichen angeordnet, doch der Ton, den Simona Mendels ehemaliger Liebhaber anschlug, zwang ihn in die Offensive.

»Ich hätte Sie auch nach Rom vorladen lassen können, Herr von Weilershausen!«, antwortete er in einwandfreiem Deutsch. Der Archäologe schwieg. »Hier spricht Commissario Caselli von der römischen Questura. Wir brauchen den Dolmetscher nicht. Ich spreche Deutsch. Wie ich höre, sind Sie der italienischen Sprache ja nicht mächtig.« Caselli hatte den Hörer unters Kinn geklemmt und drückte zwei hellblaue Tabletten aus einem silberfarbenen Blister.

»Ich spreche fließend Englisch und Französisch«, antwortete Weilershausen patzig.

Wie ein Junge im Sandkasten, der seine Förmchen verteidigt, dachte Caselli. »Ich habe ein paar Fragen an Sie. Im Mordfall Simona Mendel«, kam er direkt zur Sache, steckte dann die Tabletten in den Mund und spülte mit einem Schluck Wasser nach.

»Das weiß ich. Dafür bin ich den ganzen Weg bis hierhergekommen!«, wetterte Weilershausen. »Nun schießen Sie schon los!«

Caselli stellte einige Routinefragen. Er erhielt die Antworten, die er bereits kannte und mit denen er gerechnet hatte. Dann kam er auf das Verhältnis zwischen dem Befragten und Simona Mendel zu sprechen.

Die Antwort klang verbittert: »Ich hatte ihre Launen satt. Simona und ich waren drei Jahre verlobt. Aber sie wusste nicht, was sie wollte. Sie fand, sie sei zu jung zum Heiraten. Ich hatte lange Geduld mit ihr, dann erhielt ich vom Archäologischen Institut in Genf, ganz kurzfristig, den Auftrag, die Ausgrabungen hier zu leiten. Ein Kollege war ausgefallen. Ich habe zugesagt, wollte vorher aber noch mal mit Simona reden. Sie ist in die Ferien gefahren, ohne mir zu sagen, wohin oder mit wem. Wahrscheinlich mit diesem Luftikus, ihrem Cousin. Sie ließ mich wissen, wenn sie zurückkomme, sei noch genügend Zeit zum Reden, und außerdem sei ich sowieso zu nichts anderem gut als zum Reden und zum Graben.« Caselli hörte ihn verärgert lachen. Sein Ton war immer noch scharf. »So hatte sie es formuliert, und zwar in einem Brief an mich und mich am Briefrand gleich karikiert mit einem Spaten in der Hand, wie ich Sprechblasen ausgrabe, die ich auf einen enormen Sprechblasenberg schippe, nicht mal schlecht getroffen, abgesehen von den Wortinhalten. In jedem Fall: Das muss ich mir nicht sagen lassen; meine Familie gehört zum alten deutschen Adel!« Weilershausen schnaufte. Dann setzte er noch etwas hinzu, und es klang, als lächle er: »Sie konnte impertinent sein, Simona, aber sie hatte auch andere Seiten.« Er machte eine Pause und sagte dann, gleichsam ernüchtert: »Nun, wo die Liebe hinfällt, Herr Kommissar. Ich habe Simona gebeten, meine Frau zu werden. Sie hat abgelehnt. Das war's. Und mehr habe ich Ihnen auch nicht zu sagen.«

Caselli bedankte sich und legte auf. »Scurzi!«

Sergente Scurzi hörte seinen Vorsetzten durch die Glasfront brüllen. Er zog den Kopf ein und öffnete die Bürotür. »Commissario?«, fragte er und machte ein unbedarftes Gesicht.

»War das Ihre Idee, Herrn von Weilershausen ins Konsulat nach Sana kommen zu lassen?«, rief Caselli aufgebracht und stand auf.

Scurzi nickte schuldbewusst. »Sie sollten sich nicht aufregen, Sie sind doch vorgestern erst aus dem Krankenhaus entlassen worden ...«

»Verdammt noch mal, was haben Sie sich bloß dabei gedacht! Den Mann bei vierzig Grad im Schatten zweihundert Kilometer über Sandpisten fahren zu lassen für ein Telefonat, das keine zehn Minuten dauern würde! Sie haben doch auf dem Handy mit ihm gesprochen. Entweder Sie sind ein Einfaltspinsel sondergleichen, oder es war reine Schikane! Ich verlange eine Erklärung!«

Der Sergente fand die Fassung wieder, richtete sich auf und polterte los. »Sie hätten ihn hören sollen, Commissario, mit seiner deutschen Gutsherrenarroganz! Ignoranter Itaker hat er mich genannt, weil ich ihn zweimal gebeten habe, einen Satz zu wiederholen! Mein Englisch ist passabel, aber die Leitung war gestört, und es hat ziemlich gerauscht. So eine Unverschämtheit!« Scurzi schnaubte. »Die Teutonen haben noch auf den Bäumen gehockt, als Rom längst ein Weltreich war!«

Caselli ging ans Fenster. Auf der Terrasse gegenüber hängte eine Frau Wäsche auf. »Das ist trotzdem kein Grund ...« Er war bemüht, nach Vorgesetztem zu klingen, obwohl er sich das Lachen schwer verkneifen konnte.

»Ich habe nur gesagt, er solle ins Konsulat nach Sana kommen, weil da die Verbindung besser ist. Ich hatte nichts in der Hand, keine Vorladung, nichts. Er hätte ja nicht hinzufahren brauchen, aber sein deutsches Pflichtgefühl ... Was soll man da machen.«

»Es reicht, Sergente!« Caselli fuhr herum. »Ich billige solche Methoden nicht! Wo sind wir denn hier!« Er schlug mit der flachen Hand auf die Schreibtischplatte. »Wenn Sie auf Willkür und Schikaniermethoden aus sind, sind Sie hier fehl am Platz! Noch so eine Aktion, und Sie waren die längste Zeit mein Sergente!«

»Ach ja!« Scurzi machte ungewohnt kampfeslustig einen Schritt nach vorn. »Ersatz haben Sie ja schon, was? Den schmächtigen Engländer, der, wenn ich ins Büro komme, dauernd meinen Platz belegt!« Er deutete auf seinen Stuhl. »Bitte schön! Sie wollen wohl den Europagedanken durchziehen, von dem Sie so überzeugt sind. So ein Blödsinn! Als ob ein Römer etwas mit einem Finnen, einem Engländer … oder einem Sizilianer gemein hätte! Das sind Unterschiede wie Tag und Nacht! Einen Scheiß klappt das mit der internationalen Verständigung, da liegen Abgründe dazwischen, Abgründe! Alles leeres Gerede und schöne Theorien von denen, die in Brüssel Bonzengehälter einstreichen! Im echten Leben, da sieht es anders aus! Ganz anders!« Scurzi versetzte dem Papierkorb im Eck hinter der Tür wutentbrannt einen Tritt. Der Papierkorb fiel um, rollte ein Stück und verteilte seinen Inhalt über den mit ornamentalen Fliesen ausgelegten Fußboden. Dann war es bis auf das gemächliche Rattern des Ventilators an der Decke still.

Es klopfte, und Philipp Mortan trat zur Tür herein. »Störe ich?«, fragte er. Der Gesichtsausdruck derer, an die die Frage gerichtet war, sprach für sich. Mortan hielt auf Caselli zu und hob beschwichtigend eine Hand. »Bin sofort wieder weg.« Mit der anderen fasste er in sein Jackett. »Ich wollte dir nur schnell deine Drops vorbeibringen, Alessandro.« Er lächelte jungenhaft und legte ein Metalldöschen auf den Schreibtisch. »Grether's Pastilles Blackcurrant, die magst du doch neuerdings so gern, seit ich dich darauf gebracht habe, nicht wahr? Very british, indeed!«

Scurzi stürmte aus dem Büro.

Durch die geöffnete Tür sah Caselli eine rothaarige junge Frau durch die Tür zum Treppenhaus der Questura treten.

»Attardi spielt im Arciliuto spanische Gitarre. Simona war davon hingerissen«, berichtete Mortan gerade. Er hatte sich an Sergente Scurzis Schreibtisch gesetzt und legte jetzt die Füße hoch.

Caselli holte die Zigarettenpackung aus seinem über dem Stuhl hängenden Jackett und beobachtete durch die Glasfront, wie die Rothaarige sich hilfesuchend umsah, unbeachtet von Scurzi, der sich vor Flavias Schreibtisch im Empfangsbereich aufgebaut hatte und wild gestikulierte.

»Seit wann rauchst du denn?«, fragte Mortan überrascht.

»Irgendein Laster muss der Mensch ja haben«, nuschelte Caselli, die Zigarette zwischen den Lippen, und entflammte ein Streichholz. Er lehnte sich gegen seinen Schreibtisch. »Muss mich das interessieren, dass Attardi da spielt?«, fragte er und inhalierte tief.

»Das Arciliuto ist ein Nachtclub«, fuhr Mortan fort. »Du kannst Erkundigungen einziehen oder, während er auftritt, eine Durchsuchung veranlassen. Wenn einer über spitze oder stumpfe Gegenstände verfügt, mit denen man einen Menschen erschlagen kann, dann er! Ich finde, du solltest ihn observieren lassen, Alessandro, schließlich ist er der Hauptverdächtige! Simona hatte Angst vor ihm! Wer weiß, was in seinem Atelier so zwischen ihnen gelaufen ist. Da ist einiges im Dunkeln! Ich traue Attardi jedenfalls alles zu.« Philipp nahm die Füße vom Tisch und drehte seinen Stuhl herum. »Ich habe übrigens Flavia für heute Abend ins Arciliuto eingeladen. Ich hatte vorhin einen Moment gewartet, bevor ich hereinkam. Du warst so mit Sergente Scurzi beschäftigt, dass du mich gar nicht bemerkt hast. Nun, ich hatte das Gefühl, meine Anwesenheit hier könne einen falschen Eindruck entstehen lassen.«

Caselli griff den Ascher und warf Philipp einen fragenden Blick zu.

»Dein Sergente könnte glauben, dass du und ich …« Mortan lächelte.

»Das ist nicht dein Ernst?« Caselli lachte und behielt die Rothaarige im Blick, die neben der Tür stehen geblieben war und geduldig wartete, bis Scurzi seine Klagelitanei beendet hatte. Ganz offensichtlich heulte er sich bei Signorina Flavia aus. Caselli blies den Rauch in die Luft.

»Jedenfalls wollte ich Spekulationen zuvorkommen und habe Flavia eingeladen. Obwohl mir nichts an ihr liegt, damit wir uns richtig verstehen. Du solltest auch den Sergente hinschicken, ins Arciliuto, damit er uns sieht, Flavia und mich …«, Mortan wippte mit dem Stuhl, »obwohl ich mir sicher bin, dass die Signorina ihm in diesem Moment mitteilt, dass wir ausgehen.«

Flavia saß mit einer Pobacke auf ihrem Schreibtisch, stoisch wie eine Katze, und hörte Scurzi zu, der immer noch redete. Caselli vergrub die Hände in den Hosentaschen und schüttelte den Kopf. Dieser Engländer war wirklich mit allen Wassern gewaschen. Die Rothaarige trat jetzt vor Signorina Flavias Schreibtisch und fragte etwas. Flavia wies auf Casellis Büro. Der drückte die Zigarette im Ascher aus und machte sich bereit.

»Ciao Philipp, bis heute Abend!« Caselli klopfte dem Engländer auf die Schulter und öffnete die Tür zum Eingangsbereich.

Mortan stand ohne Widerrede auf.

»Kann ich Ihnen weiterhelfen, Signorina?« Was für ein Blick, dachte sich Caselli. »Einen Moment noch, bitte! Scurzi, Sie bringen Mortan runter, den Passierschein habe ich unterschrieben! So, und Sie möchten also zu mir? Gehen wir in mein Büro.« Caselli machte eine einladende Handbewegung. »Sie können dann gehen, Sergente! Heute Abend, um neun Uhr Sondereinsatz im Arciliuto. Signorina Flavia sagt Ihnen, wo das ist!«, rief er, bevor er die Tür seines Büros zuzog. Er bot seiner Besucherin den Stuhl vor seinem Schreibtisch an und nahm selbst dahinter Platz.

Sie hatte ein eigenwilliges Gesicht. Ein Gesicht, das er schon mal gesehen hatte. »Was kann ich für Sie tun, Signorina?«

13

In der Trattoria Dal Galletto prasselte, wie jeden Abend außer Montag, ein Holzofenfeuer. Giovanni schwitzte, aber seine Gäste wussten zu schätzen, dass ihr Wirt keine Mikrowelle benutzte, auch im Hochsommer nicht. Die Nacht war lau, und Caselli hatte sich an einen Tisch im Freien unter die Markise gesetzt. Giovanni hatte Rotwein herausgebracht. Wenig später bog Claudio Perticone ums Eck. Caselli hob die Hand zum Gruß. Er war Claudio dankbar, dass er nach ihm gesehen hatte, obwohl er als Kinderarzt ja gar nicht für ihn zuständig gewesen wäre. Da Giovannis Küchenjunge gerade vor der Tür stand, rief Claudio ihm zu, er wolle eine Pizza Margherita. Der Junge ging hinein. Claudio legte den Fotoapparat, den er bei sich trug, auf den Tisch und setzte sich.

Caselli schenkte ihm ein.

»Da hast du noch mal Glück gehabt, Alessandro«, sagte Perticone und hob dabei die Hand, »danke, das reicht. Ich habe Bereitschaftsdienst. Kann sein, dass mein Pieper sich meldet, da trinke ich lieber nichts. Also, wenn Mortan dich nicht ins Krankenhaus gebracht hätte, hätten wir dich fortan auf dem Friedhof besuchen können.«

»Irgendwann erwischt Gevatter Tod uns alle«, brummelte eine ungepflegte alte Frau am Nebentisch. Schon als Caselli angekommen war, hatte sie vor einem Gläschen Grappa gehockt. Caselli ging stets zu Fuß zur Trattoria, die in einer schmalen Seitengasse unweit der Piazza Farnese lag. Caselli war vom Palazzo in der Via dei Cappellari in fünf Minuten dort. Weiter vorn, nah an der Hauswand, war ein Vorkriegskinderwagen abgestellt, der allem Anschein nach Sack und Pack der alten Frau beherbergte. Claudio sah irritiert zu ihr hinüber, dann wandte er sich wieder Caselli zu, der seinen Wein austrank und nach der Flasche griff.

»Warum trinkst du so viel, das machst du sonst doch nicht?«, bemerkte Claudio. »Das ist schon das zweite Glas!« Sein Ton war vorwurfsvoll.

»Na und? Ein Laster muss der Mensch ja haben«, sagte Caselli und erinnerte sich an die ähnliche Situation im Büro. Offenbar lag heute jedem sehr viel an seiner Gesundheit.

Claudio nahm ihm die Karaffe aus der Hand. »Jetzt ist Schluss, du hast doch sicher noch nichts im Magen! Nach der Fischvergiftung tut das deiner Leber gar nicht gut.«

»Herrgott, du redest ja wie meine Mutter!«, rief Caselli aufgebracht.

»Was ist los? Spuck es aus!«, forderte Claudio ihn auf. Der Junge servierte im selben Moment die Pizza, und Claudio griff zu Messer und Gabel. »Hast du noch nicht bestellt?«, wollte er wissen.

»Doch …«, sagte Caselli.

Claudio deutete mit dem Messer auf seine Pizza und sah Caselli an. »Willst du ein Stück, bis dein Essen kommt?«

Caselli winkte dankend ab.

»Also, was ist? Ärger in der Questura? Macht dein Sergente blau wegen seines regen Familienlebens? Ich glaube der kleine Giacomino ist das vierte, oder?« Claudio teilte die Pizza in Viertel.

Caselli schüttelte den Kopf und lehnte sich zurück. »Ach, ich bin einfach noch nicht richtig auf dem Damm, und seit ich aus dem Krankenhaus bin, hängt Mortan bei mir zu Hause rum.« Er sah auf.

Claudio schob sich ein Stück Pizza in den Mund und blickte ihn aufmerksam an.

»Ich musste ihm meine Gastfreundschaft anbieten, ehrenhalber«, brummte Caselli und drehte sein Glas hin und her. »Und dann …« Er sprach nicht weiter.

»Und dann, was?« fragte Claudio kauend.

»Meine Mutter hat sich gemeldet. Hast du sie informiert? Sie hat mir auf den Anrufbeantworter gesprochen.«

»Nein.« Claudio schob den Fotoapparat, der auf dem Tisch lag, etwas beiseite. »Was wollte sie denn?«

»Keine Ahnung, ich habe nicht zurückgerufen.« Caselli blickte auf die Kamera. »Schönes Stück.«

Claudio sah auf und lächelte. »Ja, nicht? Eine Hasselblad, noch von meinem Vater. Ich habe sie gerade aus der Reparatur geholt, war nur eine Kleinigkeit mit der Linse. Ich will wieder anfangen zu fotografieren, zum Ausgleich. Das Krankenhaus frisst einen regelrecht auf. Ich komme zu gar nichts mehr.«

»Hm, verstehe«, antwortete Caselli. Ihm fiel ein, dass er Claudio wegen Krogmanns Herzproblemen hatte ansprechen wollen. Claudio versprach sich kundig zu machen, und dann servierte Giovanni Casellis Cannelloni. »Ah, prima!«, sagte Caselli. Er hatte jetzt wirklich Hunger.

Die Frau vor dem Grappa murmelte vor sich hin. Der Tisch befand sich nahe der Hauswand unter der Markise, rechts neben dem Eingang zum Lokal, somit ein ganzes Stück entfernt, dennoch hatte Caselli den Eindruck, ein strenger, von der Obdachlosen ausgehender Geruch zöge zu ihnen herüber.

Claudio hob den Kopf und sah zu ihr. Ein Blickwechsel mit Giovanni, ein Nicken. Der Wirt verstand.

»Geht auf's Haus, ausnahmsweise!«, sagte er und gab ihr die Karte.

Caselli sah ein grimmiges Lachen über das schmutzige Gesicht der Obdachlosen huschen, als sie die Hand ausstreckte.

»Sieht aus, als würden wir heute Abend allein bleiben«, meinte Claudio, während er ein Pizzaviertel zusammenklappte und aus der Hand aß. »Jetzt kommen Tiberio und Fulvio bestimmt nicht mehr. Na, seit Giuseppina schwanger ist, kann Tiberio kaum mehr weg. Er hilft ihr, wo er kann, damit es endlich klappt. Tja, bei all dem Aufwand, den sie betrieben haben!«

Casellis nickte. Er erinnerte sich daran, wie Tiberio und seine Frau Giuseppina im Frühjahr jeder mehr oder weniger heimlich, damit der andere es nicht merkte, als Vertreter unterwegs gewesen waren, um die Behandlung für Giuseppina zu bezahlen. Den Wasserentkalker benutzte Caselli, aber das gesamte Tupperware-Sortiment hatte er nicht einmal ausgepackt.

»Wenigstens hat er jetzt keine Geldsorgen mehr. Seine Schreinerei scheint gut zu laufen, und die Möbel, die er restauriert, werden gekauft.« Claudio biss in seine Pizza.

»Freut mich für ihn, dass der kleine Antiquitätenladen Anklang findet. Ist ja auch praktisch, gleich neben der Werkstatt. Und eine gute Idee obendrein«, meinte Caselli.

»Weißt du Neues von Fulvio?«, wollte Claudio wissen. »Der kommt ja auch immer seltener in die Trattoria.«

»Hm, er hat mir heute eine angehende Journalistin in die Questura geschickt. Sie will ein Praktikum in Kriminalistik machen. Attraktiv, tolle Figur, apartes Gesicht, rothaarig. Der Vice-Questore ist im Urlaub, aber vielleicht kann ich ...« Weiter kam er nicht.

»Tiziana?«, fiel Claudio ihm ins Wort.

»Ja, woher …?«, setzte Caselli an.

Claudio griff nach der Serviette. »Das ist Fulvios Freundin.«

»Die ist doch nicht mal Mitte zwanzig!«

»Sie ist Ende zwanzig, und die beiden sind schon fast eineinhalb Jahre zusammen. Weißt du das nicht? Sie haben sich kennengelernt, kurz bevor Fulvios Sohn … du weißt schon. Du hast den Mordfall ja aufgeklärt. Tolle Frau!« Claudio zog anerkennend die Mundwinkel nach unten. »Ihr Vater ist Diplomat. Die haben lange in Ägypten gelebt. Sie ist dort in die Schule gegangen. Spricht, glaube ich, sogar Arabisch. Danach ist die Familie nach Genf, das muss ein Kulturschock gewesen sein.« Claudio hob sein Glas, um einen Schluck zu trinken. »Tiziana ist sehr sportlich und fährt dauernd mit dem Fahrrad durch die Stadt.«

Caselli nickte geistesabwesend. Genau, da hatte er sie zum ersten Mal gesehen. Als die Leiche der Mendel gefunden wurde. Da war Tiziana Gordoni zufällig mit dem Fahrrad vorbeigekommen und hatte Fragen gestellt. Komisch, damals war sie ihm ermüdend forsch erschienen, diesen Nachmittag dagegen …

»Fulvio sagt, in Kairo sei sie morgens bei Sonnenaufgang durch die Wüste geritten. Das geht hier ja irgendwie schlecht, deshalb ist sie auf den Drahtesel umgestiegen. Nun, der Altersunterschied ist nicht ohne, aber heutzutage …« Claudio zuckte mit den Schultern. »Fulvio führt eine moderne Ehe. Seine Frau hat ihre Karriere. Carla ist viel in Mailand. Was willst du machen, so ist das halt. Auf Dauer bleiben Fulvio und Tiziana sicher nicht zusammen. Das hält nicht.«

Casellis Laune verschlechterte sich rasant. Musste die attraktive Journalistin, die ihn aufgesucht hatte, ausgerechnet Fulvios Freundin sein? Aber was beschäftigte ihn das, er war schließlich verlobt!

»Ach, übrigens: Cora kommt später noch«, fügte Claudio hinzu, wischte sich die Hände an der Serviette ab und griff wieder zu Messer und Gabel. »Wir haben noch was vor.«

Caselli hob eine Augenbraue. Was fand Claudio nur an dieser Cora? Er selbst hatte nie eine Frau unsympathischer gefunden. Im Frühjahr war Cora Talenti in den Palazzo gezogen, in dem Caselli wohnte. Claudio hatte Cora in Giovannis Trattoria kennengelernt. Und nun hatten die beiden, wie es schien, eine ernsthafte Beziehung.

»Hm, ich muss heute früher weg. Beruflich.« Caselli schob seinen Teller von sich. Da war wieder dieser Druck in der Magengegend. »Ins Arciliuto, ist ein Nachtclub hier in der Nähe.«

»Dein neuer Fall, die Kunststudentin? Ich habe darüber in der Zeitung gelesen.« Claudio zwirbelte Mozzarellafäden um die Gabel.

Caselli bejahte. Er hob kurz den Blick. Und sah Mortan. Caselli war sich nicht sicher, was ihn mehr störte, dass Mortan in seiner Stamm-Trattoria aufkreuzte oder die Tatsache, dass er sein bestes Jackett trug. Er hob die Hand, um auf sich aufmerksam zu machen. Mortan schlenderte an den Tisch. »Buona sera!«

Claudio blickte auf. »Ach, unser Lebensretter! Philipp, setzen Sie sich doch! Alessandro erwähnte gar nicht, dass Sie auch kommen. Wir haben schon bestellt.« Er deutete mit dem Messer auf den freien Stuhl. »Bitte. Tutto bene?«

Mortan dankte und setzte sich. Giovanni kam mit einer Portion Lasagne heraus, die er am Nebentisch servierte.

Caselli hörte es vom Nachbartisch Räuspern und Murmeln.

Claudio sah zur Obdachlosen hin und wirkte plötzlich sehr ernst. »Wir haben da seltsame Fälle, Alessandro, in letzter Zeit. Das ganze Krankenhaus redet darüber.«

»Noch ein Gedeck?«, fragte Giovanni im Vorbeigehen.

»Nein, ich hole nur rasch Alessandro ab«, antwortete Mortan.

Giovanni blieb stehen. »Hör mal, Claudio, das muss eine Ausnahme bleiben«, sagte er mit einem Kopfnicken zum Tisch am Eck. »Ich persönlich habe nichts gegen die Frau, aber wenn mehr Gäste da sind, dann geht das nicht. Dann kann die nicht hier stundenlang einen Tisch besetzen, das musst du verstehen.«

»Ja, ja, schon gut, Giovanni«, lenkte Claudio beschwichtigend ein.

»Sie kann sich hinten immer ein Stück Pizza abholen, aber die Tische brauche ich für meine zahlenden Gäste.«

»Ich zahle die Lasagne ja ...«, erwiderte Claudio ungehalten, dann hob er einlenkend die Hand. »Lass gut sein, Giovanni. Das mit dem Pizzastück ist nett von dir. Ich sage es der alten Dame, danke, Giovanni.«

»Du kennst sie?«, fragte Caselli.

»Ja, der Mann, mit dem sie unterwegs auf der Straße ist, wurde ins Krankenhaus eingeliefert. Zu uns. Ich hatte Notaufnahme. Sie besucht ihn regelmäßig. Das ist der dritte Obdachlose, den sie uns bringen. Alle übel zugerichtet, tiefe Stichwunden.« Claudios Kiefermuskeln traten hervor. Er blickte betroffen auf, und Caselli merkte, wie müde und überanstrengt Perticone aussah. »Sie sagen, im Viertel um die Piazza Navona gehe einer um und malträtiere nachts Obdachlose. Von einem Spazierstock mit Knauf ist die Rede. Er soll ein Stilett haben, das unten herausspringt. Hat wohl einer mal gesehen. Das könnte sogar stimmen, der Beschaffenheit der Verletzungen nach. Die Wunden sind tief und heilen schlecht. Der, den ich letzthin in der Notaufnahme hatte, war wirklich schlimm zugerichtet, sage ich dir. Kann sein, dass ich das nicht mehr gewohnt bin, Kinderstation ist eben anders, ein ganz anderer Fachbereich. Ich mache selten Notaufnahme, praktisch nur, wenn ein Kollege der Chirurgischen ausfällt, und in letzter Zeit passiert das leider häufiger. Ich war erschüttert. Wenn ich den Kerl erwischen könnte, der so was macht, auf wehrlos schlafende Obdachlose einsticht, ich wüsste nicht, was ich täte!« Er umfasste sein Glas so fest, dass seine Knöchel weiß hervortraten.

»Konnte der Mann Angaben zum Täter machen?«, fragte Caselli, dem nicht entgangen war, wie nahe Claudio die Sache ging.

»Edmondo? Nein, der wollte nichts sagen. Aus denen bringst du nichts heraus. Wer auf der Straße lebt, hat das Vertrauen in die Obrigkeit längst verloren. Polizei, Ärzte, Staat, damit wollen sie nichts mehr zu tun haben. Die Sanitäter hatten ihn aus dem Durchgang der Via dell'Arco dei Banchi geholt. Das hat mich stutzig gemacht.«

»Dort hat man doch Simona gefunden!«, schaltete sich Mortan ein, der bislang schweigend zugehört hatte.

»Eben«, sagte Claudio. »Soweit ich weiß, hat keiner der verletzten Obdachlosen Anzeige erstattet. Wie gesagt, die wollen mit der Polizei nichts zu tun haben, aber wenn du mich fragst, könnte es folgendermaßen gewesen sein: Der Täter wollte einen Obdachlosen malträtieren, und irgendwie kam diese Kunststudentin, Entschuldigung …«, er warf einen Blick in Mortans Richtung, »dazwischen. Sie kam dazu, wollte eingreifen, oder …«

Claudio zuckte mit dem Mundwinkel und hob sein Glas an, um einen Schluck zu trinken. »Na, ich weiß auch nicht«, schloss er. Er stellte das Glas ab und drehte den Stiel hin und her. »Aber das muss aufhören.«

Caselli nickte. Während Claudio erzählt hatte, war er zu dem Schluss gelangt, dass an der Theorie etwas dran sein könnte. Er sah Mortan an. Philipp schien bleich und war eigenartig schweigsam.

»Was ist denn? Hast du keinen Appetit?« Claudio deutete mit dem Messer auf die Cannelloni, die Caselli kaum angerührt hatte. »Die Medikamente, was? Na, komm, bald bist du wieder fit.« Claudio lächelte aufmunternd, doch dann wurde er ernst. »Da muss man einschreiten, Alessandro. Dem muss das Handwerk gelegt werden. Der Täter wird weitermachen, da kannst du Gift darauf nehmen. Man müsste den Durchgang überwachen. Ich habe mit den Carabinieri gesprochen, aber da redet man gegen eine Wand. Es ist eine ganz üble Sache und trifft wieder mal die Schwächsten unserer Gesellschaft.« Claudio hatte die Stimme gesenkt und warf einen kurzen Blick zur Obdachlosen am Eck hinüber. »Kannst du nicht einen Polizisten hinschicken, Alessandro? Das muss doch möglich sein.«

»Ich gehe der Sache nach, Claudio.« Caselli winkte Giovanni wegen der Rechnung. Er hatte Cora gesehen, die gerade in die Gasse bog, und auf ihre Gesellschaft konnte er wahrhaftig verzichten.

»Du musst schon weg?« Claudio sah auf. »Was willst du eigentlich im Arciliuto … du bist doch sonst kein Freund von Clubs.«

»Wir observieren Attardi, Simonas Professor von der Kunstakademie. Er gehört zu den Verdächtigen und gilt als gewalttätig«, erklärte Mortan an seiner Stelle.

»Philipp!«, fuhr Caselli dazwischen.

»Wieso denn? Das stimmt doch! Und Simona hatte Angst vor ihm!« Philipps Stimme zitterte. »Dem traue ich alles zu! Ja! Warum versteht das denn keiner! Der hat Simona auf dem Gewissen!«, rief er laut. Er fuhr hoch, wankte.

Claudio warf seine Serviette auf den Tisch. »Philipp, setzen Sie sich! Atmen Sie mal durch. Das sind die Nerven. Sie sind mitgenommen, mein Lieber, überreizt! Setzen Sie sich. Ich gebe Ihnen ein leichtes Beruhigungsmittel.«

»Ciao, was ist denn hier los?« Cora war inzwischen am Tisch angekommen und blickte in die Runde.

»Hallo, Cora, warte bitte kurz!« Claudio griff in seine Tasche, zog ein Röhrchen heraus und klopfte eine Tablette in seine Hand.

Mortan wischte sich mit dem Handballen über die feuchten Augen. »Damned ...«, murmelte er. Er nahm die Tablette, die Claudio ihm reichte, und spülte mit einem Schluck aus Casellis Glas nach.

»Hast du jetzt schon für jeden Drogen-Junky was dabei?«, fragte Cora.

Caselli schüttelte den Kopf und dachte sich seinen Teil. Unsensibler konnte man kaum sein. Das hatte Cora von Anfang an bewiesen.

»Dein Sarkasmus, Cora, ist unangebracht. Du kennst die Zusammenhänge nicht, bitte halte dich da raus«, erwiderte Claudio ruhig. Er fühlte Mortans Puls und legte ihm dann die Hand auf die Schulter. »Geht's wieder?«, wollte er freundlich wissen.

Mortan hob den Blick. »Thank you.«

»Your welcome«, sagte Claudio. »Weiter allerdings reicht mein Englisch leider nicht!« Er lächelte.

»Rührend, sind wir nun bei Ärzte ohne Grenzen?«, kommentierte Cora und verdrehte die Augen.

Caselli fand sie unsympathischer denn je. Es war ihm ein Rätsel, was sein Freund an ihr fand. Er stand auf. »Danke dir, Claudio. Wir gehen dann. Philipp?«

»Ich bin okay, entschuldigt.« Mortan stand auf.

Claudio tat es ihm gleich. Er verabschiedete Caselli mit festem Händedruck. »Und bitte unternimm etwas, Alessandro, in der Sache, du weißt schon!«, wiederholte er eindringlich.

*

Zigarettenschwaden hingen in der Luft. Gitarrenklänge vermischten sich mit dem Johlen der Menge tanzender, gut gelaunter Clubbesucher, die in die Hände klatschten. Die Bravorufe galten dem mit Spotlicht erhellten Tisch. Zwei Gitarristen begleiteten einen Flamenco-Tänzer, schlugen ab und an mit der flachen Hand auf den Gitarrenkörper und sangen mit sehr viel Leidenschaft ein spanisches Lied. Claudio hielt den Vorhang aus rotem Samt ein Stück zur Seite, damit Tiziana und er in den Saal blicken konnten. Der Vorhang sollte wohl die hinteren Tische des Clubs vor Zugluft schützen, vermied jetzt aber lediglich, dass Sauerstoff in das überfüllte Kellergewölbe gelangte.

»Fulvio kommt gleich«, erklärte Claudio und sah kurz in Richtung Herrentoilette. Fulvio war dorthin entschwunden, kaum dass er die schmale Treppe ins Entree des Nachtclubs hinabgestiegen war. Tiziana, die neben Claudio stand, lugte durch den Spalt im Vorhang und starrte den Solisten fasziniert an. Der Flamenco-Tänzer legte den Kopf schräg, hielt sich stilgerecht kerzengerade und leistete beträchtliche Beinarbeit. Die schwarze Hose und das weiße Hemd saßen tadellos.

Jetzt kam Fulvio aus der Toilettentür. Claudio winkte ihm zu, und Fulvio trat zu ihnen. »Habt ihr Cora noch erwischt? Sie schien ja recht aufgebracht. Keine Sorge, das renkt sich wieder ein. Ah, Tiziana, da bist du ja! Ich mache euch einen Vorschlag. Mag sein, dass dieses Lokal angesagt ist, aber mir ist es zu voll. Ich sehe das schon von hier. Gehen wir woanders hin. Was schaut ihr denn so? Gibt es da etwas zu sehen?« Er trat an den Samtvorhang, den Claudio weiter zur Seite hielt. Ein Alarmgeber piepste. Claudio griff in seine Brusttasche. Tiziana übernahm es, den Vorhang zu halten. Claudio nahm Fulvio bei der Schulter. »Fulvio, aus unserer Spontanverabredung wird leider nichts, ein Notruf. Ich muss los. Tut mir leid! Schönen Abend noch, euch beiden!«

Fulvio hob die Hand zum Gruß und sah wieder nach vorn. Von der Treppe aus warf Claudio amüsiert einen letzten Blick Richtung Bühne.

»Aiaijaahahaha …!«, rief der Tänzer in klarer Ermangelung weiteren spanischen Textes und improvisierte einen Ausfallschritt. Die Gitarren verstummten abrupt mit einem Akkord.

Claudio trat ins Freie. Er zog ein Blatt aus seinem Jackett und faltete es auseinander. Es war eine Karikatur, der flüchtig skizzierte Kopf eines alten, hageren Mannes mit krausem Haar, das im Nacken zu einem Zöpfchen auslief. Claudio schob das Kinn vor und nagte an seiner Unterlippe. Er faltete die Zeichnung wieder zusammen und steckte sie sorgfältig weg. Dann ging er die Gasse hinauf.

*

»Komm da runter, Alessandro!« Fulvio packte ihn am Arm. Caselli geriet ins Schwanken, rutschte ab und stolperte auf einige Männer zu, die ihn unter brüllendem Gelächter auffingen und auf die Beine stellten.

»Fulvio! Du bist auch da?« Er wankte. Auf dem Tisch hatte er besseren Stand gehabt, fand er, hier unten schwankte der Boden gewaltig. »Aiaijaahahaha!«

»Komm, Alessandro, ich bring dich nach Hause. Du bist ja vollkommen betrunken!« Fulvio packte Caselli am Arm.

Caselli hielt sich an einer Stuhllehne fest. »Moment, ich bin in Begleitung hier! Flaaavia!«, brüllte er und schnappte sich ein Sektglas vom Tisch, das er auf einen Zug austrank. Dessen Besitzer, ein junger Mann mit dunkelblonden Haaren, lachte gutmütig.

»Wer sind Sie denn? Sie vermiesen die Stimmung!« Flavia ließ von Philipp ab, mit dem sie sich, wie ihr geröteter Hals vermuten ließ, nicht erst seit fünf Minuten beschäftigte. »Ich kümmere mich schon um ihn!«, antwortete sie schnippisch an Fulvio gewandt.

»Ja …«, sagte Caselli und nickte bedächtig.

»Den Eindruck habe ich nicht, Signorina«, erwiderte Fulvio. Caselli versuchte auf den kippenden Stuhl zu steigen, in der Absicht, wieder auf den Tisch zu kommen. »Aiaijaa …!«

*

»Sergente, verdammt noch mal!«, hörte Caselli seinen Freund Fulvio Stronchetti grimmig rufen. Caselli hob den Kopf. Scurzi hing auf einem Barhocker und wirkte wenig ansprechbar. Fulvio legte ihm die Hand auf die Schulter. »Sergente, kommen Sie! Ich habe meinen Wagen draußen. Sagen Sie das auch der Signorina da. Ich kann Sie beide am Taxistand absetzen.«

Caselli bekam mit, wie Fulvio seinen Arm auf die Schulter hob. »Tiziana? Hilfst du mir mal?«, hörte er ihn sagen.

»Wir gehen«, lallte Caselli Richtung Mortan.

»Alright, beddy-byes!« Philipp stand vom Hocker auf und sackte weg.

»Oh«, meinte Caselli, »ich glaube, der hat zu viel intus! Das sollte man nicht! Das ist schlecht für die Leber!«

Tiziana packte geistesgegenwärtig Philipps Arm. »Ich will auch mit … ich wohne bei Alessandro!«, lallte Mortan.

»Tiziana, schafft du das?«, fragte Fulvio.

»Geht schon, bin ja ein starkes Mädchen!«, sagte sie und lachte.

Draußen blinzelte Caselli zum Himmel. Die Sterne funkelten. Es war schwül, im Freien kaum kühler als im Nachtclub. Sie standen vor dem schwarzen Volvo. Die Rothaarige beugte sich über Philipp und zog den Sicherheitsgurt fest. »Tiziana Gordoni«, murmelte Caselli. »Die ist auch da?«

»Ja, Commissario, ich bin auch da …«, sagte sie. Dann strich sie eine Locke zurück und umrundete den Wagen. »Wir verfrachten die anderen auf den Rücksitz. Der Engländer kann neben dir sitzen, der pennt. Ich nehme ein Taxi.« Sie öffnete die hintere Wagentür für ihn und drückte Fulvio einen Kuss auf die Wange.

»Aiaijaahahaha!«

»Ja, Alessandro, ist ja gut, steig ein. Setz dich schön auf den Rücksitz.« Fulvio nahm Casellis Arm von seiner Schulter. »Tiziana, hör zu, ich lasse dich ungern ein Taxi nehmen!«

Caselli beugte sich zur offenen Wagentür gegenüber. »Flaaa…«, rief er mit schwerer Zunge. Er war mit einem Mal entsetzlich müde. Was war eigentlich los? An den paar doppelten Whiskys konnte das doch nicht liegen. Er vertrug schließlich was.

»Geh mal weg, Raffò! Ich will neben Alessandro sitzen!«, rief Flavia und gab Scurzi einen Schubs.

»Sergente!«, rief Fulvio über das Wagendach. »Sind Sie mit Ihrem Wagen da? Den lassen Sie mal lieber stehen … Sie fahren mit uns!«

»Ohhh, is' mir schlecht!« Scurzi hustete und klopfte mit der Hand auf das Heck des Volvo.

»Flavia!« Caselli saß jetzt im Wagen und beugte sich zur offenen Wagentür auf der anderen Seite.

»Na dann, viel Spaß!« Tiziana holte ihr Handy aus dem Abendtäschchen.

»Warte!« Fulvio schloss die Tür auf Casellis Seite und umrundete seinen neuen Volvo. »Wo wohnen Sie, Signorina?«

»Via Piave«, antwortete Flavia und richtete den Riemen ihrer Sandalette.

»Nummer 5 …«, rief Caselli aus dem Fond.

»Dann machen wir das anders«, entschied Fulvio Stronchetti. »Sergente, Sie wohnen doch in Parioli. Bringen Sie die Signorina nach Hause, das liegt auf Ihrem Weg. Tiziana ruft Ihnen ein Taxi. Wenn ich Commissario Caselli abgesetzt habe, muss ich in die andere Richtung.«

»Ist gut«, hörte Caselli Scurzi antworten.

»Buona notte, Flavia!« Caselli beugte sich mit gesamter Oberkörperlänge zur offenen Wagentür.

»Komm, Tiziana, steig jetzt ein!«, hörte er Fulvio sagen. Und dann ein forsches: »Erlauben Sie?« Die schwarze Seide eines Cocktailkleids raschelte, und der Parfümduft war schwer und sinnlich. Caselli holte angestrengt Luft. Tiziana setzte sich neben ihn in den Fond und drängte ihre Knie neben seine. Caselli rutschte ein Stück. »Cigno diciassette, fünf Minuten!«, rief sie knapp den Taxicode, den die Taxizentrale explizit nannte, damit jeder Anrufer wusste, welches Taxi für ihn bestimmt war. Das sollte die Kunden vor illegalen Fahrern schützen.

Dann schlug sie Flavia die Tür vor der Nase zu und drückte auf den Verriegelungsknopf.

»Moment mal!« Flavia rüttelte am Knauf und schlug mit der flachen Hand auf das Wagendach. »Aufmachen!«

Fulvio fuhr an. Caselli blickte durch die Heckscheibe. Flavia schwenkte ihre Handtasche. Der Sergente zog sie weg. Im Wagen lief die Klimaanlage.

»Philipp?«, lallte Caselli. Etwas stimmte mit seinem Kopf nicht. Er fühlte sich so dumpf an.

»Der ist auch hier ... Ihr Freund schläft auf dem Beifahrersitz«, sagte eine weibliche Stimme, die warm, voll und samtig war wie flüssige Bronze. Caselli ertastete Lederpolster. Der Wagen glitt durch die Nacht. Sein Kinn lehnte an einer wohlgeformten Schulter.

»Kommst du mit Alessandro klar?« Fulvio sah prüfend in den Rückspiegel.

»Sicher, konzentriere dich bitte auf den Verkehr, Fulvio, auf dem Lungotevere ist um diese Zeit ziemlich viel los.«

Caselli hob den Kopf. Tiziana strich eine Locke zurück und blickte aus dem Seitenfenster. Ihr Parfüm hinter dem Ohr, wo sie die Locke hingeschoben hatte, war schwül wie eine sizilianische Nacht. Caselli nickte. Und ... französisch, eine Kollegin auf der Polizeischule in Catania hatte es getragen, vor einer Ewigkeit; jene Nacht war auch schwül gewesen. Caselli seufzte. Er spürte den leichten Druck ihrer Hand auf seinem Oberschenkel, vielleicht lag sie zufällig dort, ihre Hand. Was unwahrscheinlich war. Caselli blinzelte in die Dunkelheit. Tizianas Wange war nah. Sie fuhren an der Engelsbrücke vorbei. Ein Reisebus, das unbeschwerte Lachen einer sehr jungen Fremdenführerin, Alessia Lante della Rovere. Den Fall hatte er im Frühjahr gelöst. Caselli erinnerte sich und grinste selig. Sie hatte ihm Rom gezeigt, im Mai. Alessia, rote Locken und dieses bezaubernde Lächeln. Kopfsteinpflaster. Sein Kopf sackte weg, auf ein weiches Dekolleté. Und während er Tizianas Finger küsste, die ihm sanft über Mund und Schläfe strichen, fragte Caselli sich in einer letzten Sekunde Luzidität, was er da eigentlich tat.

»Alles in Ordnung dahinten?«, fragte Fulvio wieder.

»Ja«, war die Antwort und ein unterdrückter Aufschrei, da Caselli Halt gesucht hatte. Caselli blinzelte in die Dunkelheit des Fonds. Tiziana biss sich auf die Lippen und schloss die Augen.

»Wir sind gleich da …«, sagte Fulvio. »Ich kann hier eigentlich nicht abbiegen, aber was soll's, um diese Zeit ist kein Vigile mehr unterwegs.«

»Hmhm.«

»Bist du eingenickt, Tiziana? Du klingst seltsam.«

Caselli fühlte sich unsanft weggestoßen. Die Seitenstraße war beleuchtet. »Ich war in Gedanken. Wir wollten doch meinen Artikel durchgehen. Morgen ist Abgabe, aber ich fürchte, ich bin wie erschlagen.«

»Ein starker Espresso, und du bist wieder fit. Was meinst du, wie oft ich um drei Uhr morgens an einem Artikel saß!« Fulvio lachte jovial.

»Du bist eben ein Vollprofi … vierzig Jahre Journalist. Das ist schon was, und jetzt noch die TV-Rubrik.« Sie richtete den verrutschten Träger ihres Cocktailkleids. Caselli starrte auf feminine Rundungen.

»Ja, das wollten wir eigentlich feiern, heut Abend, nicht wahr?« Fulvio drehte das Lenkrad nach rechts und hielt auf der Piazza Campo de Fiori. »Ich kann in die Via dei Cappellari nicht reinfahren«, er blickte in den Rückspiegel, »zu eng für den Volvo. Ich bring euch an die Tür und warte unten. Der Palazzo hat keinen Aufzug, und

Alessandro wohnt im fünften Stock. Da muss ich kapitulieren, Tiziana. Du weißt, mein Meniskus.«

»Ja, Fulvio«, sagte Tiziana und seufzte, »ich weiß.«

*

Als das Licht anging, trat jemand oben hastig an das Geländer und blickte in die Treppenschnecke hinab. Philipp blinzelte nach oben. Er hielt sich am Eisengeländer fest und versuchte, gerade zu stehen. Er war im Wagen eingenickt und musste dringend mal. Die Rothaarige ging voraus, Alessandros Arm über der Schulter. Sie hatte ziemlich viel Kraft. Wahrscheinlich eine Schwimmerin. Sie hatte breite Schultern. Das Cocktailkleid war eng anliegend und ausgeschnitten. Philipp tappte hinterher, ab und an erwischte er eine Stufe nicht und stolperte, wobei er sich am Geländer abfing und wieder hochzog. Als er die Treppenschnecke hinaufsah, meinte er ein Gesicht zu erkennen, jemand, der zu ihm herunterschaute. Er zuckte zusammen und blinzelte. Als er erneut hinaufsah, war die Silhouette verschwunden. Im fünften Stockwerk angelangt, setzte er sich auf die vorletzte Stufe und atmete durch. Er verschränkte die Arme vor der Brust und beugte sich vor. Ihm war übel.

»Wo sind die Wohnungsschlüssel?«, fragte die Rothaarige ungeduldig. Sie hielt Caselli an der Schulter fest und drückte ihn mit ihrem ganzen Körpergewicht gegen die Wand, damit er nicht vornüberkippte. Philipp wippte vor und zurück und sah auf.

»Die Wohnungsschlüssel!«, rief Tiziana und drehte ob Casellis Fahne das Gesicht weg. Sie tastete mit der freien Hand sein Jackett durch, das sie über dem Arm hielt. Nichts. Sie wandte den Kopf »Philipp! Nun, helfen Sie mir doch! Die Schlüssel!«

*

»Old Mcdonald … had a horse …!«, sang Philipp lauthals, und dazwischen rief er: »Beeilt euch, ich muss mal!« Caselli spürte, wie ein flacher Bauch sich gegen ihn presste. Er öffnete schlagartig die Augen und starrte in rote Locken, die er wegpustete. Er erwischte eine zwischen Daumen und Zeigefinger und betrachtete sie verblüfft. »Ale… Ale… Alessia!«, murmelte er und wankte. Er fühlte sich verwirrt: Wie kam Alessia hierher, die sehr junge Fremdenführerin, mitten in der Nacht, in seinen Treppenflur?

»Philipp! Verdammt!« Schrill klang die Stimme, unangenehm. Alessia hatte eine sanfte Stimme, ganz anders, verschmitzt, liebreizend. Caselli blinzelte.

Philipp saß auf der Treppe, hielt die Arme vor den Bauch und wippte vor und zurück. »Old McDonald had a horse, haiaia, ho!«

»Ale…«, murmelte Caselli. Er nahm Anlauf, und dann wurde er laut. »Alessia, amore!«

»Schssst! Wollen Sie den ganzen Palazzo aufwecken!«, zischte die unwirsche Stimme. Caselli kippte vor, sein Kopf lag auf einer muskulösen Schulter. Die junge Frau rang nach Luft, vielleicht, weil er ihren Hals küsste.

»Ich heiße Tiziana, Commissario …«, bemerkte sie leise. »Tiziana!«, wiederholte sie und atmete angestrengt aus. »Wir kennen uns doch, Commissario. Ich war heute bei Ihnen in der Questura. Und vorhin, als ich ins Taxi stieg, haben Sie meinen Namen noch gewusst.«

»Alessia, amore!« Caselli zwirbelte Locken.

Sie zerrte ungeduldig die Strähne aus seinen Fingern. »Schluss jetzt! Wo sind die Schlüssel, Commissario? Ich kann Sie nicht mehr halten!«

Caselli legte den Kopf in den Nacken und lallte: »Alessia, piccola! Quanto sei bella!« Er kniff die Augen zusammen und fixierte die Flurlampe.

»Haiahaiho!«, kam es von der Treppe, begleitet von einem Schluckauf.

Im Hausflur staute sich die Hitze. Es war viel zu heiß. Vielleicht sollte er sein Hemd ausziehen? Caselli senkte den Kopf und fingerte an seinen Knöpfen.

»In Ihrem Jackett sind sie nicht, verdammt noch mal!«

»Ah!«, rief Caselli. Sie hatte ihm einen Schubs gegeben und suchte kurzerhand in seiner Hosentasche. Sein Kinn fuhr hoch. Das Flurlicht erlosch.

*

Die Neonröhre flackerte, und dann schien die Flurlampe grell auf den Treppenabsatz. Philipp hatte den Schalter betätigt. Er trat von einem Fuß auf den andern.

»Können wir endlich rein? Ich muss mal«, maulte er und starrte die beiden übermüdet an. »Muss das denn jetzt sein? Das könnt ihr doch drin tun. Alessandro, come on, guy, stop it!« Philipp blieb eine Weile stehen, dann torkelte er zu den Stufen hinauf zum nächsten Stock. »Na gut, dann pinkle ich eben hier! Ich gönn's dir.« Er hielt sich krampfhaft am Geländer fest. »Dir schon.« Er nestelte am Reißverschluss seiner Leinenhose. Am Treppenabsatz fuhr er erschrocken zusammen. »Oh!« Er starrte auf die zierliche Frau, die zusammengekauert auf den obersten Stufen saß. Sie sah ihn aus verheulten, schwarzen Augen wütend an.

Philipp hob beschwichtigend die Hand. »Sorry, Miss …«, murmelte er und trat einen Schritt zurück. »Sorry! Never mind!« Als er sich umwandte, stand

Casellis Wohnungstür offen. Aus der Halle hallten Schritte, und das Portal schlug. Das war wohl die Rothaarige gewesen. Philipp lugte durch das Geländer.

Die junge Frau mit den schwarzen Augen stand hastig auf und eilte die Treppen hinunter. Philipp wankte und blickte ihr nach. Das Portal fiel ein zweites Mal ins Schloss. Die Flurlampe erlosch erneut.

Philipp trat in den Lichtstrahl, der aus Casellis Apartment schien.

14

Am nächsten Tag hatte ein Platzregen in den frühen Morgenstunden die Luft abgekühlt. Im Büro in der Questura hängte Scurzi das Jackett über seine Stuhllehne. Dann nahm er eine Speicherkarte aus der Hosentasche und platzierte sie gut sichtbar auf dem Schreibtisch seines Vorgesetzten.

»Wieso legen Sie mir das hin? Was ist da drauf?« Caselli streckte die Hand nach dem Plastikteil aus.

»Aufnahmen aus dem Nachtclub. Ich habe gesehen, dass Flavia Sie geknipst hat. Als sie mit dem Engländer, wie soll ich sagen, beschäftigt war, habe ich die hier aus Flavias Digitalkamera genommen. Commissario, wenn der Vice-Questore Sie in dem Zustand …!«

Caselli hob die Hand. »Ich verstehe, Scurzi. Danke, gut reagiert. Weiß sie davon?«, fragte er. Er drehte den Chip in der Hand und sah zu Flavia.

»Sie kann sich's denken. Komme ja nur ich in Frage.«

Caselli steckte den Chip weg. »Das verstehe ich nicht. In letzter Zeit war sie doch insgesamt freundlicher, weniger intrigant.« Er nahm sich vor, Flavia bei Gelegenheit zur Rede zu stellen.

»Sie ist viel allein, und das mit dem Vice-Questore, na ja, ist auch nicht gerade … ich glaube sie ist ein wenig verbittert.«

»Hm …« Caselli legte die Hand in den Nacken und drehte den Kopf, um eine Position zu finden, in der das Pochen nachließ. Wie lange war es her, dass er einen Kater gehabt hatte? Ein paar Jahre bestimmt. Ja, vor zwei

Jahren, als Dora ihm eröffnet hatte, sie käme nicht mit nach Rom, da hatte er einen über den Durst getrunken. Der Tag danach war ähnlich furchtbar gewesen. Er kniff die Augen zusammen und sah auf. »Ich wollte gerade zu Attardi«, sagte er matt. »Möchten Sie das übernehmen, Scurzi?«

»Gern, Commissario. Eigentlich war der Abend umsonst. Attardi ist gestern ja nicht aufgetreten im Arciliuto. Da sind wir wohl einer Ente von Mortan aufgesessen.«

Caselli sah den Sergente prüfend an. »Sie trauen ihm nicht, was?«

Scurzi kratzte sich den Schädel. »Wenn er nicht so ein stichfestes Alibi hätte …« Er unterbrach sich. »Und wären Sie nicht befangen, Commissario, dann …«

»Sergente!«, fiel ihm Caselli barsch ins Wort. »Ich verbitte mit diese Unterstellungen!« Ein Stich in der Schläfe ließ Caselli zusammenzucken. »Ich bin nicht befangen«, setzte er dann etwas leiser hinzu. »Mäßigen Sie Ihren Ton. Klopfen Sie lieber Mortans finanzielle Lage ab und prüfen Sie nach, ob in England etwas gegen ihn vorliegt … in Dorset.«

Scurzi zog den Kopf ein und schwieg.

»Also, Sie übernehmen jetzt Attardi«, befand Caselli und ging damit zur Tagesordnung über.

Der Sergente sah auf die Uhr. »Viertel nach zwölf, da lasse ich dann wohl die Mittagspause ausfallen«, kam es zögerlich.

Caselli schnaufte. Eine Bemerkung darüber, was sein Sergente den ganzen Vormittag über getan hatte, hatte er sich bereits verkniffen. Scurzi sah mitgenommen aus, und der Abend im Arciliuto zählte ja gewissermaßen als Überstunden. »Gut. Und, Scurzi?«

Der Sergente sah auf.

»Attardi wird Sie aus dem Konzept bringen wollen, wie beim letzten Mal. Fallen Sie nicht darauf herein!«

»Ich bin nicht erst seit gestern Polizist, Commissario«, antwortete Scurzi patzig.

Caselli schnaufte erneut. Er war nicht in der Verfassung für Grundsatzdiskussionen. Doch eine Spitze gegen den Sergente konnte er sich dann doch nicht verkneifen. »Ich nehme an, Ihre Streitlust legt sich, sobald Sie Ihre familiären Schwierigkeiten in den Griff bekommen.«

Sergente Scurzi verließ wortlos das Büro.

Caselli sah durch die verglaste Front. Flavia saß an ihrem Platz vor dem PC und blätterte ein Magazin durch. Caselli empfand die Gelassenheit des Gerechten, aber konnte er ein ruhiges Gewissen haben? Was war im Nachtclub vorgefallen? Er hatte auf fast nüchternen Magen getrunken, das stand fest. Aber um derart sturzbetrunken zu werden, hätte es da nicht viel mehr Alkohols bedurft, statt zwei, drei Drinks? Hatte ihm jemand etwas ins Glas gekippt und wenn, wer? Mortan? Caselli schob das beiseite. Die schwüle Hitze, die wieder über der Stadt lag, setzte ihm in seinem derzeitigen Zustand noch mehr zu als sonst. Er lockerte seine Krawatte und streckte die Beine aus. Dann nahm er ein weißes Blatt aus einer der Schubladen. Notizen machen, Gedanken zu Papier bringen, das würde ihm helfen einen klaren Kopf zu bekommen. Der Fall Simona Mendel erwies sich als kompliziert. Raubmord hatte er ausgeschlossen, da an der Leiche wertvolle Ohrringe gefunden worden waren. Im Abendtäschchen, das am Tatort sichergestellt worden war, hatten sich obendrein ein paar Geldscheine befunden. Caselli hatte den Mörder bisher unter ihren Freunden vermutet und gesucht. Mortans Alibi stand. Zwei Kellner hatten bestätigt, ihn am 25. und 26. August im

Bristol im Speisesaal beim Frühstück und Mittagessen bedient zu haben. Der Bademeister hatte ihn am Strand gesehen. Weilershausen hatte im Flugzeug gesessen. Der Biobauer war auf der Viehauktion in Terni. Der Maler Krogmann besaß kein Alibi, hatte aber kein Motiv. Blieb Sandra Pecci, die junge Frau, die behauptet hatte, sie erwarte ein Kind vom Biobauern Cavallone, Motiv: Eifersucht. Und schließlich: Professore Attardi. Was könnte einen Kunstprofessor dazu veranlassen, eine seiner Studentinnen aus dem Weg zu räumen? Simona hatte ihm Modell gestanden, was eine gewisse Intimität voraussetzte. Hatte sie seine Eitelkeit verletzt? Hatte sie Kompromittierendes herausgefunden oder etwas entwendet, womit sie ihn unter Druck setzte? Caselli legte den Ellenbogen auf den Tisch und schob mit der Rechten, in der er den Federhalter hielt, ein teures Exemplar, das ihm sein Großvater hinterlassen hatte, das Blatt höher. Straßenlärm und Hupen drangen durch das offene Fenster herauf. Caselli hatte keine Lust, die Mittagspause in der Sonne zu verbringen. Er würde in der Bar anrufen. Der Barjunge solle Tramezzini mit Thunfisch, eine Flasche Mineralwasser und einen Espresso bringen, wie immer. Er sah auf die Uhr. Es war zu früh. Caselli überlegte weiter. Blieb der Tatort, der Durchgang zur Via dell'Arco dei Banchi, eine Art längerer Torbogen, Unterschlupf für … oder sollte er lieber einen Calzone bestellen? Niemand schrieb ihm schließlich vor, tagaus, tagein Thunfischsandwiches zu essen. Caselli stützte das Kinn auf und kritzelte geometrische Formen. Dann war da die Sache mit den Obdachlosen, die im Fate-Bene-Fratelli-Hospital der Tiberinsel behandelt worden waren. Casellis Gedanken wanderten zur Frau mit dem Kinderwagengestell. Gestern Abend in der Trattoria hatte er Claudio versprochen, sich um die Sache zu kümmern. Die Carabinieri, die auf der Piazza Navona Dienst taten und für den Bezirk zuständig waren, konnten dort Patrouille gehen. Er würde das zur Sprache bringen. Bislang gab es aber keinen Zusammenhang zwischen dem Aggressor, der die Obdachlosen malträtierte, und dem Mordfall, außer dem Tatort, dem Durchgang in der Via dell'Arco dei Banchi. Caselli griff zum Hörer und wählte die Nummer der Bar. Als er auflegte, ging ihm auf, dass er sich wieder für Tramezzini entschieden hatte. Er stand auf und ging hinüber zu Flavia.

*

»In Ordnung, ich frage bei den Carabinieri nach. Versuchen kann man es ja, Commissario.« Flavia blickte Caselli an. Er fand, das sei der Moment, den gestrigen Abend, ganz diplomatisch natürlich, zur Sprache zu bringen.

Flavia verzog keine Miene. »Ich kann mich auch an nichts mehr erinnern, Commissario. Es ist sicher nichts vorgefallen, das Anlass zur Besorgnis gäbe, und die Fotos, also … das war rein privat. Ich meine, es wären Privatfotos geworden. Auf der Speicherkarte waren bereits Aufnahmen. Ich besuche einen Kurs für Schwarzweiß-Fotografie, seit Kurzem, als Hobby, zweimal die Woche. Ich nehme an, Sie haben ihn … entsorgt, den Chip?«, fragte sie. Caselli verneinte und zog den Chip aus seiner Hemdtasche. Er hatte ihn aus seinem Büro mitgenommen für den Fall der Fälle.

Flavia strich sich eine Strähne zurück. »Danke, aber es wäre nicht weiter schlimm gewesen … waren nur erste Versuche. Allerdings kostet die Karte ja auch … wie gesagt, ich bin erst seit Kurzem in dem Fotografiekurs mit von der Partie und …« Sie sah auf. »Ich würde niemals etwas an den Vice-Questore geben, das Ihnen schaden könnte, Commissario. Ich dachte, Sie wissen das!« Sie stand auf. »Kann ich Ihnen sonst irgendwie behilflich sein?«

Caselli verneinte und machte die paar Schritte in Richtung seines Büros. »Ach so, wann kommt der Vice-Questore aus seinem verlängerten Urlaub?«, fragte er, die Klinke in der Hand.

»Nächsten Montag.«

Mit einem Nicken zog er die Tür hinter sich zu. Durch die verglaste Front sah er, wie Flavia mit dem Zeigefinger das Telefonverzeichnis entlangfuhr, routiniert das blonde Haar zurückschüttelte und zum Hörer griff. Da hatte er sich wohl gehörig blamiert. Hätte er mal lieber nicht auf den Sergente gehört, was Flavia anging. Caselli klopfte mit den Knöcheln auf die Tischplatte. Sie war loyal, Vice-Questore Di Verdacchianos Sekretärin, auch ihm gegenüber. Das freute ihn.

15

Der martialische Harnisch, aus dem eine Strohattrappe ragte, deren Kopf unbestreitbar Eselsohren trug, bestand ganz und gar aus toten, glänzenden Käfern. Sergente Scurzi stand davor und zog die Stirn kraus. Zu Hunderten bildeten sie, blauschwarz schillernd, dicht an dicht, den Brustpanzer des auf höchstem künstlerischem Niveau ausgestalteten Kriegers. »Was ist denn das für ein Werk?«, fragte der Sergente prompt, und hätte Philipp seine nervöse Anspannung nicht den Atem geraubt, er hätte über den Tonfall des Sergente laut gelacht.

»Das ist der Flämische Krieger von Jan Fabre«, erläuterte Attardi milde und sah zu Philipp herüber. Er setzte ein gekünsteltes Lächeln auf. Seit er aufgestanden war, um den Sergente zu begrüßen, als dieser unangemeldet in der Tür erschienen war, mimte er Gelassenheit. Doch als Attardi wegsah, fuhr Philipp sich über die feuchte Stirn und schluckte. Warum musste der Sergente ausgerechnet jetzt aufkreuzen. Nun würde Philipp seine Anwesenheit Alessandro erklären müssen. Mit unruhigem Blick verfolgte er, wie Attardi dem Sergente geduldig das Kunstwerk erklärte. Er traute ihm die Chuzpe zu, den Sergente zum Lunch dazubehalten.

»Fabre kreiert fantastische Skulpturen aus Käferpanzern. Sie wirken wie Rüstungen. Ihn fasziniert das Getier, wie mich die schwangere Frauengestalt, die ich in Stein gemeißelt in Karyatiden verewige. Jan findet Gefallen am organisierten Wissen der Insekten, denn was ihre Überlebensstrategien angelangt, sind sie uns weit voraus. In seinem Antwerpener Atelier gibt sich Jan mit physischer Kraft, ja geballter Intensität, könnte man sagen, den zahllosen Metamorphosen der Insektenwelten hin. Im Gegensatz zu mir, der ich Sandstein und Granit bevorzuge, bildete er die Leiber mit exotischen Käfern nach. Der Panzer wird zur Haut, die wie eine Larve leer im Raum steht. Das vermittelt dem Betrachter einen Eindruck einer Eleganz, die ihn gleichzeitig erschaudern lässt. So hat es die Fachpresse formuliert, trefflich formuliert, wie ich finde.« Attardi schien kein Ende zu finden. »Ich umgebe mich gern mit den Werken anderer, auch wenn sie meinem eigenen Wesen als Künstler fremd sind. Dieses hier von Fabre habe ich seinerzeit in London erworben. Heutzutage wäre es nicht mehr erschwinglich. Und ich muss sagen, ich habe den Kauf nicht bereut. Ich bin sehr froh, ein Werk dieser Schaffensperiode von Jan Fabre zu besitzen. Der Kontrast ist ein Faszinosum. Vielleicht können Sie ja verstehen, was ich meine.«

»Und warum hat der Krieger Eselsohren?« Sergente Scurzi machte ein ratloses Gesicht.

Philipp lag die Antwort auf der Zunge, aber er hielt sich zurück. Stattdessen markierte er ein zuvorkommendes Lächeln, als Scurzi zu ihm herüberblickte. Philipp behielt lieber den alten Künstler im Blick; die ganze Situation machte ihn nervös. Attardi behandelte den Sergente mit ausgesuchter Höflichkeit, und es kam wie befürchtet. »Machen Sie mir die Freude, mein Gast zu sein, wenn Sie schon zur Unzeit hier hereinplatzen«, sagte Attardi, »bei einem bescheidenen Mahl.« Ein süffisantes Lächeln, gerade eben noch zu erahnen, huschte über sein Gesicht. »Philipp leistet uns Gesellschaft, nicht wahr?«

»Also, ich …«, setzte der Sergente zu einem Einwand an.

Doch Attardi ging schon in den Nebenraum hinüber. »Kommen Sie!«, rief er.

Zufällig kreuzten sich Philipps und Attardis Blicke. Triumph hatte in dem Blick gelegen, was Philipp sich mit einem unguten Gefühl von seinem Sitz erheben ließ. Seine Fassade aus Gleichmut und Ruhe würde wohl alsbald ins Wanken geraten.

Sie betraten den Raum, den Simona ihm vor gar nicht langer Zeit beschrieben hatte. Philipp erkannte die Details, den Wandbehang, die Phallus-Skulptur aus Granit auf der Ablage neben dem Bett, sogar das ledergebundene Lorca-Bändchen lag noch auf dem Nachttisch.

»Entschuldigen Sie, wir müssen hier durch, das ist der kürzeste Weg, geradewegs durch mein Schlafzimmer«, bemerkte Attardi aufgesetzt beflissen. Philipp spürte eine harte Hand im Kreuz. »Wir wollen doch die Pasta nicht erkalten lassen! So, da sind wir ja schon.« Im nächsten Raum wies er auf den gedeckten Tisch. Philipp, der sich umwandte, sah, wie Attardi den Kopf in den Nacken legte und sich über das krause Haar strich, das wie immer im Nacken zu einem kurzen Zöpfchen gebunden war.

»Ach, was gibt es denn Gutes?« Der Sergente trat zum Esstisch.

Philipp betrachtete das eigenartig exquisite Interieur. Sie befanden sich in einem Wintergarten, den eine mit schwarzem Samt bezogene Récamiere und ein großes Wasserbecken dominierten, das vor einem wandfüllenden Trompe l'oeil aufgestellt war. Die Malerei zeigte einen hellblauen wölckchendurchsetzten Himmel, üppige Vegetation und exotische Vögel. Der Raum war eigentlich klein, aber das Fresko verlieh ihm ungeahnte Tiefe. Philipp fragte sich, wie viele Räume es im Palazzo wohl gab, die er nie zu Gesicht bekommen würde. Der Raum war so eng, dass der runde Esstisch, um den sich vier Stühle gruppierten, gerade genug Platz darin fand. Die violetten Brokatvorhänge vor den hohen Fensterstöcken waren zugezogen und ließen wenig Tageslicht ein. Lichtquelle waren die Beleuchtungskörper, die im Fries der kuppelartigen Decke eingelassen waren. Die Kuppel war in Manier der Grotesken-Malerei ausgemalt. Akanthusblätter, locker komponierte Girlanden und Gehänge, Tiermotive, geschweifte Bänder und schwingende Ranken lenkten das Auge gefällig ab. Links hinter dem Tisch flackerte ein Kaminfeuer. Philipp stellte fest, dass es angenehme Wärme ausstrahlte. Die Mittagshitze, die auch jetzt Anfang September noch über der Ewigen Stadt brütete, durchdrang die Mauern des Palazzos nicht. Es war in allen Räumen, in die der Künstler ihn geführt hatte, ausgesprochen kalt gewesen.

Die dünne Fontäne des Springbrunnens plätscherte, und Sergente Scurzi ging darauf zu. »Ach, der ist aber schön! Kühlt wunderbar die Luft bei der Hitze draußen …« Er tauchte bis zum Handgelenk ins Becken ein und stippte Wasserperlen auf ein Seerosenblatt. »Also, wenn ich das Marcella erzähle«, rief er, »die würde Augen machen!« Er blickte zur Decke. »Alles so exotisch. Die Vögel auf dem Fresko sehen aus wie echt. Und die langen Schwanzfedern, sind die schön bunt!«

Philipp setzte sich an den Platz, den Attardi ihn mit stummer Geste zuwies.

Der Künstler nahm die Stoffserviette vom Teller und drapierte sie auf seinem Knie. »Hydrus autem dilanians omnia viscera eius exit vivus e visceribus eius …«, zitierte er, Scurzis Geplätscher ignorierend. Philipp fuhr sich mit dem Daumen über die Unterlippe und sah abwechselnd zum Sergente und zu Attardi. Der Künstler führte zweifelsohne etwas Perfides im Schilde, und der Sergente würde das Opfer sein.

»Das ist aus dem Physiologus, einer Sammlung einprägsamer theologisch-allegorischer Tiergeschichten. Ein Mönch hat sie, nimmt man an, etwa im vierten Jahrhundert nach Christus aus dem Griechischen ins Lateinische übersetzt.«

Der Sergente planschte noch immer im Becken.

Attardi fuhr fort: »In einer Episode geht es um eine Hydra und ein Krokodil, das eben diese naturbedingt mit Genuss verspeist. Die Hydra jedoch frisst sich im Gegenzug flux durch die Eingeweide des Reptils!« Attardi griff nach der Karaffe aus rotem Murano-Glas. »Eine dieser Geschichten zur Erbauung des christlichen Menschen. Das Krokodil symbolisiert den Tod, die Hydra den Heiland, der im Tod selbst den Tod besiegt, verstehen Sie?« Er nickte seinem Bediensteten zu, der gerade, wie aus dem Nichts aufgetaucht, drei Teller auftrug. Philipp fragte sich, wie es möglich war, dass er ihn nicht hatte kommen sehen.

»Sie halten eine Wasserschlange im Springbrunnen?« Scurzi zog hektisch die Hand aus dem Becken.

Philipp presste die Serviette gegen den Mund, hustete und verfolgte, wie der Sergente entgeistert durch das rankende Blattwerk auf die Kieselsteine am Grund starrte.

Der Sergente wandte sich um. »Ich glaube, da war ein schwarzes Glitzern?« Er schluckte.

»Aber, Raffaele ...«, Attardis schmalen Mund umspielte ein Lächeln, er ergriff den Kelch aus rotem Murano-Glas, »ich darf Sie doch Raffaele nennen, wie unseren unvergleichlichen Raffaello Sanzio, nicht wahr, mein Lieber?«

Scurzi nickte wie ferngesteuert.

»Wo denken Sie hin ... eine Hydra, in einem Tuffsteinbecken dieser Maße! Ich bitte Sie, Raffaele, Sie sind herzlich gutgläubig!« Attardi trank und stellte das Glas hart auf die Tischplatte. »Nun kommen Sie her! Setzen

Sie sich und essen Sie! Sepia-Pasta schmeckt nicht mehr, wenn sie erkaltet ist!« Attardi deutete mit dem Kelch auf den Stuhl neben dem Kamin. »Und Sie auch, Philipp … please, help yourself!«

»Da war etwas Dunkles, Langes zwischen den Blättern.« Scurzi wies mit dem Zeigefinger auf das Becken. »Und es hat sich bewegt. Ich habe es genau gesehen!«

»Sie haben einen Goldfisch gesehen«, murmelte der Künstler und griff zur Silbergabel. Dann winkte er den Diener heran und flüsterte ihm etwas zu. Der grinste, drehte an einem Knauf und verschwand. Die Tür war in die Landschaft der Tapete eingelassen; deshalb hatte Philipp sie nicht wahrgenommen.

»Wo ist er denn hin?«, fragte Scurzi verdutzt, während er seine Serviette auf den Schoß legte.

»Sergio?«, fragte Attardi. »Der kommt gleich wieder. Essen wir! Guten Appetit!«

Philipp betrachtete das Gewirr tintenschwarzer Pasta auf dem Teller. Er griff zögernd nach der Silbergabel mit verschlungenem Monogramm und blickte in den Glaskelch zu seiner Rechten, in dem eine ebenfalls dunkle Flüssigkeit schwamm.

»Ich hoffe Sie mögen Tee? Ich trinke nie Wein. Wein nimmt einem die Luzidität, die Klarheit der Gedanken«, sagte Attardi. »Probieren Sie! Es ist Puh-Er aus den zerklüfteten Bergtälern Chinas.«

Der Sergente griff beherzt nach dem Kelch. »Hm ja, den kenne ich, den hat Marcella mal gekauft, der soll gut sein, zum Abnehmen, also stoffwechselmäßig.«

»Ja, der menschliche Körper ist ein hochsensibles, kompliziertes Gebilde.« Attardi hob das Kinn.

Philipp sah ihn an. Wer war er schon, dieser Alfiero Attardi? Ein verknöcherter, alter Mann, als Künstler überschätzt, als Professor gefürchtet. Ein Despot, der jedem, der in seine Nähe kam, seinen Willen aufzwang. Philipp wünschte, Simona hätte ihm nie Modell gestanden.

Die Tapetentür öffnete sich, und Sergio schlüpfte auf seinen kurzen Beinen herein, auf dem Holzbrett, das er trug, lag kleingehacktes Fleisch. Er stellte das Tablett auf den Beckenrand.

Scurzi schluckte, die unbenutzte Gabel steilgerade in der Hand.

Philipp schüttelte den Kopf. Das sollte jetzt wohl so aussehen, als stünde die Fütterung der Hydra an. Der Sergente hatte sein Erstaunen, dass ihm ein kleinwüchsiger Mann servierte, gut kaschiert, aber dieses Tablett brachte in sichtlich aus der Fassung. Philipp griff zur Stoffserviette, öffnete sie und legte sie sich auf den Schoss. Attardi, der sich zurückgelehnt hatte, verfolgte genüsslich, wie der Sergente sich von der abstrusen Inszenierung ins Boxhorn jagen ließ.

Als er ein Stück Weißbrot aus der Silberschale nahm, spürte Philipp, wie seine Hand zitterte. Er zog sie rasch zurück und ging zum Angriff über. »Was führt Sie her, Sergente …«, wandte er sich an Scurzi, der das Becken im Auge behielt. »Sergente?«, setzte er nach, da Scurzi nicht reagierte. Er wirkte geradezu hypnotisiert. »Es ist keine Hydra drin, glauben Sie mir«, fügte Philipp ungeduldig hinzu. »Professore Attardi scherzt gern mit seinen Gästen. Er hat eine Schwäche für schwarzen Humor, right?« Er hob den Murano-Kelch und trank demonstrativ einen Schluck. »Cincin!«

Scurzi blickte in die Runde. Dann besann er sich endlich seiner Ermittlerpflichten. »Ja, Professore, also, es geht um den Mord an Ihrer Studentin, Simona Mendel. Nun, Commissario Caselli wollte Sie am Montag aufsuchen, da war er verhindert, gesundheitlich. Er ist noch nicht wieder ganz auf dem Damm, deshalb bin ich heute hergekommen …«, weiter kam er nicht.

»Ist Marcella Ihre junge, hübsche Frau?«, schnitt Attardi ihm das Wort ab. Der Künstler schlug die Beine übereinander und sah Scurzi aufmerksam an.

»Marcella? Ja …«, erwiderte Scurzi verdutzt. »Woher wissen Sie … Marcella ist wirklich hübsch, überall, also ich mein ganz, überhaupt«, stotterte er.

Philipp schüttelte insgeheim den Kopf. Attardis wohlwollendes Nicken ließ Scurzi fortfahren. »Darum fällt es mir auch so schwer, dass sie jetzt, seit unser kleiner Giacomino da ist, so gar nicht mehr …« Der Sergente brach ab und fuhr sich mit der Serviette über den Mund, obwohl er das Essen nicht angerührt hatte.

»Seit Ihre Frau ein Kind geboren hat, ist sie nicht mehr an Ihnen interessiert?«, folgerte Attardi und drehte den Glaskelch langsam in Händen.

Scurzi nickte mehrmals. Sein Blick blieb, wie Philipp sehen konnte, am Siegelring des alten Künstlers hängen. Auch Attardi bemerkte es. »Das ist ein Karneol, Raffaele«, erklärte er und wies auf eine Reihe brauner Fläschchen, die auf der mit schmalen Perlmuttintarsien verzierten Japankonsole unter den Fenstersockeln standen. »Und das dort sind Edelsteinessenzen. Ich halte viel von der Kraft der Juwelen. Schon in der Antike war bekannt, dass die Einnahme zu Pulver zerstoßener Mineralien gegen allerlei Leiden hilft.« Attardi trank einen Schluck und stellte das Glas ab, um sich der Pasta zu widmen. »Sie sind ein wenig verkrampft, junger Freund, und leicht zu irritieren«, fuhr er fort und zwirbelte die tintenschwarzen Spaghetti auf die Gabel. »Versuchen Sie Chrysopras. Legen Sie den Stein auf den Solarplexus auf. Für Marcella rate ich zu Rosenquarz, er macht Frauen sanft, und Serpentin, der löst Blockaden der weiblichen Sexualität. Schenken Sie Ihrer Frau eine Kette facettierter Rubine, wenn Sie es sich leisten können. Zur Not tut es auch Granat«, erklärte er, mit dem Anflug eines Lächelns.

Philipp sah zu Scurzi, der gebannt zuhörte, und er konnte sich nicht mehr zurückhalten. »Warum erzählen Sie dem Sergente nicht auch etwas über Turmaline, Alfiero?«, entfuhr es ihm. »Zum Beispiel über grüne Turmaline!« Er spielte mit seiner Serviette.

Der Künstler machte eine Handbewegung, als verscheuche er eine lästige Fliege.

Der Sergente blickte wieder zum Becken. Offenbar hatte er den Satz, der eigentlich als Einstieg für seine Ermittlungen dienen sollte, nicht mitbekommen. Philipp schnaufte.

»In Sizilien tragen die Frauen nur Koralle, blutrote Koralle für die Fruchtbarkeit und gegen den bösen Blick, das Einzige, was für die da unten existiert«, sprach Attardi weiter und sah Scurzi eindringlich an.

»Also, Fruchtbarkeit brauchen wir eher nicht«, warf der Sergente ein.

»Eine grausame Insel, grausam, aber leidenschaftlich, ganz wie eine schöne, unerbittliche Frau«, sagte Attardi in gedämpften Ton, Melodramatik schwang mit. Er beugte sich zu Scurzi, streckte die Hand aus, hielt abrupt inne. »Das ist ja unglaublich!«, rief er und starrte den Sergente an.

»Wie?« Sergente Scurzi zuckte erschrocken zurück.

Attardi legte die Gabel ab und stand auf. Er umrundete den Tisch und stellte sich direkt hinter den Sergente, der verwirrt dreinblickte und sich umwenden wollte. Doch Attardi hielt seinen Kopf fest, mit beiden Händen, die so ausgemergelt waren, dass sie Philipp wie blank gewetzte Krallen erschienen. »Diese Schädelform … unglaublich!«

Philipp verfolgte, wie Attardis knochige Finger Scurzis Schädel abtasteten. Poor twit, dachte er und schüttelte den Kopf. Der Sergente würde hier nichts mehr in Erfahrung bringen.

16

Als Scurzi durch die Bürotür trat, bemerkte Caselli, dass sein Kollege kreidebleich war. Er legte sofort den Federhalter weg und stand auf.

»Was ist denn, ist Ihnen nicht gut?« Er packte Scurzi, der sich am Garderobenständer festhielt, am Arm. »Setzen Sie sich erst einmal.« Er zog seinen Schreibtischstuhl heran. »Ich hole Ihnen ein Glas Wasser!«

»Buon giorno, Sergente.«

Scurzi sah auf. Er hatte offenbar gar nicht bemerkt, dass noch jemand im Zimmer war. »Buon giorno«, sagte er rasch und warf einen Blick auf die junge Frau.

»Tiziana Gordoni kennen Sie ja schon. Sie ist wegen einer Volontärstelle hier.«

»Da haben Sie Pech. Der Vice-Questore ist im Urlaub«, meinte Scurzi.

»Ja, die Signorina wollte auch gerade gehen«, setzte Caselli zur Verabschiedung an.

»Waren Sie deswegen nicht schon mal hier?«, wollte Scurzi wissen.

Sie bejahte. »Ich gebe nie beim ersten Mal auf, Sergente! Aber wir kennen uns doch auch vom Arciliuto«, ergänzte sie und lächelte süffisant.

»Ja, sicher, das weiß ich schon noch.« Scurzi ließ sich auf den Stuhl fallen. »Es war furchtbar«, legte er los, ungeachtet der Tatsache, dass Caselli und er nicht allein waren. »Professore Attardi hat …«, er sackte regelrecht in sich zusammen.

»Sie waren bei Professor Attardi?« Tiziana suchte Casellis Blick.

Caselli öffnete die Mineralwasserflasche. »Sie kennen ihn?«

»Ja.«

Caselli trat zu Scurzi und reichte ihm das Glas Wasser. »Jetzt erzählen Sie schon, was war los?« Er lehnte sich an seinen Schreibtisch, verschränkte die Arme und wandte sich dann an Tiziana. »Woher kennen Sie denn den Professor?«

Sie sah ihn direkt an. »Ich kenne ihn eben. Ich bin dabei Journalistin zu werden, wie Sie wissen.«

»Bei Tisch, da hat, da war …« Scurzi nippte am Glas. »Ein kleinwüchsiger Mensch hat serviert«, sagte er schließlich und nahm noch einen Schluck.

»Ein Liliputaner?«, fragte Caselli ungläubig.

Scurzi nickte. »Das ist diskriminierend«, belehrte er, wie immer in diesen Dingen penibel, »man muss sagen, kleinwü…« Doch er wurde unterbrochen.

»Sergio«, sagte Tiziana. »Attardi hat ihn aufgenommen, weil er nirgends Arbeit fand.«

»Jetzt mal der Reihe nach …«, verlangte Caselli. »Attardi hat Sie zum Essen eingeladen, verstehe ich das richtig?«

Scurzis Antwort war begleitet von einem Kopfnicken. »Seppia-Pasta hat es gegeben.«

Tiziana verzog das Gesicht. Sie schlug die gebräunten Beine übereinander, und ihr Rock rutschte etwas nach oben. Caselli sah höflich weg.

»Und es gab Tee, der grauenhaft geschmeckt hat. Erst hat der Professore interessante Dinge gesagt, über Edelsteine, aber dann …«, Scurzi blinzelte zur Decke, »hat er in allen Einzelheiten, allen …«, wiederholte er mit geweiteten Augen, »ausgemalt, wie man früher einen Schädel aufgemacht hat! Angefangen vom Aufsägen der Schädeldecke mit gemeinem Werkzeug, o Gott.« Scurzi presste die Faust gegen den Mund. »Dabei fing er ganz harmlos an, an meinem Kopf mit der Phrenologie, der Schädellehre. Über meine ausgeprägten Höcker hat er geredet; der für Einbildungskraft sei besonders ausgeprägt.«

Tiziana tauschte einen Blick mit Caselli.

»Der wäre für meine künstlerische Laufbahn von Vorteil gewesen, hat er gemeint. Mein Scheitelbeinansatz auch, und erst die lumbalen Schläfenlappen.«

Tiziana zuckte mit den Mundwinkeln und suchte erneut Casellis Blick.

»Und plötzlich, da fing er von der Schädeldecke an, von den Anatomen der Renaissance und wie sie ...«, Scurzi lehnte sich zurück, »ich glaube, mir wird schlecht.« Er starrte an die Wand.

Caselli wollte gerade etwas sagen, doch sein weiblicher Gast kam ihm zuvor.

»Professore Attardi hat den Sergente also mit Themen abgelenkt, von denen er wusste, dass sie ihn in Schach hielten«, fasste Tiziana zusammen.

»Danke, darauf wäre ich selbst nicht gekommen«, sagte Caselli trocken. Aus dem Augenwinkel sah er, wie sie die Lippen aufeinanderpresste.

»Vorher hat er mir seine Karyatiden gezeigt, standen in einem kleinen Salon mit blutroten Wänden, wo auch die Hellebarden stehen und ein Totenschädel auf einem schwarzen Samtkissen liegt.« Scurzi richtete sich auf. »Das ist übrigens nicht erlaubt!«, ereiferte er sich. »Gebeine dürfen in Privatwohnungen nicht aufbewahrt werden. Theoretisch könnte man da einschreiten.«

»Ach, der Schädel ist uralt ...«, mischte Tiziana sich wieder ein. »Attardi erzählt oft, er habe ihn in einem Beinhaus mitgehen lassen, in Sizilien, als Junge ... in einer profanisierten Kirche, und das ist ja wohl eine Ewigkeit her«, fügte sie hinzu und zog ihren Rock glatt.

Caselli fragte sich, woher sie das alles wusste. Er würde sie nachher fragen, nun war Scurzi dran. Caselli wollte ihn nicht unterbrechen.

Der Sergente maß gerade mit Daumen und Zeigefinger den Abstand seiner Stirnknochen. »Dann ist der Kleinwüchsige durch eine Tapetentür verschwunden, die aussah wie eine Landschaft«, erzählte Scurzi weiter, »mit exotischen Vögeln darauf. Und als er wiederkam, hatte er gehaktes Fleisch dabei für die Hydra in dem Becken!«

»Was? Auch noch eine Wasserschlange?« Caselli musste nun doch lachen. Was hatte Attardi denn da für eine Inszenierung veranstaltet, um den armen Scurzi zu verwirren! Er blickte zu Tiziana. Diesmal jedoch war sie es, die keine Miene verzog. Sie erwiderte seinen Blick ungerührt. Caselli wandte sich wieder dem Sergente zu. »Sie wussten natürlich, dass es keine war!«

»Na ja ...«, Scurzi tastete noch immer sein Scheitelbein ab, »Attardi sagte, es sei ein Goldfisch. Und das Schlafzimmer erst! Das hätten Sie sehen sollen. Da stand auch eine Plastik. Ein Pha...«, er schluckte, »Phallus, aus Granit, gesprenkelt, und auf dem Nachttisch, da lag Lorcas Bluthochzeit, so was ist doch keine Nachtlektüre!«, fügte er mit Nachdruck hinzu und sah zu Tiziana.

Sie nickte zustimmend und blieb ernst.

Caselli umrundete seinen Schreibtisch und öffnete eine Schublade. »Ich glaube, Sie nehmen jetzt lieber ein Aspirin, hm?«

Scurzi stimmte matt zu.

»Was haben Sie denn nun herausgefunden?« Caselli warf eine Sprudeltablette in das Glas, das Scurzi ihm bereitwillig hinhielt. Als Caselli nach der Wasserflasche greifen wollte, kam Tiziana ihm zuvor. Sie schraubte den Verschluss auf und goss Scurzi nach.

Der Sergente hob die Schultern. »Nichts, Commissario, das ist es ja. Ich kam gar nicht dazu, Fragen zu stellen in dem ganzen Brimborium, und dann im Treppenhaus fühlte ich mich, nun ich fühlte mich, irgendwie so komisch.« Er stellte das Glas ab und legte die Hände in den Schoß.

»Na, wie denn?«, fragte Tiziana und stellte die Flasche wieder auf Casellis Schreibtisch.

»Euphorisch«, antwortete Scurzi, nachdem er kurz überlegt hatte. Dann fuhr er sich mit beiden Händen über den Kopf, sah zu Caselli und kniff die Augen zusammen. »Sagen Sie mal, Commissario«, rief er plötzlich forsch, »warum haben Sie Mortan dorthin geschickt, wenn ich doch Attardi befragen sollte? Ich bin Ihnen wohl nicht mehr gut genug! Arbeitet der Engländer jetzt schon offiziell an den Ermittlungen mit?«

»Was sagen Sie da? Mortan war bei Attardi?« Caselli blickte auf.

Der Sergente trank hastig einen Schluck. »Hmhm.«

»Und was wollte er da?«

»Warum fragen Sie mich das? Das müssen Sie doch wissen!« Scurzi sah Caselli herausfordernd an, dann trank er das Glas in einem Zug aus.

»Sergente, ich habe ihn nicht hinbeordert. Wie kommen Sie nur darauf?«

»Na, bei Cavallone war er schließlich auch dabei.« Scurzi fuhr sich über den Mund. Er fixierte das Glas in seiner Hand, stellte es ab und schüttelte den Kopf. »Also, ich muss schon sagen, ich finde das ...«

Bevor er weiterreden konnte, legte Caselli ihm kurz die Hand auf den Arm. Dann trat er an die Bürotür und machte eine Handbewegung, die Tiziana galt; unmissverständlich und sehr entschieden komplimentierte er sie hinaus. »Signorina, wir haben ja alles besprochen vorhin. Also, wenn ich bitten darf ...«

»Natürlich, Commissario Caselli.« Sie stand auf, schulterte ihre Umhängetasche und setzte eine sachliche Miene auf. »Bleibt es bei heute Abend?«

»Nein, ich sagte schon, ich habe zu tun heute Abend, Akten, ein Bericht, tut mir leid. Sie finden allein zum Ausgang? Den Passierschein haben Sie, ja? Guten Tag!« Caselli drückte knapp ihre Hand.

Tiziana grüßte Scurzi und verließ das Büro.

Caselli wandte sich an Flavia. »Was ist mit den Informationen der Carabinieri von der Piazza Navona wegen der Obdachlosen?«

»Ja, gleich, Commissario, einen Moment noch!«

Caselli schloss die Tür.

»Warum waren Sie denn so unfreundlich zu der Gordoni?«, fragte Scurzi.

Caselli wandte sich um. »Ich? Unfreundlich? Wie kommen Sie darauf? Jetzt machen Sie mal halblang.« Er fuhr sich durch das wellige, dunkle Haar. »Also, was Mortan angeht«, nahm er den Faden wieder auf, »muss ich wohl etwas richtigstellen, Sergente. Er hat mir das Leben gerettet, sozusagen, und ich habe ihn bei mir aufgenommen, vorübergehend zumindest, bis die Wohnung der Mendel freigegeben wird und die Botschaft ihm neue Papiere ausgestellt hat. Sie wissen ja, sein Pass und seine Brieftasche wurden ihm gestohlen. Das ist alles, klar?«

Scurzi schnaufte auf und nickte.

»Gut.« Caselli pochte mit den Knöcheln auf die Tischplatte, dann steckte er die Hände in die Hosentaschen und sah zu Sergente Scurzi herunter. »Geht's wieder?«

»Ja, Commissario.«

Caselli lehnte sich wieder an den Schreibtisch und nahm sich Zeit. Ein persönliches Wort brachte den Sergente sicher auf andere Gedanken. »Wie läuft es denn bei Ihnen zu Hause?«

Scurzi ging bereitwillig darauf ein. »Ach, Commissario, es ist immer noch das Gleiche. Im Urlaub, da waren wir richtig glücklich, obwohl sie da auch nicht … aber, na ja, und jetzt geht der ganze Stress von vorn los. Marcella ist momentan wirklich furchtbar schlecht drauf. Die Kinder nehmen sie voll in Anspruch. Für mich hat sie überhaupt keine Zeit mehr.«

Caselli verschränkte die Arme vor der Brust und hörte zu.

»Na ja, und letzte Woche war ich mit Silvia, also Silvia Marconi, Kaffeetrinken. Sie wissen schon, die Kommilitonin der Mendel von der Kunstakademie. Das war die beste Stunde seit Wochen. Ich konnte mich endlich mal wieder mit jemandem unterhalten, also richtig, über Kunst und was in Rom in der Kulturszene so läuft. Mit Marcella dreht sich ja jeder Satz um die Kinder, besonders Giacomino, der immer kränkelt. Und darum, wie wir eine neue Waschmaschine finanzieren. Das weiß ich auch nicht. Ich tue, was ich kann, Sie wissen ja: Neben dem befristeten Job bei der Verwaltung der städtischen Müllabfuhr, den mir mein Schwager verschafft hat, helfe ich noch stundenweise bei meinem Cousin in der Bar an der Piazza Cavour aus. Meistens muss ich dann noch Marcella in der Pförtnerloge ablösen, damit sie mal weg kann zum Einkaufen. Aber es reicht trotzdem vorne und hinten nicht, selbst mit der Gehaltserhöhung, die Sie für mich erwirkt hatten, Commissario.« Er blickte auf und kam offenbar zum Schluss, dass es klüger war, sich auf die Fakten zum Fall zu beschränken. »Nun«, begann er. »Silvia und Simona waren Freundinnen, aber vor etwa einem Monat kam es zum Streit. Attardi hatte Silvia zugesagt, eine ihrer Arbeiten auszustellen, im September bei seiner Vernissage, aber dann hat er ihr abgesagt und Simona stattdessen genommen.«

»Sie willigte ein, ihm Modell zu stehen?«, fragte Caselli.

»Ja.«

»Und? Das wäre doch ein Motiv!«

Scurzi schüttelte den Kopf. »Das reicht nicht. Silvia wirkt sehr vernünftig. Wegen so einer Sache begeht man doch keinen Mord. Sie hat das ganze Leben noch vor sich, die Silvia Marconi, sie kann so vieles machen. Ich dagegen ...« Scurzi brach ab, dann sagte er: »Ich glaube nicht, dass Silvia etwas mit der Sache zu tun hat. Sie war allerdings in der Mordnacht in Rom und hat kein Alibi. Sie sagt, sie habe zu Hause vor dem Ventilator gesessen mit offener Kühlschranktür und an einem Tonmodell gearbeitet. Auftragsarbeit, ein Kinderkopf. Könnte ich auch mal machen lassen von den Jungs oder meinem kleinen Töchterchen, Amelina. Sie hat jetzt gerade so schöne blonde Löckchen. Kommt nach mir, also, Marcella ist ja dunkelhaarig. Ja, von ihr wäre das hübsch. Vielleicht mache ich das. Im Moment geht's nicht; wir sind etwas knapp, aber zu Weihnachten ... eventuell. Da sind die Schwiegereltern immer recht großzügig. Marcellas Vater hat die Kanzlei. Sind gutbetucht, meine Schwiegereltern.«

»Sergente ...«, mahnte Caselli nachsichtig.

»Wie? Ach so, Entschuldigung, das interessiert Sie natürlich nicht.« Scurzi zog den Kopf ein.

»So meinte ich das nicht, Scurzi«, erwiderte Caselli freundlich, »aber kommen Sie doch zum Wesentlichen.«

Scurzi sah auf. »Ja, also, ich glaube, die Marconi können wir abhaken. Und was Attardi angeht, hat sie nur bestätigt, was alle sagen: dass er exzentrisch ist.«

»Gut.« Caselli nickte.

»Das ist schon eine tolle Frau, diese Silvia, künstlerisch tätig, steht trotzdem auf eigenen Füßen. Wir gehen

Essen morgen. Nachher wollen wir in den Saal der Akademie. Da hat sie eine neue Skulptur stehen, die sie mir zeigen will … ach, ja«. Scurzi seufzte tief. »Das waren Zeiten, damals auf der Kunstakademie.« Er sah auf seine Hände.

Caselli warf ihm einen prüfenden Blick zu. Ihm gefiel nicht, was sich da anbahnte. Er wusste nur allzu gut, wie der Alltag eine Liebe zermürben konnte, und Sergente Scurzi schien anfällig dafür, seine Pflichten als mehrfacher Familienvater für eine Weile zu vergessen, wenn es jemand darauf anlegte. Womöglich hatte diese Silvia Marconi Absichten. Caselli räusperte sich. »Wissen Sie was, Scurzi, Sie und Marcella brauchen mal ein Wochenende für sich, ohne die Kinder. Das lässt sich doch organisieren, hm?« Er sah Scurzi aufmunternd an. »Groß genug ist Ihre Verwandtschaft schließlich! Ein nettes Landhotel, ein Abendessen unter Lampions, ein Mondscheinspaziergang im Eichenwäldchen.«

»Also, Commissario, Sie haben ja direkt eine lyrische Ader.«

Caselli winkte ab. »Ach was, nehmen Sie kinderfrei und fahren Sie mit Marcella aufs Land. Sie werden sehen, alles renkt sich ein. Und ich glaube, ich habe da sogar eine Idee, wo Sie hinkönnen!«

Scurzi sah auf. »Und wo wäre das?«

»Roberto, also, Cavallone, Sie wissen doch, der Exverlobte der Mendel … hat Ferienwohnungen.« Caselli schrieb die Adresse auf ein Blatt. »Sein Alibi ist stichfest. Es ist vertretbar, da können wir ruhig hinfahren.«

»Wir?«

»Also Sie und Marcella natürlich«, korrigierte sich Caselli. »Als ich vorgestern mit Mortan draußen war, um Cavallone zu befragen, hat er mir die Ferienwohnungen gezeigt. Im Grunde vermietet er drei Gästezimmer, jedes mit einem eigenen, geräumigen Bad. Alles neu, fügt sich aber wunderbar in die alte Struktur des Landhauses ein. Einfach, aber nicht zu rustikal, Terrakottaböden und geschmackvolle Stoffe für Bettüberwürfe, Vorhänge und Sessel. Roberto sagte, Simona Mendel habe sie noch in der Via del Babbuino in Rom ausgesucht, bevor sie sich trennten. Da liegen doch die Läden von Rubelli und Canova. Nun ja, es gibt da ja auch Geschäfte, die erschwinglichere Stoffe anbieten. Offenbar floriert der Biohof, denn billig war das nicht.«

»Hätte er sich mal lieber einen neuen Traktor gekauft! Sie erzählten doch, der sei liegen geblieben«, bemerkte der Sergente und grinste.

»Da haben Sie wahrscheinlich recht«, erwiderte Caselli. »Also mir hat es gefallen. Ich habe sogar mit dem Gedanken gespielt, mich dort gleich ein, zwei Nächte einzumieten. Ich brauche Abstand. Mortan … na, Sie können sich vorstellen, wie das ist mit einem Dauergast in der Wohnung«, gab er widerstrebend zu und reichte Scurzi den Zettel. »Hätte nicht gedacht, dass das so lange dauert am Konsulat. Aber was die Gästezimmer angeht, da war noch etwas mit der Wasserleitung, und Roberto sagte, er werde mich anrufen, sobald alles wieder läuft.«

Scurzi holte seine Brieftasche aus der Gesäßtasche. »Was ist denn mit Cavallones Exfreundin, der Pecci? Sie hatte doch bei der Mendel randaliert, nicht?«

»Ja, das wollte ich Ihnen noch sagen«, fuhr Caselli fort. »Also gestern rief mich Cavallone dann an. Die Wasserleitung funktioniere jetzt, wenn ich wolle, könne ich das Einzelzimmer übers Wochenende haben. Und da hat er mir erzählt, Sandra Pecci habe ihm gegenüber zugegeben, dass sie schon im dritten Monat ist. Er ist somit definitiv nicht der Vater. Sie ist ausgezogen.« Caselli holte Luft. »Und was ist mit Ihren Nachforschungen? Waren Sie schon bei den Eltern der Pecci? Das Lebensmittelgeschäft in Parioli? Sie wohnen doch da in der Nähe, nicht wahr? Mit die beste Wohngegend in Rom, habe ich mir sagen lassen.«

Scurzi sah auf. »Ja, das stimmt. Das geht aber nur, weil Marcella den Job in der Pförtnerloge macht. Wir haben die Hausmeisterwohnung. Die Mieten in dem Nobelviertel könnten wir uns sonst nie und nimmer leisten. Ja, also das Lebensmittelgeschäft liegt in der Via La Grange. Ich bin am Mittwoch nach Dienstschluss schnell noch vorbei. Die Peccis sind anständige Leute. Die Mutter behauptet, sie habe den vier- und den fünfundzwanzigsten August bei ihrer Tochter verbracht.«

»Ausgerechnet diese beiden Tage?«, fragte Caselli.

»Es war Samstag, Sonntag. Im August machen fast alle Alimentari über das ganze Wochenende zu«, erwiderte Scurzi, »das Geschäft blieb geschlossen. Sie sagte, ihre Tochter habe Angst gehabt da draußen, so ganz allein. Sandra versorgte, während Cavallones Abwesenheit – er war ja auf der Viehauktion – den Hof. Signora Pecci sagt, ihr Mann habe sie zum Podere rausgefahren und Sonntagabend wieder abgeholt. Roberto sollte nichts davon wissen, dass sie ihre Tochter da besuchte. Es hatte Krach gegeben mit den Schwiegereltern in spé. Dass sie nach der Trennung wieder zu ihm gezogen war, fanden die Eltern der Pecci gar nicht gut. Ist ja verständlich, nicht wahr?«

»Hm, klingt plausibel. Sagt die Tochter das Gleiche?«

»Jetzt bestimmt, ihre Mutter hat ihr sicher alles berichtet. Als ich dort war, war sie nicht zu Hause.«

»Na gut, fürs Erste reicht das.« Caselli war verschwitzt und fühlte sich unwohl. Dass sich im Büro derart die Hitze staute, war wirklich eine Zumutung. »Also abgemacht. Fragen Sie Marcella, ob es ihr am Wochenende passt. Ich rufe dann Cavallone an. Und über das Finanzielle machen Sie sich mal keine Sorgen. Sie sind eingeladen, Sie und Marcella. Mein Geschenk zum Hochzeitstag!« Er hob die Hand, um Scurzis Protest abzuwehren.

»Danke, Commissario«, sagte Scurzi schlicht.

Caselli sah durch die verglaste Front und machte eine fragende Handbewegung, die in diesem Fall so viel heißen sollte wie: »E allora? Haben Sie jetzt etwas?«

Flavia stellte ihre Tasse ab und griff nach einem Blatt.

Caselli holte Luft. »Aha, die Informationen sind da! Scurzi, ich erledige das. Mal sehen, was die Carabinieri sagen. Halten Sie die Stellung!« Er nickte dem Sergente zu, griff sich das Jackett auf der Stuhllehne und schloss die Bürotür hinter sich.

17

Die mobile Carabinieri-Station, die zur Gewährleistung der öffentlichen Sicherheit auf der Piazza Navona, zeitlich begrenzt auf einige Monate, in einem Containerbüro eingerichtet worden war, befand sich zwischen der Kirche Sant'Agnese und dem Palazzo Pamphili, der aktuellen brasilianischen Botschaft, deren grün-gelbe Flagge am Balkon wehte. Die Präsenz der Carabinieri sollte dem Drogenhandel, der auf der Piazza stattfand, ein Ende setzen, da der Platz jetzt rund um die Uhr überwacht wurde. Caselli fand diese Maßnahme richtig. Es hatte außerdem Beschwerden der Restaurants über die Obdachlosen gegeben, die das Viertel als ihr Zuhause unter freiem Himmel ansahen und dort auch in aller Selbstverständlichkeit ihre Bedürfnisse verrichteten, sehr zum Leidwesen der Anwohner. Caselli überquerte den Platz. Tauben flogen auf. Nachdem er hergezogen war, hatte Caselli Rom per Reiseführer erkundet und sich gemerkt, dass der Platz im 17. und 18. Jahrhundert an den Samstagen im August unter Wasser gesetzt worden war. Das Spektakel hieß Inondate. Das war möglich, weil die Piazza auf den Grundfesten des Stadions des Domitian stand. Die Gebäude ringsherum waren auf den Zuschauerrängen erbaut worden und lagen etwas höher. Die Vorstellung, dass man die Brunnen überlaufen ließ, sodass Jung und Alt im Wasser planschen und sich vergnügen konnten, gefiel Caselli. Die Oberschicht war mit Pferdekutschen durch das Wasser gefahren, was sicher ordentlich gespritzt hatte. Caselli lächelte. So eine Abkühlung wäre jetzt schön. Andererseits, wer weiß, was auf dem Wasser an Unrat schwamm. Hygienisch war das bestimmt nicht. Seit er sich in den maroden Duschräumen der Polizeischule in Catania beinahe eine Legionellen-Infektion eingefangen hatte, stand er mit Bakterien – leicht hypochondrisch, wie Claudio, sein Arzt, gern betonte – auf Kriegsfuß. Caselli sah sich als Polizist für das Wohl aller Bürger zuständig. Aber um alles konnte sich die Polizei nicht kümmern. Die Obdachlosen und deren Nöte waren eines der Probleme der Stadt, bei denen die Römer weitgehend auf sich selbst gestellt blieben. Dormitorien und Suppenküchen wurden von kirchlichen Einrichtungen oder Privatleuten geführt, aber es gab zu wenige. Mit öffentlichen Toiletten war Rom mehrere Jahrhunderte nach Kaiser Vespasian nicht gesegnet, da herrschte Notstand. Das hatte Caselli am eigenen Leib erfahren. Da blieb nur, die Toilette einer Bar aufzusuchen und dann anstandshalber einen caffè zu bestellen, um etwas zu konsumieren. Caselli atmete tief durch. Nein, er konnte nicht alle Probleme der Stadt lösen. Aber das verlangte gottlob auch niemand. Und in manchen Augenblicken war Rom einfach perfekt. Wie jetzt gerade. Am Nachmittag lag die Piazza im Schatten. Die Farben der Häuser, Ocker, Terrakotta, Ochsenblut und Cremeweiß, wirkten in diesem Licht sanfter. Die drei Brunnen sorgten für Frische, und wenn Caselli so über das Pflaster schritt, fühlte er sich beinahe entspannt. Er konnte gar nicht anders, als sich an der Schönheit der Piazza zu erfreuen. Und er kam auch gern mal am Abend hierher, wenn der Vierströme-Brunnen aus im Becken eingelassenen Spots angestrahlt wurde. Dann setzte er sich an einen Tisch unter der Markise im Tre Scalini und betrachtete bei einem caffé lungo das bunte Treiben.

Obwohl die Piazza Navona bei Römern und Touristen gleichermaßen beliebt war und sich hier meist viele Menschen aufhielten, kam nie Gedränge auf. Caselli konnte nach dem Barbesuch in Ruhe über den Platz schlendern, Abendstern und Mondsichel am Nachthimmel über sich, und im unvergleichlichen Licht der blauen Stunde den Polizeialltag für eine Weile vergessen. Der Platz wirkte schützend und authentisch zugleich, sehr römisch. Ein Spaziergang auf der Piazza Navona erinnerte Caselli an den Corso in Modica, seiner Heimatstadt an der sizilianischen Ostküste. Dort war im Sommer die Lieblingsbeschäftigung der Sizilianer, den Corso hinauf und hinunter zu flanieren, jeden Abend bis spät in die Nacht. Man wählte, je nach Vorliebe, das linke oder rechte Trottoir der Hauptstraße und ging es auf und ab. Caselli hatte so jahrelang erfolgreich vermieden, Leute zu treffen, denen er lieber nicht begegnete. Denn sie hielten es ebenso und spazierten auf der anderen Seite. Man ging langsam und blieb alle drei Meter stehen, um Freunde zu begrüßen, die entgegenkamen. Bei diesem Tempo konnte es vorkommen, dass man es an einem Abend gerade ein einziges Mal den Corso hinauf und dann wieder hinunter schaffte.

Caselli lächelte. Dora hatte sich nach dem Spaziergang auf dem Corso gern in eine Bar gesetzt und Mandelmilch getrunken. Er hatte eine Granita gelöffelt. Zuckersüßes, dunkelrotes Maulbeermus über zerstoßenem Eis, darüber ein Sahnehäubchen, das war sein Favorit. Und dazu, selbst spät in der Nacht, eine Brioche zum Eintunken in den caffè. Caselli seufzte. Das gab es in Rom nicht. Das Tre Scalini bot als Spezialität den Tartufo, eine kompakte Kugel aus Schokoladeneis mit einem weichen, hellen Kern. Nicht schlecht, aber eine Granita war es eben nicht. Caselli ging gerade an den Tischreihen vorbei. Viele tranken Spritz, die Welle mit diesem Kultgetränk aus Aperol, Weißwein und Mineralwasser war von Venedig nach Rom geschwappt und immer noch nicht vorbei. Caselli verzog die Mundwinkel. Der orangefarbene Aperitif war nun wirklich nichts für ihn.

Die Carabinieri konnten Caselli nicht weiterhelfen, keiner der verletzten Obdachlosen hatte Anzeige erstattet. Es gab nur eine Notiz im Tagesprotokoll. Drei Fälle waren registriert. Caselli hatte den Eindruck, die Sache werde als Bagatelle abgetan. Er verließ den Container fast fluchtartig und mit einigem Unbehagen. Die Carabinieri, die hier Dienst taten, waren nicht zu beneiden. Es war ausgesprochen heiß darin, heiß wie in einem Brutkasten. Caselli wollte in der Bar etwas trinken. Doch da kein Tisch frei war, lief er weiter. Nun stand er vor der barocken Pracht des Vierströme-Brunnens. Der Stern auf der Bronzespitze des Obelisken fing die letzten, schräg über den Dächern einfallenden Sonnenstrahlen ein. Eine Touristengruppe mit roten Käppis stand vor dem runden Becken. Tauben gurrten auf den breiten Schultern einer Figur, die abwehrend die Hand zum Himmel erhob. »Das ist der Rio de la Playa. Bernini wollte damit andeuten, die von seinem Rivalen Borromini erbaute Kirche gegenüber könne jederzeit einstürzen. Sie sehen hier die in Stein gemeißelte Rivalität zweier Bildhauer«, tat der Fremdenführer kund.

Caselli kam Silvia Marconi in den Sinn, die angehende Bildhauerin und Kommilitonin von Simona Mendel. Attardi hatte Simona vorgezogen. Der Kunstmarkt war umkämpft, ein guter Start und Protektion durch einen wohlmeinenden Professor konnten für eine junge Künstlerin entscheidende Weichen stellen und ihre Karriere in die Bahnen des Erfolgs lenken. Wichtige Galeristen würden die Arbeiten sehen. All das war für Silvia Marconi bereits in greifbare Nähe gerückt, doch Simona Mendel hatte dazwischengefunkt und ihr die Chance weggeschnappt. War das nicht Grund genug, sich an der Nebenbuhlerin zu rächen?

Caselli umrundete das Becken auf der Suche nach einem freien Durchblick. Auf dem schmalen Eisengeländer saßen korpulente Amerikaner und schleckten Eis aus tropfenden Waffeln. Eine Reisegruppe Japaner trat den Rückzug an, und plötzlich war der Löwe, der sich zur Tränke neigt, touristenfrei. Caselli genoss den imposanten Anblick. Er lauschte dem konstanten Plätschern der Fontänen, betrachtete die avantgardistische Palme, den Nil … Ägypten, Ägypten? Caselli ließ seine Gedanken wandern. Was hatte sein Sergente gesagt? Attardi gehöre einer Sekte an? Nein, Geheimbund, etwas Neo-Ägyptisches, und Ort der Treffen seien mutmaßlich die Gewölbe der Kirche Santa Maria di Monserrato. Jener Kirche, in der Attardi regelmäßig zur Messe ging. Die Organisation bestehe seit Anfang des Jahres, angesehene Politiker hätten sie ins Leben gerufen, und Erkennungszeichen sei der Skarabäus. Genau, deshalb hatte er Ägypten assoziiert.

Ein Schwarm Tauben flog auf. Die Amerikaner zückten Kameras und Handys. Simona Mendel konnte in der Mordnacht auf dem Weg zum Palazzo ihres Professors gewesen sein oder auf dem Rückweg. Sie war unter jenem Torbogen etwa fünfzig Meter vor ihrer Wohnung ermordet worden. Die Blutlache hatte sich wegen der Kartons, die dort lagerten, nicht sehr ausgebreitet. Es führten keine Blutspuren dorthin oder von dort weg. Hatte ihr Mörder sie begleitet? Oder hatte ihr jemand aufgelauert, jemand, den sie kannte?

Caselli sah zur Bar hinüber und dann auf die Uhr. Das Krawattengeschäft, das er so mochte, lag in der Via Montecitorio, neben Giolitti. Wenn er wollte, könnte er ja in der angeblich besten Eisdiele Roms einen Becher Malaga-Eis mitnehmen. Das war auch nicht so eine Kalorienbombe wie der kompakte Tartufo im Tre Scalini, in dem noch immer kein Tisch frei wurde.

Den Trubel um die Staffeleien der Karikaturisten meidend, verließ Caselli die Piazza. Doch, ein, zwei Krawatten, die breiten, die Fulvio trug … das Schöne an klassischer Kleidung war, dass sie keinen schnellen Modeströmungen unterlag, sondern nur längerfristigen Änderungen in Schnitt oder Passform. Breite Krawatten waren längst nicht nur etwas für ältere Herren um die sechzig wie Stronchetti. Die Krawatte wählte man nach dem Typ des Hemdkragens und der Form des Revers sowie, eventuell noch, der Kopfform entsprechend; ah, und natürlich, der ganzen Erscheinung, die man sich gab. Zugegeben, zu Fulvios relativ kahlem, sonnengebräuntem Charakterkopf, der ausladenden Brille mit Schildpattgestell, dem gepflegten Schnurrbart sowie seinem ausgeprägtem Hang zu riskanten Pokerrunden, Luxuskarossen und englischem Tweed passten breite Krawatten natürlich besonders gut. Fulvio trug Cutawaykragen, ab Mitte sechzig wurde der Hals wohl etwas stärker, aber auch zu einem New Kent konnte man … Caselli musste lachen. Warum suchte er bloß derart beflissen nach Gründen, seine Wahl zu rechtfertigen? Breite Krawatten hatten es ihm derzeit einfach angetan. Also würde er sich jetzt zwei, drei zulegen. Ob die Manschettenknöpfe mit Lapislazuli noch da waren, auf die er ein Auge geworfen hatte? Sicher, die gehörten ja zum Sortiment. Es sprach nichts gegen eine Stippvisite im Krawattengeschäft und … Philipp Mortan hatte die Anzahl frischer Oberhemden schwer dezimiert.

Von der Via Montecitorio bis zur Via del Gambero, in der Casellis favorisierter Herrenausstatter lag, war es zu

Fuß ein Katzensprung. In zehn Minuten wäre er dort. Ja, genau das würde er tun. Er wollte schließlich gut aussehen, wenn Dora kam. Caselli rechnete jeden Tag mit ihrem Anruf. Eigentlich hätte sie sich längst melden können, welchen Flug sie nahm. Sie überwand ihre Flugangst, ihm zuliebe. Das war ein gutes Zeichen. Er hatte sie lange nicht gesehen, seit seiner Versetzung. Bestürzend lang. Caselli hatte die Hoffnung beinahe aufgegeben. Es traf ihn schwer, dass Dora die Verlobung gelöst hatte. Sie fühlte sich mit der Insel und ihrem Familienclan zu sehr verwurzelt, um ihm nach Rom zu folgen. Im ersten Jahr hatte totale Funkstille geherrscht. Dann hatten sie ab und an telefoniert, und im Frühjahr schließlich kam der Anruf, der Caselli wieder Hoffnung schöpfen ließ. Dora hatte ihren Besuch angekündigt. Seine Geduld hatte sich bewährt. Sie kam. Ein neuer Anfang. Caselli atmete tief durch. Und er stand mit leeren Händen da: Er brauchte ein Geschenk! Er würde etwas finden, das ihr gefiel, etwas Außergewöhnliches.

Caselli verließ die Piazza, das am Finger eingehakte Jackett über der Schulter, und während er durch Roms Gassen schlenderte, pfiff er gut gelaunt vor sich hin.

18

Es war gegen halb neun Uhr, als Caselli am Portal des Palazzos des Kunstprofessors Attardi in der Via della Scrofa den bronzefarbenen Türklopfer betätigte und eingelassen wurde. Die Hitze in der Stadt staute sich am Abend besonders. Dazu kam die hohe Luftfeuchtigkeit. Jedes Hemd war binnen Minuten durchgeschwitzt. Caselli war noch in seiner Wohnung vorbeigegangen, hatte die sperrigen Tüten mit seinen Einkäufen abgestellt und zum dritten Mal an diesem Tag geduscht. Die Kühle hinter den bossierten Mauern des Palazzos war eine Wohltat. Er legte sein Jackett über den Arm und sah sich um. Das Parterre war rustikal und leer, Mauerwerk, Steinfußboden und zwei Kassettentüren, die offenbar in die Keller und Wirtschaftsräume führten. Caselli hatte den Eindruck, das bescheidene Portal in der Via della Scrofa müsste eigentlich ein Hintereingang sein, denn der ganze Aufgang wirkte so gar nicht wie das Entree eines edlen Patrizierhauses. Wahrscheinlich ging der Haupteingang, den Caselli sich pompös, überhoch und säulenflankiert vorstellte, auf eine andere Straße, nur welche?

Nun da Caselli sich an die Kühle gewöhnt hatte, spürte er die klamme Feuchtigkeit in dem düsteren, leeren Vorraum. Nur der Lichtkegel einer ovalen Wandlampe in futuristisch modernem Design flutete hell gegen die weißgekalkte Decke. Caselli ging die gewundene, schmale Steintreppe hinauf, die der unscheinbare Hausdiener vorauslief. Derselbe, der ihm geöffnete hatte, als Caselli zusammen mit dem Sergente hier gewesen war. Er fragte sich, ob er heute Sergio zu Gesicht bekommen würde. Mochte es politisch auch nicht sonderlich korrekt sein, ein wenig war er doch neugierig auf ihn. Offenbar beschäftigte der Künstler mehrere Bedienstete. Der Hausdiener wartete oben und öffnete die Tür vor dem gotischen Bogen zum Piano nobile, den Caselli von seinem ersten Besuch her kannte. Hier auf diesem Stockwerk begann der feudale Hauptwohnbereich. Doch diesmal wies der Hausdiener nach links zu Raumfluchten, die Caselli noch nicht kannte.

»Sie kommen äußerst ungelegen, Commissario!«, begrüßte ihn Attardi schroff, als Caselli eintrat. Der Künstler war diesmal leger gekleidet. Er trug eine schwarze Hose und ein Seidenhemd gleicher Couleur, das zwei, drei Knöpfe zugeknöpfter dem Alter und Stand seines Trägers nach angemessener gewesen wäre. Auf dem knochigen Brustbein des Meisters blinkte ein massiver, goldener Skarabäus. Über die Konsole links hinten an der Wand war violetter Samt in üppigem Faltenwurf drapiert. Räucherwerk schwelte neben der Bronzestatuette eines Kouros. Aus rot glimmenden Räucherkegeln in sandgefüllten Tonschalen stiegen Rauchfäden auf und kräuselten sich zwischen fünf schmalen Alabastervasen, in denen jeweils eine einzelne Lilie stak. Es war der unverkennbare Duft weißer Lilien, der alle anderen Gerüche übertönte. Caselli kämpfte, wie bei seinem letzten Besuch, mit akutem Hustenreiz und hielt die Hand zur Faust geballt an den Mund, um sich zu räuspern.

»Ihr Sergente war bereits hier. Sie übertreiben es, zwei Besuche an einem Tag!«, sagte Attardi und entflammte ein langes Streichholz, um die Kerzen der Kandelaber anzuzünden, die auf einem wuchtigen, dunklen Refektoriumstisch standen.

»Ich mache es kurz«, erwiderte Caselli, nicht gänzlich unbeeindruckt vom schwülstigen Ambiente. Er sah sich diskret um, ließ den Blick durch den mit Objekten, Bildern und Skulpturen überfrachteten Raum schweifen. Für welchen Gast mochte Attardi diesen Aufwand betreiben?

»Sie fragen sich, für wen ich das alles arrangiert habe …«, erriet der alte Künstler Casellis Gedanken und zog energisch an einem Klingelzug.

Caselli vertrieb mit der Hand ein Rauchfähnchen, das ihm aus einer der flachen Schalen in die Augen stieg. Sergio kam herein, und Caselli bemerkte, dass Attardi für ihn die gleiche burgunderrote Arbeitsuniform mit schwarzem Stehkragen und schwarzer Hose hatte anfertigen lassen wie für den Hausdiener, der Caselli eingelassen hatte. Caselli räusperte sich verlegen und schalt sich. Was hatte er denn erwartet? Orientalische Pumphosen und einen Turban mit Talmistein und Pfauenfeder?

Attardi wies mit herrischer Geste auf den Kamin. Der Liliputaner legte beflissen nach. »Das reicht, Sergio. Danke, du kannst gehen!« Attardi trat näher ans Feuer. »Wenn Sie denken, ich hielte mir zur Belustigung einen Zwerg, sind Sie auf dem Holzweg«, sagte er, nachdem Sergio den Raum verlassen hatte.

Caselli setzte an zu protestieren.

»Es war nicht zu übersehen, dass Sie ihn anstarrten …«, fuhr Attardi dazwischen.

Caselli hob entschuldigend die Hände. Attardi hatte ihn ertappt.

»Das hat nichts mit Exzentrik zu tun, die Sie mir zweifellos unterstellen.« Der Künstler sah Caselli an. »Was meinen Sie? Wer wohl würde Sergio Arbeit geben, wenn ich ihn nicht aufgenommen hätte in mein Haus? Ich beschäftige einen Menschen und gebe ihm Obdach, so ist das, nicht mehr und nicht weniger.«

Caselli nickte. Das wusste er bereits. Tiziana Gordoni hatte es heute in der Questura erwähnt, als sie ihn wegen des Praktikums aufgesucht hatte.

»Vielmehr stellt Sergio meinen Sinn für Ästhetik auf eine harte Probe«, fuhr der Künstler fort. »Doch auf diese Weise arbeite ich an mir. Die Menschlichkeit muss Vorrang haben. Dazu zwinge ich mich. Selbst wenn es schwerfällt und nicht immer gelingt. Ich bemühe mich zumindest, denn je älter man wird, desto mehr interessiert man sich für den Tod, Caselli.« Attardi richtete die Räucherstäbchen und stippte Aschespuren vom Samt. »Der körperliche Verfall regt zum Nachdenken an. Man spürt die Auswirkungen, die Verwüstungen am eigenen Leib. Der Körper verfällt, während wir noch am Leben sind, und man sieht es selbst. Das ist das grausam Vertrackte an unserer Existenz. Wir erschrecken und wünschen uns die Jugend zurück … und hin und wieder packt einen ein geradezu faustisches Verlangen danach … und heute Abend hat es mich gepackt, daher erwarte ich einen intimen Gast.« Er beugte sich vor und zog beide Augenbrauen hoch.

Caselli überlief es eiskalt, und er trat einen Schritt zurück, aber das wäre gar nicht nötig gewesen.

»Kommen Sie.« Attardi wies auf eine Tür. »Gehen wir dort hinüber in den Salon der Karyatiden. Ihre kriminalistische Aura entweiht meinen Alkoven!«

Die Skulpturen in dem Ausstellungssaal standen auf Sockelsäulen, in Stein gemeißelte bauchige Frauenkörper mit schönen Gesichtszügen und fehlenden Gliedmaßen. Der Anstrich der Wände war blutrot. Die gesamte Rückfront nahm eine Bildertrilogie ein. Caselli blieb stehen. »Die Reiter der Apokalypse, Acryl, gemalt von einem jungen Künstler aus Florenz«, erläuterte Attardi, Casellis Blicken folgend. Vor der Trilogie stand ein Scherenstuhl. Ein schwarzes Samtkissen mit Troddeln lag darauf.

»Signor Attardi«, begann Caselli, »ich möchte Ihnen noch einige Fragen zu Simona Mendel stellen.«

»Ich habe sie gezeichnet, Simona«, unterbrach ihn der Künstler. »Hier saß sie«, er deutete auf den Savonarola-Stuhl, »als Akt, nur ein Armband am Handgelenk. Ich sehe noch die Turmaline im Mondlicht schimmern, Rubellit, Verdelith, Dravit und der schwarze Schörl, der die Gedanken klärt und durch Logik bindet.« Attardi hob eine Hand, als wolle er fern in den Äther deuten. »Turmaline, gepaart mit der Strenge«, die Hand fuhr herunter, »des Scherensitzes aus dem Mittelalter, welch herrlich kraftvolle Metapher! Wie sagte bereits der kluge Bernardus Caesius?« Der alte Künstler reckte sinnierend das Kinn: »Der Turmalin der aller Unbill des Schicksals widersteht …«, deklamierte er. »Kristalle, in dunklen Felsklüften der Erde geboren, strahlend drängen sie an die Oberfläche uns Kraft und Schutz zu spenden!« Er verschränkte die Hände hinter dem Rücken und sprach mit normaler Stimme weiter. »Ich hätte es ihr lassen sollen, das Armband … Simona, der begabten Simona, der jungen, ich hätte es ihr lassen sollen«, wiederholte er und setzte, rhetorisch perfekt, eine Pause. Dann richtete er seine kleinen, feurigen Augen auf Caselli. »Doch trenne ich mich ungern von dem, was einmal mir gehört, und so habe ich es natürlich noch.« Er klappte den Deckel der Schatulle hoch, die auf einer Stele stand. Attardi hielt den Schmuck ins Licht des Strahlers, der von der Decke eine Skulptur ausleuchtete. »Nun, Caselli, Sie sollten wissen, Turmaline haben starke Heilkräfte. Sie wirken auf Seele, Geist und Körper, kein anderer Stein besitzt dieses Farbenspektrum.« Er ließ das Armband über seinen Handrücken gleiten. »Sehen Sie, Caselli, der rosa Cabochon in der Mitte? Das ist Rubellit. Er bestärkt uns darin, uns hingebungsvoll einer Aufgabe zu widmen, verbessert den Energiefluss, stärkt Verstand und Nerven. Der grüne Stein ist Verdelith, er macht geduldig, aufgeschlossen und bringt Lebensfreude. Aber er kann noch mehr, lässt er uns doch unsere Möglichkeiten erkennen und – stellen Sie sich vor – die beste, nach Wissen und Gewissen, auswählen. Unglaublich, nicht wahr? Ein Gewissen müssen Sie natürlich haben«, fügte er hinzu. »Der blaue ist Indigolith. Er löst Trauer, Gefühlsblockaden und bringt Erleichterung. Ja, und das hier, der reine, transparente, das ist kein Bergkristall, nein, das ist ein Elbait. Er regt die Tag- und Nachtträume an. Daneben der Dravit, seine Farbe ist braungelb. Er fördert das pragmatische, handwerkliche Geschick. Ich trage ihn gern. Und schließlich Schörl, mein Favorit: Nachtschwarz wie der Tod lindert er Schmerzen, leitet Spannungen ab und schützt vor den negativen Gedanken derer, die uns übel wollen!«

Caselli atmete durch. »Signor Attardi, ich bin nicht hergekommen, um mir einen Vortrag über Edelsteine anzuhören. Es geht hier um Mord!«

Attardi blickte zu Boden, dann legte er das Armband sorgsam zurück. »Wie gesagt, ich trenne mich ungern von dem, was einmal mein ist«, wiederholte er, klappte den Deckel zu und wandte sich um. Er sprach jetzt nüchtern und distanziert. Hatte ihm zuvor etwas Fanatisches angehaftet, war er nun die Ruhe selbst. »So sehr inspiriert hat sie mich nun auch wieder nicht, diese Simona Mendel.« Er setzte sich in den Sessel am Kamin. »Zu einer Muse gehört schon etwas mehr. Eine Muse«, er ließ die Hand spiralförmig nach oben kreisen, »überhäuft man mit Geschmeide, drängt es ihr auf, fleht sie geradezu an, es an ihren Busen betten zu dürfen, sagt man.« Er hielt inne. »Aber Simona hier war ein Aktmodell, sonst nichts!« Es klang kalt, mit einem beinahe abfälligen Unterton. »Eine meiner Studentinnen mit einem eher mittelprächtigen Körper.«

Caselli wollte vermeiden, dass er auch hier Details zu hören bekäme, und fuhr dazwischen, die Informationen nutzend, die er bereits hatte. »Sie lassen bei einem Goldschmied arbeiten, in der Via dell'Orso. Sie haben wertvolle Schmuckstücke anfertigen lassen. Besitzen Sie die noch? Alle?« Caselli verfolgte die Reaktion des Künstlers, der seine aufrechte Sitzposition änderte. Das Licht einer der Deckenspots brachte den massiven Skarabäus auf des Meisters Brust zum Leuchten. Caselli sah, wie Attardi die Unterlippe vorschob und seine dürren Hände betrachtete. Offenbar hatte er nicht die Absicht, Caselli mit einer Antwort zu bedenken. »Simona Mendels Leiche wurde in einem dreckigen Torbogen gefunden, den Obdachlose als Unterschlupf nutzen, der Hitze wegen hatte die Verwesung schon eingesetzt. An diesem Abend wollte Sie zu Ihnen. Oder kam sie vielleicht eher von Ihnen? Vielleicht haben Sie sie auch ein Stück begleitet?«

Attardi stand auf, verschränkte die Hände abermals hinter dem Rücken und stellte sich vor eine der Karyatiden.

Caselli trat einen Schritt vor. »Simona Mendel konnte nur noch anhand des Ohrschmucks identifiziert werden, den sie trug. Turmaline, gearbeitet von demselben Goldschmied, der für Sie fertigt, Signor Attardi. Waren die Ohrringe ein Geschenk von Ihnen? Reute Sie das? Wollten Sie Ihr Geschenk etwa wiederhaben?«

Attardi fuhr herum. Sein Gesichtsausdruck verriet, dass er mehr als verärgert war. Der Blick unter den buschigen Brauen war lauernd. Er hatte sich jedoch sofort wieder in der Gewalt. Er sah Caselli kurz an und ging dann hinüber ans Fenster. »Wieso beschäftigt Sie das?«, fragte er. »Sie wollen meine kleinen Geheimnisse aufdecken, Commissario, habe ich recht?« Er begann, auf und ab zu gehen, und fixierte Caselli dann. »Erregt es Sie, wenn Sie den Mörder in die Enge treiben, jagen, hetzen und schließlich zuschlagen?« Er wandte ihm wieder den Rücken zu, blieb stehen und hob das Kinn.

»Beantworten Sie meine Frage, Signor Attardi!«, Caselli und hob die Stimme. Attardi setzte sich gelassen in die Bergère, die unter dem Fenster stand, sah Caselli durchdringend an und ignorierte, dass dieser laut geworden war. Vielmehr sprach er im Gegenzug besonders kontrolliert. »Brauchen Sie den Kitzel der Macht, weil Sie sonst nichts haben in Ihrem Leben, das Ihnen Genuss verschafft?« Er legte die Fingerspitzen zu einer Pyramide aneinander. »Sie sehen mir nicht aus wie einer, der Sinnlichkeit lebt, Commissario. Ein gewisses Temperament, nun ja, das mag ich Ihnen als Sizilianer, wie auch ich einer bin, ungern absprechen - wir teilen ja nicht nur denselben Zungenschlag ... aber Sinnenfreuden, Wollust? Davon haben Sie keine Ahnung, lieber Freund. Sehen Sie, da Sie von der Insel da unten kommen und nicht verheiratet sind, kann ich Ihnen klar sagen, wie sich Ihr karges Liebesleben abgespielt hat.«

»Signor Attardi, bleiben wir doch bitte beim Thema! Wo haben Sie sich in der Tatnacht aufgehalten? Was war das für eine private Veranstaltung, an der Sie vorgeben, teilgenommen zu haben? Mehr wollten Sie letzten Donnerstag bei der Befragung durch mich und Sergente Scurzi ja nicht preisgeben. Jetzt aber wäre es an der Zeit. Waren Sie vielleicht bei einer Sitzung der Sekte, der Sie angehören? Gibt es Zeugen? Entweder Sie antworten jetzt ...«, Caselli erhob erneut drohend die Stimme, »oder Sie erhalten eine Vorladung in die Questura!«

Attardi bedachte ihn nur mit einem kühlen Blick. »Es dürfte sich auf nächtliche Turnübungen in einer Rostlaube oder in der Mittagshitze fugitiv konsumierte Akte hinter dem sprichwörtlich knorrigen Stamm eines Oliven- oder Maulbeerbaums beschränkt haben, nicht wahr?«, fuhr er unbeirrt fort. »Und dabei stehen Sie voll im Saft, mein Lieber. Auch Ihre Gespielin kann ich mir drastisch ausmalen. Dunkler Flaum auf Oberlippe und Unterarmen, ein furchtsamer Blick aus ebenso dunklen Augen. Und was haben Sie ihr geschenkt, Ihrer Angebeteten, danach, hm?« Er lächelte siegessicher. »Ich sage es Ihnen!«, rief er und deutete mit seiner sehnigen Hand auf Caselli, der unweigerlich zurückzuckte. »Rote Korallen!« Er stand auf. »Certo! In Sizilien tragen alle weiblichen Geschöpfe, vom Mädchen bis zur Megäre, nur Koralle, blutrote Koralle, für die Fruchtbarkeit und gegen den bösen Blick, das Einzige, was für sie da unten existiert! So sind Sie aufgewachsen, lieber Freund«, sein Ton wurde sanft, »so bin ich aufgewachsen, so wächst man auf, auf dieser hinreißenden, dieser unerbittlichen, grausamen, archaischen Insel im Mittelmeer!« Dann bündelte Attardi die Stimme zum Crescendo. »Wo man den Männern einbläut, eine Frau sei eine Heilige, sobald sie ein Kind gebiert. Und die Weiber sich wie eine Heilige aufführen, sobald sie einen Balg im Bauch haben. Was ist Ihrer Meinung nach das Wesen einer sizilianischen Frau? Dieser Ausgeburt Griechenlands und Phöniziens, diesem Verschnitt aus dem Geblüt der Aragon und der Bourbonen! Lesen Sie Lorca, Verga! Hören die Sie Gitarrenmusik von Tárrega, Albéniz und Villa-Lobos, dann verstehen Sie! Tragik, Dramatik, Blut … Blut. Blut und schwangere Bäuche! Hier, sehen Sie sich das an!« Er breitete weit die Arme aus. »Ich selbst … ich selbst kann mich nicht davon lösen. Es fasziniert mich. Lässt mich nicht los. Es ist eine Obsession, die in meinem Hirn rauscht und tobt. Das Wunder der Natur. Die Frau, die Gebärende, die Mutter, die Urmutter. Es widert mich an, dass ich einem Uterus entstamme, widerwärtig und entwürdigend geboren in einer Lache schmierigen Blutes! Sehen Sie es sich an ...«, er flüsterte unvermittelt, kniff die Augen zusammen und zeigte in die Runde der bauchigen Skulpturen.

Caselli fuhr hoch und holte Luft. »Montag, acht Uhr in der Questura! Ich lade Sie hiermit vor!«, rief er. Dann verließ er mit schnellen Schritten den Raum.

»Halt! Nicht da entlang!«, schrie Attardi.

Caselli gelangte in den Nebenraum. Der Gast war schon da. Caselli sah weg. Bestürzt suchte er den Ausgang, wobei er rückwärts gegen einen Metallständer stieß, der krachend umfiel. Caselli fuhr herum. Schlanke Spazierstöcke vergangener Epochen lagen kreuz und quer auf den Fliesen. Handknäufe aus Silber und Elfenbein blitzten im Schein der Kandelaber. Caselli murmelte eine Entschuldigung.

Sergio tauchte auf und wies ihm den Weg zur Treppe. Caselli lief die Steinstufen hinab. Im Parterre blieb er stehen. »Sergio, einen Moment!«

Der Liliputaner zuckte die Schultern und wollte das Portal aufziehen. Caselli zog seine Brieftasche aus dem Jackett. Sergio reckte den Hals. Das war Caselli Reaktion genug. Er zog einen Schein heraus und erwartete eine Auskunft.

Sergio blickte kurz die Treppenschnecke hinauf, dann zupfte er Caselli am Ärmel und zog ihn zur Seite in ein Eck, das der schwache Schein der futuristischen Lampe nicht erreichte. »Hauen Sie ab! Er ist trotzdem ein guter Mensch!«, sagte er, zog ihn mit seiner kleinen, grotesken Hand zum Portal, öffnete es und drängte ihn erstaunlich kraftvoll hinaus.

In der dunklen Gasse stand Caselli nun vor dem Palazzo. Das Portal war krachend ins Schloss gefallen. Auf einer Dachterrasse zirpte eine Grille; die Luft war lau. Caselli sah am Himmel Sterne blinken. Er dachte an den Gast, den er gesehen hatte, und verdrängte den Gedanken. Nein, damit würde er sich nicht befassen. Er atmete durch, ordnete sein Jackett und schüttelte leicht den Kopf. Er hatte Attardis Tiraden und Finten satt, auch vor persönlichen Angriffen scheute der Mann nicht zurück. Damit war jetzt Schluss, damit kam er bei ihm nicht durch! Scurzi mochte sich von dem Exzentriker einschüchtern lassen, er nicht. Attardi war für Montag vorgeladen. Nach dem, was der Professore über Frauen äußerte, schien er für den blutrünstigen Mord an Simona Mendel geradezu prädestiniert. Caselli schlug den Weg zum Lungotevere ein. Er würde einen Spaziergang am Fluss machen, bevor er in die Trattoria ginge.

*

An der Kaimauer unter den Platanen des Lungotevere brannten Feuer in Öltonnen. Ein Stück weiter entfernt lehnte Caselli an der Brüstung und blickte auf die Restaurantboote, die am Tiber vertäut lagen. Wenn Dora kam, würde er hier mit ihr Essen gehen, das gefiel ihr sicher. Mit einem Mal hatte er so etwas wie eine ungute Vorahnung. Irgendetwas stimmte nicht. Warum zum Teufel konnte man Dora auch nie erreichen! Sie wohnte noch bei den Eltern und hatte sich verbeten, dass er dort anriefe. Ihr Vater war immer schon gegen die Verbindung gewesen. Eine alte Geschichte, die ebenfalls mit seiner Familie zu tun hatte. Ihr Handy lud sie nie auf. Es war wirklich vertrackt und raubte ihm so manches Mal den letzten Nerv. Andererseits war er darauf bedacht, den seidenen Faden, an dem ihre Beziehung jetzt noch hing, nicht mutwillig, durch Ungeduld, zu zerreißen. Sie konnte es partout nicht haben, wenn man sie bedrängte. Das hatte er versucht, als er geglaubt hatte, darauf bestehen zu können, dass sie mitkam nach Rom. Und bitter bereut. Es war ihm als das Natürlichste auf der Welt erschienen. Ihr aber nicht.

Die Zweifel, die sich meldeten, schob er weg. August war kein Monat gewesen, um nach Rom zu fahren. Es war viel zu heiß. Sie kam sicher jetzt im September, bald schon. Dann würde er sie in die Arme nehmen, und die langen, einsamen Monate wären vergessen. Wenn Dora Rom erst ein wenig kennen würde, würde ihr die Stadt gefallen, die Geschäfte, die Museen, die Sehenswürdigkeiten, und sie wären zusammen, das allein zählte doch. Das musste sie jetzt wohl verstanden haben, denn sonst hätte sie bei ihrem Anruf im Frühjahr niemals angekündigt, sie käme nach Rom, noch dazu per Flugzeug.

Caselli blickte über die schwarzen Wasser des Tibers. Es ärgerte ihn maßlos, wie präzise Attardi sein Liebesleben skizziert und dabei ins Lächerliche gezogen hatte. Caselli biss die Kiefer zusammen und atmete angestrengt durch. Die bunten Lämpchen der Lichterketten, die vom Bug, über den Mast bis zum Heck des Restaurantdampfers gespannt waren, leuchteten herüber, die italienische Flagge wehte am Mast. Caselli hörte Tanzmusik … und hinter sich ungesundes Keuchen. Er fuhr herum und sah eine alte, zerlumpte Frau, eine Obdachlose. Er konnte ihr Gesicht nicht erkennen, aber er hatte das Gefühl, sie fixiere ihn in der Dunkelheit. Dann drehte sie sich um. »Warten Sie!«, rief Caselli rasch. Er trat einen Schritt vor und in Weiches. Langsam blickte er an sich herunter … tatsächlich. Er fluchte leise und säuberte seinen Wildlederslipper notdürftig am Rinnstein.

19

Als Caselli recht spät, er hatte bei sich zu Hause noch das Schuhwerk gewechselt, in die schmale Gasse bog, waren seine Freunde, die unter der Markise der Trattoria Dal Galletto am gewohnten Tisch saßen, schon mit dem Essen fertig. Tiberio, der Restaurator, wandte ihm den breiten Rücken zu, daneben saß Claudio und ihm gegenüber Fulvio Stronchetti. Fulvio paffte ein Zigarillo und sprach mit Giovanni, der mit vor der Brust verschränkten Armen und umgebundener Schürze in der Tür lehnte und zuhörte. Caselli wurde laut und herzlich begrüßt. Er rechnete damit, dass sein Flamenco, den er am Abend zuvor im Nachtclub Arciliuto hingelegt hatte, die Runde gemacht hätte und er etwas zu hören bekäme. Bei aller Freundschaft würden Claudio und Tiberio sich nicht nehmen lassen, ihn gehörig aufzuziehen, doch keiner sagte etwas. Caselli zog sich einen Stuhl heran und setzte sich. Fulvio berichtete gerade von seinen neuen Erfahrungen als TV-Star. Seine zwanzigminütige Sportsendung wurde aufgezeichnet und lief täglich um fünf Uhr nachmittags. Caselli hatte noch keine einzige Folge gesehen.

»Ich nehme jetzt eine Rubrik auf, in der ich die Zuschauerbriefe beantworte …«, erzählte Fulvio.

»Und? Loben Sie dich?«, fragte Tiberio neugierig.

Fulvio lächelte und schwieg, wohl um Bescheidenheit zu demonstrieren.

»Du wirst bereits zitiert!«, schaltete Claudio sich ein. »Als ich am Aufenthaltsraum im Krankenhaus vorbeikam, wo den ganzen Tag der Fernseher läuft, habe ich Enzo Biagi deine Sendung erwähnen hören«, sagte er anerkennend.

»Hast du auch schon eine Assistentin?«, wollte Tiberio wissen. »So eine Blondine mit ...« Die wellenförmige Handbewegung gab kund, wie er sie sich vorstellte.

»Noch nicht«, schmunzelte Fulvio. Er trug ein Leinensakko, schwarzes Hemd und eine breite rosafarbene Krawatte, die perfekt saß.

»Doppelter Windsor?«, fragte Caselli.

»Ja.« Fulvio stippte die Zigarillo in den Ascher.

»Hast du den Schneider gewechselt?«, fragte Caselli weiter, der nicht umhin konnte, das Sakko seines Freundes zu bewundern.

»Aber nein, das sind die Vorzüge beim Fernsehen!«, erwiderte Fulvio und lächelte. »Der Sender hat mir eine Rollkleiderstange mit Jacketts in meine Garderobe gestellt. Ich suche aus, was ich tragen will.«

Caselli blickte die Gasse hinunter und sagte nichts mehr. Er hatte den Ehrgeiz besessen, in Sachen Eleganz ein wenig mit Fulvio zu konkurrieren; nun war er wohl endgültig ins Hintertreffen geraten. Es mit der Rollkleiderstange der RAI aufzunehmen, war ein Ding der Unmöglichkeit. Caselli räusperte sich und besann sich auf wichtigere Dinge; schließlich galt es einen Fall zu lösen. Tiberio, der Schreiner und, sozusagen, Antiquitätenhändler – hin und wieder ein schönes Möbelstück, das er restauriert hatte - konnte ihm da vielleicht weiterhelfen. »Sag mal, Tiberio«, setzte Caselli an, »weißt du etwas über die Sekte, in der Via Monserrato, die ist hier ganz in der Nähe. Du mit deiner Bottega kommst doch viel mit Leuten zusammen.«

Tiberio spielte mit einem Bierdeckel. »Eine Sekte?« Er schnaufte.

»Aber ja, das wollte ich schon lang mal zur Sprache bringen. Hast du denn nichts bemerkt?«, schaltete Giovanni sich ein.

»Was soll ich denn bemerkt haben?«, fragte Tiberio verdutzt.

»Na, der strenge Räucherstäbchengeruch, der neuerdings durch die Via Monserrato weht! Das meinst du doch Alessandro, oder?«

»Da komm ich nie dran vorbei ...«, sagte Tiberio. »Das ist höchstens der Weihrauch von der Kirche.«

»Nein, nein«, insistierte Giovanni, »ich habe als Koch eine feine Nase und kann sehr wohl einen edlen Weihrauchduft von dem Räucherstäbchenmist, der nachts durch die Gasse wabert, unterscheiden. Er kommt aus dem Gebäude, dem links neben der Kirche, da haben sie die Hintertür violett angestrichen und so ein komisches Zeichen drauf gepinselt!«

»Ach, doch, jetzt wo du's sagst! Ich habe in einem Antiquitätenladen einen Stuhl zum Reparieren abgeholt, da ist es mir aufgefallen, richtig satanisch!« Tiberio riss die Augen auf.

»Wie sieht es denn genau aus, das Zeichen, meine ich?«, wandte sich Caselli an den Wirt.

»Na, die Dreiecke halt ... ein Judenstern oder Freimaurerzeichen.«

»Ja, was denn nun?«, hakte Caselli ungeduldig nach.

»Die Freimaurerzeichen sind Hammer, Zirkel, Winkel und ein Auge«, schaltete Fulvio sich ein, die Zigarillo zwischen den Zähnen.

»Hm, davon hab ich keine Ahnung«, sagte Tiberio. »Ich kenne bloß die Templer, da habe ich neulich einen Dokumentarfilm drüber gesehen, aber Giuseppina hat auf Commissario Rex umgeschaltet, der läuft wiedermal als Wiederholung.«

»Die Säulen des Freimaurertums sind Toleranz und Humanität«, fuhr Fulvio fort. »Die Templer dagegen erhielten ihren Namen als Verteidiger des Salomonischen Tempels in Jerusalem, das heißt, ihre Aufgabe war Pilgerschutz und Verteidigung der Kreuzfahrerstaaten im Heiligen Land. Gegründet nach dem Ersten Kreuzzug, praktizieren sie heute, innerhalb der Freimaurerbewegung, den York-Ritus. Der Gründer war Godefroy De Saint Omer.« Fulvio paffte ein Wölkchen. »Der Tempelritterorden bestand nur rund zweihundert Jahre. In dieser relativ kurzen Zeit hatten es die Ritter zu Macht und Reichtum gebracht. Die weltlichen Herrscher der Zeit empfanden das natürlich als Bedrohung, zudem weckte es ihre Gier, sich die enormen Reichtümer der Templer anzueignen. Sie wurden unter vorgeschobenen Gründen verfolgt und man machte ihnen den Prozess. Drahtzieher bei der ganzen Sache war der französische König Philipp IV. Der hatte seine Gründe und kannte keine Skrupel. Mit massiven Drohungen gegen den Papst, sowie Festnahmen und Folter, erreichte er, was er wollte. Im März 1312 rettete Papst Clemens seine Haut und den Anschein seiner Amtswürde und löste den Orden auf … über die Rosenkreuzer dagegen weiß man nur, dass …« Offenbar gern bereit auch hier auszuholen, nahm Fulvio die Zigarillo zwischen die Finger, doch Giovanni fiel ihm ins Wort.

»Ach, Freimaurer, Rosenkreuzer, Templer das ist doch Kram vergangener Jahrhunderte, heute ist was anderes in!« Giovanni hob belehrend die Hand. »Sekten und Riten, jawohl! Die feiern schwarze Messen, sage ich euch … mit Jungfrauen, Nonnen und Kröten!«

»So?« Alle am Tisch wandten sich Giovanni zu.

*

»Ich hätte nicht gedacht, dass Giovanni in schwarzer Magie beschlagen ist. Woher weiß er das nur alles?«, fragte Tiberio halblaut als Erster in die verstummte Runde, nachdem Giovanni seine Pflichten als Küchenchef an den Piazzaofen gerufen hatten. »Ob das stimmt, dass sie Jungfrauen, also mit Kopf ab … und so?«

Caselli kam ein schrecklicher Gedanke. Konnte es sein, dass Simona Mendel Opfer obskurer Praktiken einer Sekte geworden war? Aber nein, was Giovanni da erzählt hatte, war doch Humbug, in Rom praktizierte niemand satanische Riten! Er schüttelte den Kopf, wickelte sein Besteck aus der Serviette und nickte dem Jungen zu, der ihm die bestellte Pizza servierte.

Claudio spielte mit einem Bierdeckel. »Wer weiß, was für Ingredienzien Giovanni in den Pizzabelag mengt, damit die Gäste zwanghaft wiederkommen.« Er tat, als überlege er. »Wie wäre es mit Krötenfüßen und Rattenschwänzen?«

Caselli, der gerade seine herrlich duftende Capricciosa anschneiden wollte, sah vorwurfsvoll auf. »Also, Claudio, bitte, wirklich!«

»Ja, oder Taubendreck und Kamelmist!«, feixte Tiberio.

Claudio lachte schallend. Giovanni kam heraus und fragte, was er denn verpasst habe. Fulvio klopfte Tiberio auf die Schulter und bestellte noch eine Karaffe Rotwein. Giovanni, der sich über die Unterstellungen vorgeblich aufregte, musste beruhigt werden. Caselli schnaufte, aber dann ließ er sich seine Pizza schmecken. Er kaute vorsichtig, denn sie war frisch aus dem Ofen und noch sehr heiß, doch mit Genuss. Giovanni war ein Meister seines Fachs. Dann merkte er, dass Claudio sich ihm zuneigte.

»Sag mal, hast du eigentlich was erreicht?«, fragte Claudio leise. »Du weißt schon … wegen der Obdachlosen«, fügte er eindringlich hinzu.

Caselli schüttelte den Kopf. »Ich war heute bei den Carabinieri auf der Piazza Navona. Ich kann da leider nichts machen. Ist nicht mein Ressort. Der Mord und die Obdachlosen stehen in keinem Zusammenhang. Da bekomme ich niemanden zur Observation genehmigt, Claudio.«

Sein Freund antwortete nicht. Aber Caselli hatte den Eindruck, dass er schwer verärgert war.

*

»Danke, dass du nichts erzählt hast von der Sache im Arciliuto«, meinte Caselli, der Fulvio zum Wagen begleitete.

»Keine Ursache, Alessandro.«

»Wenn ich mal etwas für dich tun kann …«

»Das könntest du tatsächlich.« Fulvio verlangsamte den Schritt.

»So?« Caselli blieb stehen und sah ihn an.

»Da gibt es diese Journalistin, Tiziana Gordoni, du hast sie ja kennengelernt. Sie ist eine intelligente, warmherzige junge Frau. Wir sind näher befreundet, wie du sicher weißt.« Fulvio zögerte, offenbar war es ihm unangenehm. »Ihr Vater war UNO-Botschafter in Kairo. Jetzt ist er bei der FAO. Tiziana hat mir geholfen, das letzte Jahr … zu verkraften. Als das mit Federico passiert ist, hatten wir uns gerade kennengelernt.« Fulvio brach ab und atmete durch. Als er weitersprach, klang seine Stimme brüchig. Der Verlust seines Sohnes war ein Schmerz, der blieb. »Sie kam in die Redaktion. Eines ergab das andere. Also, ich mache es kurz: Tizianas Volontariat bei der Zeitung läuft aus. Sie ist hartnäckig, wissbegierig, hat die richtigen Voraussetzungen für den Job, und sie kann schreiben. Sie wird definitiv die Journalistenlaufbahn einschlagen, und ich versuche sie zu unterstützen. Nun hat sie sich die Questura in den Kopf gesetzt. Will mal miterleben, wie der Alltag in einer Mordkommission aussieht, verstehst du? Nimm sie unter deine Fittiche, ein, zwei Wochen. Tu mir den Gefallen, Alessandro. Versicherungsmäßig läuft das über die Zeitung. Tiziana bat mich darum. Ich schlage ihr momentan ungern etwas ab. Es gab Differenzen. Der TV-Sender beansprucht meine Zeit und …«, er brach ab. »Vielleicht sollte ich mit ihr mal irgendwohin fahren.« Er warf die Zigarillo in den Rinnstein. »Aber ich kann nicht weg aus Rom.«

»Deine neuste Errungenschaft?« Caselli deutete auf den Stumpen. »Hast du das Pfeifenrauchen aufgegeben?«

Fulvio bejahte. »Passt nicht zum Image meiner Sendung. Im Studio ist das Team Minimum fünfundzwanzig Jahre jünger als ich. Da kann ich nicht auch noch mit einer Pfeife ankommen. Aber die schmecken mir eigentlich nicht.« Er warf einen Blick in den Rinnstein. »Also, was meinst du?« Er sah auf.

»Tiziana war schon bei mir in der Questura. Sie hat mir ihr Anliegen selbst vorgetragen.«

»Da schau an!« Fulvio schmunzelte. »Ja, sie ergreift gern die Initiative, das gefällt mir an ihr.« Er betätigte die Zentralverriegelung.

»Die Entscheidung liegt beim Vice-Questore. Aber vielleicht kann ich dir damit helfen.« Caselli holte seine Brieftasche heraus.

Fulvio hob eine Augenbraue.

»Ich kenne ein Landhotel, eine halbe Stunde vor Rom. Der Besitzer fängt erst an und bat mich, ein wenig Werbung zu machen. Also, ich kann es empfehlen!«

»Danke, Alessandro, das wäre vielleicht wirklich nicht schlecht.« Er sah auf die Karte, bevor er sie in seine Brusttasche steckte. »Gute Nacht!«

»Gute Nacht, Fulvio.« Caselli machte sich auf den Heimweg. Mortan war sicher schon zu Hause, und er hatte noch etwas mit ihm zu klären: Was hatte Philipp Mortan bei Attardi zu suchen gehabt?

20

Caselli ging unruhig in seinem Büro auf und ab. Mortan war nicht nach Hause gekommen, und Caselli konnte nicht anders: Er machte sich Sorgen. Mortan hatte wohl die Nacht durchgemacht, bei Sonnenaufgang in einer Bar caffè und cornetti gefrühstückt, und nun überschwemmte er das Bad, wie immer, wenn er duschte. Es bestand kein Grund zur Sorge. Mortan war ein erwachsener Mann. Wenn aber doch etwas passiert war? Caselli steckte die Hände in die Hosentaschen und fixierte den Telefonapparat. Sollte er sich mal bei den Kollegen von der Streife erkundigen?

Das Telefon läutete. Er nahm ab. Mortan war unten an der Pforte.

»Ja, ich weiß, ich hätte wenigstens anrufen sollen, aber es war schon spät und …« Mortan fuhr sich durch das feuchte Haar. Caselli sah sich in der Annahme, sein Bad stehe unter Wasser, bestätigt. Gott sei Dank kam jeden Vormittag Concetta und räumte auf.

»Ich bin versumpft«, sagte Mortan und lächelte matt. »Simonas Tod und das alles hat mich einfach umgehauen. Erst habe ich gar nichts empfunden, aber gestern Abend, da kam plötzlich alles hoch. Ich bin ins Arciliuto und habe mich betrunken, sorry, Alessandro.«

Caselli legte ihm die Hand auf die Schulter. »Schon gut, Philipp, du hast deiner Cousine nahegestanden. Es ist normal, dass dich das mitnimmt. Das tut mir alles leid für dich.« Er trat ans Fenster. »Dennoch muss ich dir eine Frage stellen, Philipp.« Er wandte sich um.

Mortan sah müde und blass aus. »Ja?«

»Warum warst du bei Attardi?«

Es dauerte eine Weile, bis Mortan antwortete. »Simona hat mich ihm vorgestellt, und ich war ein-, zweimal bei ihm zum Essen eingeladen, das ist alles.«

Caselli sah ihn skeptisch an. »Und was wollest gestern Mittag von ihm?«

»Ich habe eigene Ermittlungen angestellt.« Mortans Stimme zitterte. »Das bin ich Simona schuldig.«

Caselli sah, unangenehm berührt, dass sich Philipp Mortans Augen mit Tränen füllten.

»Entschuldige«, sagte Mortan und wandte rasch den Blick ab.

»Aber, ich bitte ich. Ich hätte mir denken können, dass du Attardi kennst.«

»Weißt du noch, was dein Freund Claudio gesagt hat, neulich in der Trattoria?«, fragte Mortan und schluckte. »Die Sache mit dem Spazierstock mit Mechanismus, du weißt schon, das Stilett, das auf Knopfdruck herausspringt.« Mortan zog ein Taschentuch heraus und schnäuzte sich.

»Ja, und?«

»Attardi ... er hat Spazierstöcke aus dem achtzehnten Jahrhundert, eine wertvolle Sammlung, Rohrstöcke, Silberknäufe, Hundeköpfe aus Elfenbein. Ich habe sie mal gesehen, als ich dort war, zusammen mit Simona.«

Caselli hatte es noch lebhaft in Erinnerung. Er war an einen Ständer gestoßen, gestern Abend, als er den Kunstprofessor aufgesucht hatte. Spazierstöcke waren mit lautem Knall auf den Boden gefallen; Silber hatte im Kerzenschein aufgeblitzt. »Ja, die habe ich auch gesehen.«

Mortan fuhr fort: »Nun, Attardi hat da mal etwas ganz beiläufig gesagt: Dieses dreckige Pack müsste man ausrotten. Sie verunstalten die Kulisse von Rom, oder so ähnlich hat er es ausgedrückt. Du weißt ja, er hat diesen elitären Zug. Es stört ihn, wenn er an ihren Pappkartonlagern vorbei muss und sie ihn am Ärmel fassen, wenn sie um Almosen betteln.« Mortan räusperte sich und setzte sich auf Scurzis Stuhl. »Das ist mir wieder eingefallen, und da wollte ich herausfinden, ob einer der Stöcke einen Mechanismus hat. Ich wollte dir helfen, Alessandro!« Er blickte auf. Seine Miene war ernst und leidend, der Vorwurf in seinem Ton war unüberhörbar.

»Du traust Attardi tatsächlich zu, durch die Stadt zu schleichen und Obdachlose zu malträtieren?«, fragte Caselli skeptisch.

»Du etwa nicht?«, erwiderte Mortan aufbegehrend.

»Nun, er geht zur Messe, in Santa Maria di Monserrato, der Nationalkirche der Spanier, jeden Morgen. Außerdem spendet er hohe Summen für karitative Einrichtungen. Scheint es dir da plausibel, dass er nachts loszieht, um Obdachlose zu eliminieren?«

»Er hat einen janusköpfigen Charakter«, antwortete Mortan düster.

»Wusstest du, das Attardi einem Geheimbund angehört?«, fragte Caselli weiter.

»Nein.« Mortan schüttelte den Kopf.

Caselli war sich nicht sicher, ob das stimmte. »Ich bin bei den Ermittlungen darauf gestoßen«, fügte er hinzu. »Es ist eine Art Sekte, ebenfalls in der Via Monserrato. Ich will da heute mal hin.«

»Weißt du, Alessandro, Attardi hat ein Faible für diametral Konträres: Kirche und Esoterik, Spenden und Stockhiebe.« Er stand auf. »Ich fühle mich nicht gut. Ich gehe nach Hause.« Er wandte sich nach Caselli um. »Tut mir leid, dass ich dir zur Last falle, Alessandro.« Er blickte Caselli niedergeschlagen an. »Mit deiner Wohnung und allem anderen. Ich fürchte, dein Bad ist in keinem ansehnlichen Zustand. Ich weiß auch nicht, wie ich das immer schaffe, aber als ich wegging, kam zumindest Concetta.«

»Philipp, du fällst mir nicht zur Last, und Simonas Wohnung wird sicher bald freigegeben«, meinte Caselli beschönigend angesichts Mortans Gemütslage und zeichnete den Passierschein ab, der die Besucher der Questura registrierte. Mortan nahm den Schein und ging. An der Bürotür sah Caselli zu Flavia. Sie legte den Hörer aus der Hand, stand rasch auf und kam zu ihm herüber. »Commissario …?«

»Ja?«

»Ein Gespräch für Sie aus Siena, Giuliano De Broglio, der Vater von Simona Mendel. Er möchte Sie sprechen. Nehmen Sie es an?«

»Ja, stellen Sie durch!« Caselli ging zu seinem Schreibtisch und nahm den Hörer ab. »Signor De Broglio? Hier spricht Commissario Caselli. Ich bearbeite den Mordfall Ihrer Tochter. Mein aufrichtiges Beileid … meines Wissens nach, nächste Woche. Aha, Dienstag … ja wenn bis dahin die Freigabe klappt, können Sie in die Wohnung. Doch, die Ermittlungen schreiten fort. Keine Ursache … nein, ich wollte sowieso mit Ihnen sprechen, Signor De Broglio, ja … dann bis Dienstag hier in Rom. Ich melde mich, auf wiederhören!« Caselli legte auf. Flavia sah herüber, und er winkte sie herein. »Also, der Vice-Questore kommt am Montag aus Amalfi zurück?«

»Ja, Montagvormittag ist er wieder im Büro.«

»Hm, danke, das ist dann alles.«

Flavia hatte schon die Hand auf der Klinke. »Schönes Wochenende, Commissario. Ich gehe dann … nehme den Nachmittag frei. Ich hatte letzten Monat Überstunden.«

»Ihnen auch ein schönes Wochenende, Flavia«, erwiderte Caselli. Es war tatsächlich schon wieder Freitag. Die Woche war wie im Flug vergangen. Dann sah er auf. »Wie läuft es im Fotokurs?«

»Die Gruppe fährt nach Ostia am Sonntag. Ich werde wohl mitfahren. Seit meine Mutter nicht mehr lebt, ist es in der Wohnung ziemlich leer. Da bin ich lieber unterwegs, am Wochenende.«

»Ja«, erwiderte Caselli. »Haben Sie eigentlich gar keine Angehörigen mehr?«

»Nein, ich habe niemanden, also … niemanden, der ansprechbar wäre.« Flavia schüttelte leicht den Kopf und zog leise die Bürotür zu.

Caselli sah auf die Uhr. Es erwartete ihn noch eine Dienstbesprechung über verwaltungstechnische Fragen in der Questura, ein trockenes Thema, aber wenigstens war der Raum, in dem die Besprechung stattfanden würde, klimatisiert.

*

»Commissario, ich habe eine Antwort erhalten! Eine Mail von einem Polizeipräsidium aus Dorset!«, begrüßte ihn Scurzi aufgeregt, als Caselli am Nachmittag in sein Büro zurückkam. »Klappt ja doch mit der internationalen Zusammenarbeit! Gegen Philip Mortan liegt nichts vor. Er hat auch keine Schulden. Aber es gibt da etwas. Vor Kurzem ist dort ein Ernest Mortan gestorben, Mortans Onkel … es steht ihm wohl eine Erbschaft ins Haus. Der englische Kollege in Looe meinte, der alte Herr sei durchschnittlich wohlhabend gewesen, was immer das heißen mag. Mehr wollte ich nicht fragen. Ich war froh, dass ich mit meinem Fortbildungskurs in Englisch überhaupt so weit gekommen bin.«

»Kompliment, Scurzi!«

»Danke, Commissario!«

»Nun, im Klartext: Das entlastet Philipp zusätzlich.«

Scurzis Kopfnicken kam widerstrebend.

»Er hat mir übrigens heute Morgen eine Erklärung geliefert, warum er bei Attardi war«, erklärte Caselli. »Er hat den Verdacht, Attardi könne was mit der Obdachlosensache zu tun haben. Der Professor besitzt eine Spazierstocksammlung aus dem letzten Jahrhundert. Ich habe sie gesehen, gestern, als ich da war. Offenbar hegt er einen Hass auf Obdachlose. Mortan sagt, Attardi habe das mehr als abfällig in Worte gefasst. Zugegeben, bislang ist das Spekulation, nichts als vage Vermutungen, aber ich will Attardi festnageln, egal, womit, und seine Fassade aufbrechen. Man kommt ja ansonsten mit nichts an ihn heran. Ich möchte, dass Sie sich vor seinem Palazzo postieren. Bleiben Sie an ihm dran, wenn er nachts zu Fuß unterwegs ist. Vielleicht ist er unser Mann. Wer Obdachlose malträtiert, könnte auch einem Mord begehen. Und da Attardi nun mal diese Spazierstöcke hat …« Er brach ab. Er brauchte dem Sergente nicht auf die Nase zu binden, dass es ihm vorwiegend darum ging, etwas zu unternehmen, um Licht in die Obdachlosensache zu bringen. Caselli hatte Claudio Perticone zugesagt, er werde sich darum kümmern, wenn es sonst schon niemand tat. Und das war zumindest ein erster Schritt in diese Richtung.

»Aber, Commissario …«, warf Scurzi ein.

»Zwei, drei Nächte werden Sie wohl schaffen, dafür erhalten Sie Freistunden. Da können Sie dann bei Ihrem Cousin in der Bar an der Piazza Cavour aushelfen, nicht? Das tun Sie doch gern und vor allem so häufig.« Sofort tat ihm sein Ton leid. Sicher, die Nebenjobs des Sergente waren ihm ein Dorn im Auge. Aber darauf herumzureiten, machte es nicht besser. Er verstand ja dessen Situation, und Scurzi erledigte seine dienstlichen Pflichten tadellos. »Aber denken Sie daran, Scurzi, Montagmorgen sind Sie pünktlich im Büro! Da ist der Vice-Questore wieder da.«

»Aber, Commissario, das Wochenende! Ich wollte doch mit Marcella aufs Land … zu Cavallone! Wissen Sie nicht mehr?«

Caselli blies die Wangen auf. Das hatte er vollkommen vergessen. »Pardon, Scurzi … das machen Sie natürlich. Wäre ja noch schöner! Wir beginnen mit der Überwachung am Montag. War mir entfallen, tut mir leid. Sie können dann gehen. Ich komme gleich mit. Ich will auf dem Nachhauseweg in der Via del Monserrato vorbei …«

21

Philipp bereitete in der Küche gerade das Mittagessen zu, als das Telefon schrillte. Er hörte Caselli mehrmals »Pronto?« rufen und auflegen. Offenbar hatte die Verbindung nicht geklappt. Philipp spähte neugierig aus der Küche ins Wohnzimmer hinüber. Caselli ging vor dem Schreibtisch auf und ab. Als das Telefon erneut läutete, nahm er hastig ab. Philipp trocknete die Hände an einem Küchentuch, kontrollierte, ob die Luft rein war und schlich ins Schlafzimmer. Er hob vorsichtig den Hörer des Zweitapparats an und hielt die Hand über die Sprechmuschel.

»Dora hat angerufen, Alessandro!«, hörte er eine resolute Stimme sagen. Die der Klangfarbe nach offenbar ältere Frau sprach Italienisch mit deutschem Akzent.

»Was soll das heißen, wieso ruft Dora dich an?«, fragte Caselli.

»Deine Exverlobte hat sich bei mir bitter beklagt, was für ein Lotterleben du in Rom führst. Ich fand sie ja immer schon spießig, nun, sie dachte offenbar, in ihrer simplen Art, sie könnte mich damit treffen. Wir mochten uns ja nie besonders.«

»Mutter …« Casellis Stimme klang drohend.

»Alessandro, du weißt, wie froh ich wäre, wenn du dieses Mädchen endlich vergisst, aber musst du deshalb gleich ins andere Extrem fallen!«

»Ich kann dich beruhigen, ich führe keineswegs ein Lotterleben.«

»So? Dora sagt, du wüsstest nicht mal, wie sie alle heißen, deine Freundinnen.«

»Was?«

»Ehrlich gesagt hat sie es anders formuliert, aber ich wiederhole das nicht. Man muss sich ja nicht auf dieses Niveau begeben.«

»Was soll das ...«, rief Caselli. »Nochmals - warum hat Dora dich angerufen?«

»Weil sie dich in Rom nicht antraf oder vielmehr, weil du, wann immer sie dich aufsuchen wollte, ... sexuell beschäftigt warst.«

Es war still in der Leitung. »Dora war in Rom?«, sagte Caselli dann leise. »Wann?«

»Vor einer Woche ... sie hatte sich ein Zimmer bei den Grauen Schwestern an der Porta Pia genommen. Sie war zweimal bei deiner Wohnung und scheint seither etwas durcheinander. Sie sagt, einmal habe ein nackter Mann geöffnet, und du hättest im Schlafzimmer gestöhnt, und das andere Mal seist du sehr spät nach Hause gekommen. Sie habe auf dich gewartet, im Hausflur, und da hast du, quasi vor ihren Augen und stockbetrunken, eine Rothaarige geküsst, von der du nicht mal wusstest, wie sie heißt ... Tatiana oder so. Na, ist egal, ich kann mir nicht alle deine Flirts merken. Ich habe anderes zu tun. Ich mische mich nicht ein. Mach, was du willst, schließlich bist du ein Mann ... ihr seht das sowieso alles anders. Aber tu mir den Gefallen und rede mit Dora. Dieses sizilianische Gezeter höre ich mir nicht noch einmal an ... und wenn sie mich anruft, dann geht es ihr wirklich schlecht. So, Alessandro, ich muss Schluss machen. Mein Golflehrer kommt. Sollte ich dieses Jahr nicht nach Garmisch zum Skilaufen fahren, sehen wir uns zu Weihnachten, ja? Adieu!« Es klickte in der Leitung. Philipp legte den Hörer auf die Gabel, keinen Moment zu früh. »Philipp!«, brüllte Caselli, und Philipp hörte Schritte.

Als Caselli die Tür aufriss, stand der Kleiderschrank offen, und Philipp hielt ein Paar von Casellis marineblauen Baumwoll-Kniestrümpfen in der Hand. »Ich lege gerade deine Wäsche zusammen. Concetta ist mit dem Wäschekorb nicht fertig geworden. Und heute am Samstag kommt sie ja nicht. Warum schreist du so?«

Das Telefon schellte wieder. Caselli wandte sich stehenden Fußes um.

Philipp schloss den Schrank und ging in die Küche. Er nahm die Zucchini aus der Spüle und gab sie in ein Sieb. Das Gespräch dauerte nicht lange. Kurz darauf hörte er Caselli den Hörer aufknallen und erneut seinen Namen brüllen. Philipp zuckte mit den Mundwinkeln, trocknete die Hände an einem Küchentuch und überlegte. Die Lage war ernst. Caselli war puterrot im Gesicht gewesen.

*

Mortan trat aus der Küche. Er hatte sich eine schwarzgelb-karierte Plastikschürze umgebunden, auf der zwei Pinguine sich eine Scholle teilten, und schwenkte eine Pfanne, in die er gerade Öl getan hatte. »Ist etwas passiert?«, fragte er in unschuldigem Ton und blickte Caselli an.

»Warum hast du mir nicht gesagt, dass Dora hier war?« Caselli kam bedrohlich auf ihn zu.

Philipp verschanzte sich eilends hinter dem Ledersessel. Er verzichtete darauf, den Namen fragend zu wiederholen und so zu tun, als wisse er nicht, was Caselli eigentlich wolle. Es konnte sich nur um die nicht mehr ganz junge Dame mit dem dunklen Flaum auf der Oberlippe handeln, mit der er schon zweimal das Vergnügen gehabt hatte.

»Dora war hier … als wir aus dem Nachtclub zurückkamen!«, schrie Caselli. »Du hast sie gesehen! Warum hast du mir nichts davon gesagt, verdammt noch mal!«

»Wir waren alle völlig betrunken, Alessandro, du doch auch. Ich hab's vergessen.«

»Und vorher? Sie war doch vorher schon mal da! Da hast du ihr die Tür vor der Nase zugeschlagen!«

»Hat sie das behauptet? Das stimmt nicht. Not at all! Ich bat sie herein, aber sie wollte nicht«, rechtfertigte er sich. »Sie wollte unbedingt in ein Hotel … und dann hatte ich keine Zeit, mehr lange nachzudenken. Es ging dir nicht gut, Alessandro, die Fischvergiftung … ich musste dich schnellstens ins Krankenhaus bringen. Ich war durcheinander, und als du dann außer Lebensgefahr warst, da habe ich einfach nicht mehr dran gedacht.« Er streckte die Pfanne vor sich, als müsse er Caselli abwehren.

Caselli biss die Zähne zusammen. Nun, wo Mortan ihn daran erinnert hatte, dass er sein Lebensretter war, war ihm der Wind aus den Segeln genommen. Caselli wandte sich brüsk ab und stemmte die Hände in die Hüften.

Mortan kam erleichtert hinter dem Sessel hervor.

»Geh da mit der Pfanne weg!«, brummte Caselli. »Bitte! Der gehörte meinem Großvater.« Er starrte ausdruckslos aus dem Fenster, drehte sich um und blickte Mortan an, der anscheinend aufrichtig zerknirscht dastand.

»Es tut mir wirklich leid, Alessandro.« Mortan fuhr mit dem im Topflappenhandschuh verpackten Handrücken über seine Stirn. »Ich hab's einfach verschwitzt!« Er lächelte entschuldigend und zuckte mit den Schultern.

»Schon gut«, sagte Caselli matt. Ihm war, als zerspringe er innerlich. »Tut mir leid, dass ich dich angefahren habe.« Er nahm den Pullover vom Sessel und suchte in seiner Hosentasche nach den Autoschlüsseln.

»Du willst weg? Aber das Essen ist in einer halben Stunde fertig! Es gibt Zucchini-Omelett!«

Caselli winkte ab. »Lass mich bitte allein.«

Mortan sah ihn verdutzt an, dann ging er das Öl in der Pfanne schwenkend in die Küche.

Caselli trat zum Telefon. Er wählte eine Nummer in Sizilien, Doras Nummer. Der Rufton läutete lange ins Leere. Caselli legte den Hörer auf die Gabel und wäre am liebsten gestorben.

*

»Ich brauche frische Luft. Warte nicht auf mich. Kann spät werden«, rief er Richtung Küche und zog die Wohnungstür zu.

Im Wagen ließ Caselli das Fenster herunter. Er fuhr den Lungotevere hinauf, am Olympiagelände vorbei bis zur Ponte Milvio und dann über die Ponte Fascista. Mussolinis Monumentalbau gleißte in der Mittagssonne. Beton mit Travertin verkleidet. Hat wohl nicht mehr gereicht für Marmor aus Carrara, dachte Caselli grimmig. Imposant sah die Brücke ja aus: zwei Reihen breiter Gehsteige mit Stufen auf ganzer Länge, riesige Adler auf quadratischen Sockeln, überdimensionierte Lampionlampen auf hohen Säulen. Caselli quälte sich auf dem Corso Francia durch stockenden Verkehr und folgte der Beschilderung zur Autobahn. Dann sah er endlich linker Hand die Piniengruppe auf dem Tuffsteinplateau, das die Stadtgrenze nach Norden markierte. Er blieb auf der Via Flaminia Nuova und ließ Rom hinter sich.

22

Im Schatten der Akazien rang Caselli um Fassung. Das kam selten vor, heute war es so weit. Die Enttäuschung über Dora ging tief. Er saß auf einer Parkbank und sah auf die undurchdringliche Macchia der grünen Hänge des Monte Soratte. Hier oben wehte ein kühler Wind. Der Ort Sant' Oreste lag vierhundertzwanzig Meter hoch, eine Asphaltstraße führte hinauf, und Caselli hatte direkt vor dem Stadttor Porta Vignola auf einem der Stellplätze an der Brüstung zum Tal geparkt. Er war schon lange hier. Zuletzt war er vor einer Stunde aufgestanden, hatte in der Bar am Stadttor einen caffè getrunken, danach einen Blick auf seinen Fiat Punto geworfen und sich apathisch wieder auf die Bank unter den Akazien gesetzt. Mehr schaffte er nicht. Er behielt die Fassung, und das beanspruchte seine ganze Energie. Der andere Grund, warum er hier ausharrte, war simpler: Er wusste nicht, wohin. Es gab keinen Ort, wohin er gehen, und keinen Menschen, mit dem er über seinen verletzten Stolz und seine Sorge, Dora endgültig verloren zu haben, hätte reden können. Also saß er hier oben, blickte ins Tal und kämpfte gegen eine Welle Selbstmitleid an, die ihn vollends zu überrollen drohte. Er überlegte dumpf, was er tun könnte. Er konnte noch bis zum Abend hier sitzen, dann in einem Restaurant etwas essen und schließlich, wenn dieser Tag endlich zu Ende ginge, nach Rom zurückfahren. Caselli holte Luft. Ja, was auch sonst. Nach Mortans Eröffnung, Dora sei in Rom gewesen, war er losgefahren. Es ging ihm nur darum, unterwegs zu sein. Landschaft, Häuser, Menschen am Straßenrand vorbeiziehen zu lassen. Sich fortbewegen. Er hatte sich den Kopf zermartert. Wer in Sizilien sein Leben hatte ruinieren, Rache üben, ein Exempel statuieren, ihn leiden sehen wollen, schien auf bestem Wege, ihn doch noch kleinzukriegen. Er litt, keine Frage. Und momentan fehlte ihm die Kraft, dagegenzuhalten, den Kopf zu heben, diese Leute eines Besseren … aber nein, was dachte er denn da! Caselli schüttelte sacht den Kopf. Was in Sizilien passiert war, hatte mit seiner jetzigen Misere nichts zu tun. Dafür war er schon ganz allein verantwortlich. Denn er war es, der sich die falsche Frau ausgesucht hatte. Eine Frau, die ihren Familienclan wichtiger nahm als ihn. Die ihn im Stich ließ, als er sie am meisten brauchte, und sich von ihm abwandte, als er in der Krise seines Lebens steckte, auch was seine berufliche Laufbahn betraf. Während der Fahrt war er mehrmals rechts rangefahren und hatte versucht, Dora telefonisch zu erreichen. Mittlerweile war er es über die Maßen leid, wie sie sich verhielt. Da war ein demoralisierendes Gefühl, das er nicht weiter definieren mochte. Mit ihrer Abreise, ohne Aussprache mit ihm zu suchen, hatte Dora etwas getan, das nicht mehr rückgängig zu machen war. Sie hatte ihn in voller Absicht brüskiert und damit verletzen wollen. Einen Sizilianer konnte man so nicht behandeln, das wusste sie. Ihr das zu verzeihen, würde sehr schwierig werden. Etwas war zersprungen und ließ sich allenfalls kitten. Und selbst wenn, was heil und intakt an seinen Gefühlen für Dora gewesen war, und der Respekt für sie, seine Verlobte, waren dahin. Er würde er ihr nie wieder aus ganzem Herzen sagen können, dass er sie liebte. Etwas war zerstört, und diese Unwiederbringlichkeit schmerzte ihn am meisten. Von einer erwachsenen Frau und, ja, seiner bis dahin zukünftigen Ehefrau, durfte er durchaus erwarten, dass sie ein vernünftiges Gespräch suchte und zuließe. Doras Verhalten war unentschuldbar und hatte eine Situation geschaffen, die sehr schwer zu handhaben war.

Caselli schloss die Augen. Er hatte so lange auf das Panorama gestarrt, dass er es wahrscheinlich bis zum letzten Grashalm hätte nachzeichnen können. Jetzt reiß dich zusammen, rief er sich zur Ordnung, Schluss! Doch die Endlosschleife an Gedanken und der Schmerz, der ihn lähmte, ließen sich nicht auf Kommando abstellen. Er wollte aus diesem Gefühlschaos heraus. Nur wie? Caselli zwang sich, ruhig zu atmen. Zuallererst musste er damit aufhören, sich selbst fertigzumachen, und es schaffen, mit dieser Extremsituation umzugehen. Caselli öffnete abrupt die Augen. Das nahm ja Formen an, herrje! Was sollte das jetzt? Eine Extremsituation, das war doch ganz was anderes! Bei einem polizeilichen Einsatz, ja, da passte der Begriff. Eine Fehlreaktion, und er oder ein anderer konnten draufgehen. Aber hier? Wie kam er dazu, seinen läppischen Liebeskummer damit zu vergleichen oder gar eine Parallele zu ziehen. Andererseits nagelte ihn dieser läppische Liebeskummer seit Stunden in diesem abgelegenen Bergdorf fest und machte ihn unfähig zu reagieren. Caselli atmete tief durch. Als er damals ins Auge gefasst hatte, zur Antiterroreinheit zu wechseln, hatte er die Fortbildung des Psychologischen Dienstes des Innenministeriums absolviert. Modul 1: Autogenes Training in Extremsituationen. Da ging es darum, das Verhalten in möglicher Gefangenschaft zu simulieren, einer Befragung standzuhalten und sich auf die Rettung vorzubereiten. Im Klartext: mentale Stärke zu bewahren, wenn man sich in Gewalt von Verbrechern befand, die dabei waren, einen an einen Stuhl gefesselt zu traktieren. Caselli atmete tief ein und aus. Modul 2 hatte den Titel: Posttraumatische Belastungsstörungen. Der Umgang mit unverarbeiteten Schreckenserlebnissen, was ihn nicht darauf hatte hoffen lassen, dass das in Modul 1 erlernte Training die gewünschte Wirkung ... Wie auch immer. Dennoch, ein paar Übungen hatten sich durchaus als hilfreich erwiesen, und Caselli hatte sie damals in Sizilien in seinen Polizeialltag integriert, der im Gegensatz zu seiner jetzigen Ermittlertätigkeit in Rom von Gewalt und Übergriffen geprägt gewesen war. Er überlegte. Man konnte doch davon ausgehen, dass, was für das eine half, auch für das andere ...

Mochte es weit hergeholt sein, die Gefühle, um die es ging, waren doch im Grunde dieselben: Wut, Ohnmacht und Angst.

Er spulte das Trainingsprogramm ab.

Als er die Augen wieder öffnete, atmete er noch einmal tief ein und aus, dann stand er auf. Er hatte seinen Kummer und den ganzen inneren Aufruhr heruntergefahren, vorerst, und war wieder er selbst.

Caselli stieg in den Wagen, warf einen letzten Blick auf den Monte Soratte und fuhr die Serpentinenstraße hinab ins Tal. Erleichtert, dass er sich besser fühlte, ließ er seine Gedanken fließen. Da gab es doch einen Ort, wo er hinkonnte.

Er fuhr eine halbe Stunde Richtung Rom. Dann kam er an der Einfahrt mit den Mauerpfosten vorbei.

Vor der großen Steineiche lehnte eine Kiste mit Zucchini und Karotten. Ein Pappschild gab den Kilopreis an. Auf einem alten Klappstuhl daneben standen eine leicht angerostete Waage und eine Blechdose, in die man das Geld werfen konnte, um das Gemüse zu bezahlen.

Caselli fuhr rechts ran. Er griff nach seinem Handy und wählte Scurzis eingespeicherte Nummer. Er musste den Sergente vorwarnen. Er würde Scurzi geradeheraus fragen, ob es ihm etwas ausmachte, wenn er dazukäme. Und wenn der Sergente eines war, dann ehrlich. An seiner Reaktion würde Caselli erkennen, ob er guten Gewissens zum Podere abbiegen könnte oder besser nach Rom weiterfuhr.

*

Als Caselli vor dem Steinhaus parkte, sah er Krogmann aus dem Gewölbe treten, in dem Cavallone seine kleine Käserei betrieb. Caselli erkannte den Bildhauer auf Anhieb. Er verzichtete darauf, den Wagen abzuschließen, nahm seinen Pullover mit, da es am Abend hier auf dem Land kühler wurde, und ging über den Kies, der unter seinen Sohlen knirschte, auf den Maler zu. »Signor Krogmann! So trifft man sich wieder!«, rief er. »Ich wollte Sie sowieso noch mal aufsuchen!«

»Guten Tag, Herr Kommissar!« Krogmann blinzelte gegen die Strahlen der untergehenden Abendsonne und schüttelte Caselli die Hand. Er hielt den Korb hoch. »Ich hole mir bei Roberto immer meinen Käse, Rohmilch-Schafskäse, frisch von der Weide quasi!«

Caselli sah mehrere Flaschen Rotwein und einen kleinen runden Käselaib, der mit Eichenlaub abgedeckt war. »Sie kennen Roberto?«, fragte er und lächelte freundlich.

»Ja, schon lange. Ich bin hier mal vorbeigekommen. Als ich das Schild sah, bin ich die Schotterstraße zum Podere raufgefahren, um Käse und Wein zu kaufen. Simona hat Roberto durch mich kennengelernt«, erklärte Krogmann beinahe stolz. »Und was machen Sie hier, Herr Kommissar?«

»Ich verbringe das Wochenende bei Roberto. Mein Mitarbeiter und seine Frau sind auch da. Er wird sich freuen, Ihre Bekanntschaft zu machen, Signor Krogmann. Sergente Scurzi wäre beinah selbst Künstler geworden. Er hat ein Semester Kunst studiert.«

»So? Wo ist er denn?«, fragte Krogmann und sah sich um. »Ich wollte dann eigentlich fahren.«

Jetzt kam auch Roberto Cavallone aus dem Kellergewölbe. Er musste den Kopf einziehen, die Pforte war niedrig. »Was höre ich da?«, rief er und schloss die Tür. Er kam heran und legte Krogmann die Hand auf die Schulter. »Du willst schon wieder weg, Roland? Du bleibst natürlich zum Abendessen! Ich bestehe darauf. Ich koche. Alessandro, ciao! Das ging jetzt aber schnell. Warst du wohl schon in der Nähe? Du hattest doch gerade erst angerufen. Das ist eine Freude, dass du vorbeischaust! Stell dir vor, Roland, er hat mir vier zahlende Gäste verschafft! Da ist ein Abendessen doch das Mindeste, nicht wahr, Alessandro? Dein Bekannter Stronchetti und seine Partnerin kommen auch her, weißt du das schon? Ich gebe Ihnen das Doppelzimmer mit Aussicht aufs Tal, mein zweitbestes Zimmer. Das große Balkonzimmer nach hinten zum Garten hat dein Sergente. Also, ich weiß gar nicht, wie ich dir danken soll!«

Caselli wehrte verlegen ab. »Das hat sich so ergeben. Ich habe nichts weiter gemacht. Wie gesagt, ich wäre dann gern der fünfte zahlende Gast, du hast doch noch das schöne Einzelzimmer.«

»Aber natürlich, Alessandro!« Roberto legte ihm freundschaftlich die Hand auf die Schulter und wandte sich an Krogmann. »Komm schon, Roland, bleib, wenigstens zum Abendbrot, ich habe gern ein volles Haus! Was willst du denn in deiner einsamen Bude! Ich hol den Plattenspieler raus, und wir feiern ein Fest. Zur Einweihung meiner Ferienwohnungen.«

»Ja, wenn du meinst«, sagte Krogmann, und man sah ihm an, dass er die Einladung gern annahm.

»Setzt euch doch schon mal! Ich mach schnell eine Flasche auf. Ach, Alessandro, Raffaele und Marcella sind gerade zu einem Spaziergang zu den Koppeln los.«

Ein silbergrauer Volvo hupte und fuhr langsam auf den Parkplatz. Fulvio lugte skeptisch durch die Frontscheibe.

Caselli sah rote Locken leuchten und kniff kurz die Brauen zusammen.

Tiziana stieg aus, eine Reisetasche in der Hand, und schlug die Wagentür zu. Der Volvo wendete. Die junge Journalistin kam auf die kleine Gruppe zu. »Buona sera! Fulvio parkt noch den Wagen.«

Caselli stellte Cavallone und Krogmann vor.

»Freut mich!« Tiziana schüttelte Hände. Caselli begrüßte sie als Letzten. »Come sta?«, fragte sie, als sie seine Hand umschloss. Caselli hatte den Eindruck, dass sie sie länger hielt als nötig und ihm dabei tief in die Augen sah. Aber vielleicht täuschte er sich auch.

»Fulvio hatte gar nicht gesagt, dass Sie auch da sind.« Ihre Stimme hatte einen bronzenen, melodischen Klang, und Caselli gewann den Eindruck, sie machte kein Hehl daraus, dass sie erfreut war, ihn zu sehen.

»Das war ein ganz spontaner Einfall«, sagte er und blickte sie an.

Nach einer Weile räusperte sich Krogmann. »Na, komm, lass uns den Korb ins Kühle stellen«, sagte er zu Blix, dem Mischlingssetter, der Tizianas Reisetasche beschnüffelte.

Caselli fuhr herum. »Ach so, ja, ja, natürlich. Also dann, bis später, Herr … Herr Krogmann!«

Krogmann nickte, fuhr sich mit der Hand über das faltige Gesicht und lächelte. Im Gehen hob er einen alten Gummiball auf und warf ihn. Der Hund flitzte über den ungepflasterten Hof, bellte und drehte eine Runde um den neu ankommenden Gast. Hinter Fulvio stand das Abendrot am Horizont, und Caselli sah ihm entgegen.

Fulvio, den Panamahut in der Hand, ein Zigarillo im Mund, trat zu ihnen. »Alessandro, du hier? Na, das ist ja eine Überraschung!«

*

Der Fluss umflutete still das Hospital auf der Tiberinsel. Der Pegelstand war im Sommer niedrig. Das orangefarbene Licht der römischen Straßenbeleuchtung spiegelte sich im dunklen Wasser. Claudio Perticone stand in seinem weißen Arztkittel am Fenster.

Die Tür ging auf. »Claudio, schlechte Nachrichten, die Veltroni fällt aus. Ihr Junge hat Windpocken. Du übernimmst ihren Bereitschaftsdienst!«

Claudio wandte sich um. »Heute Nacht? Kann das denn niemand anders machen? Ich kann heute unmöglich!«

»Unmöglich gibt es nicht«, sagte sein Kollege. »Du kannst ja weg, aber nimm deinen Pieper mit.«

Wenig später verließ Claudio Perticone das Gebäude durch den Hinterausgang. Er sah sich kurz um, dann zog er die schmuddelige Wollmütze tiefer ins Gesicht und überquerte die Brücke. Auf der anderen Seite sah er schon Marghita mit ihrem Vorkriegskinderwagen warten.

»Dottore? Ich hätte Sie fast nicht erkannt, so wie Sie sich angezogen haben!«

»Buona sera, Marghita«, sagte Claudio und sah sich um.

»Da fehlt noch was«, murmelte die alte Frau. Sie raffte eine Handvoll feuchter Erde neben dem Hydranten zusammen und rieb sie dem Arzt, ehe der sich versah, ins Gesicht. Claudio zuckte zurück und wischte mit dem Handrücken über seine Wangen. Nun waren auch seine Hände schmutzig.

»Hamse sich nich' so, Dottore!«, feixte Marghita. »Jetzt sehn'n Se aus wie einer von uns!«

Claudio schnaufte nur. Er sah den Lungotevere hinunter und fasste Marghita am Arm. »Kommen Sie, wir übernachten heute da, wo Edmondo überfallen wurde.«

»Wissen Se auch, was Se tun, Dottore?« Sie sah ihn scheel an. »Und wenn Ihnen was passiert? Wenn Se einschlafen und dann kommt der … und Sie merken's nich'?« Sie riss die Augen auf.

»Es passiert mir schon nichts! Kommen Sie«, sagte Claudio und zog sie mit sich fort.

*

Auf dem Hof in der Campagna romana schrillte ein Mobiltelefon. Caselli, der am Tisch unter der Platane ein rustikales Abendessen in geselliger Runde genossen hatte, das von einer Obsttorte gekrönt wurde, sah Fulvios Gesicht ernst werden.

Fulvio steckte das Handy weg und ergriff die Hand seiner Freundin. »Tut mir leid, Tiziana, das war das TV-Studio. Zwei Sendungen müssen aufgezeichnet werden. Die Aufnahmeleiter streiken ab Montag. Ich muss nach Rom und sie vorbereiten.«

Caselli aß die letzte Gabel des Kuchens, kippte einen Schluck Spumante nach und verfolgte den Abschied. Tizianas Angebot, ihn zu begleiten, hatte Fulvio ablehnt, sie solle sich doch deshalb das Wochenende nicht verderben lassen. Der Gedanke, dieser überstürzte Aufbruch aus beruflichen Gründen könnte den Moment der Zweisamkeit beeinträchtigen, kam ihm offenbar nicht in den Sinn. Tiziana zeigte sich verständnisvoll und gab Fulvio zum Abschied einen Kuss, was Caselli nobel fand. Es gab ihm einen Stich mitten ins Herz, zugeben zu müssen, dass eine nachtragende Sizilianerin wie Dora in dieser Lage ihm die kalte Schulter gezeigt hätte.

Die Rücklichter des Volvo, der die von Pinien gesäumte Auffahrt hinunterrollte, leuchteten kurz auf, dann verschwand der Wagen in der einbrechenden Nacht. Caselli ging zu seinem Fiat. Die Luft war lau, auf den umliegenden Feldern zirpten die Grillen. Angetan von Tizianas Beispiel an Großherzigkeit überwand er seinen Stolz. Er nahm sein Mobiltelefon aus dem Wagen und wählte noch einmal Doras Nummer. Während der Rufton ertönte, überblickte er den Hof. Die Bänke und der lange Holztisch standen geschützt unter der Platane. Vor dem Weinkeller hingen Lampions, die bessere Tage gesehen hatten. Der alte Plattenspieler wartete parat auf einem Stuhl, ein Packen Vinylplatten daneben. Roberto steckte gerade ein Verlängerungskabel zusammen. Tiziana räumte ab und redete auf den Hund ein, der erwartungsvoll an ihr hochblickte und bellte.

Beim achten Rufton gab Caselli auf. Er legte das Handy zurück auf die Ablage. Ihre Chance, dass er einlenkte, hatte Dora nun gehabt. Caselli schloss den Wagen ab. Dann lief er, die Hände in den Hosentaschen vergraben, zurück zum Hof und kickte heruntergefallene Pinienzapfen über den Kies.

»Und dann, als die Bagger mein Haus abrissen, an dem ich zwanzig Jahre lang gebaut habe, da hatte ich einen Herzanfall«, hörte er Krogmann laut erzählen. Caselli sah hinüber.

Sergente Scurzi machte ein mitfühlendes Gesicht und schenkte nach. »Leer!«, seufzte er und kippte den letzten Rest in Krogmanns Glas.

Cavallone hob den Kopf, legte das Kabel weg und lief in Richtung Weinkeller. Marcella, die den ganzen Abend verloren neben ihrem Mann gesessen hatte, während sich dieser angeregt mit dem deutschen Maler und Bildhauer unterhalten hatte, stand auf und schlenderte in dieselbe Richtung. Der Biobauer kam heraus, eine Flasche in der Hand, sagte etwas. Marcella trug ihr dickes, braunes Haar hochgesteckt. Das geblümte Sommerkleid stand ihr gut, um die Schultern hatte sie sich ein Strickjäckchen gelegt. Cavallone war groß und kräftig. Das weiße Hemd stand offen, die Ärmel hatte er hochgekrempelt. Er stützte einen Arm gegen den Sims und sprach mit Marcella, die zu ihm aufschaute und aus vollem Herzen lachte. Dunkle Locken fielen Cavallone in die Stirn, und Caselli bemerkte, wie ähnlich sich die beiden waren. Klassisches Profil, olivfarbene Haut. Scurzi dagegen wirkte wie jemand aus Turin oder dem Val D'Aosta. Der Sergente war genauso blass aus dem Urlaub zurückgekommen, wie er losgefahren war. Sein aschblonder Stoppelschnitt, mehr hatte sein Friseur nicht zustande gebracht, hatte anscheinend den exzentrischen Kunstprofessor Attardi zu seiner Phrenologiestudie angeregt. Man unterschied Scurzis Schädelknochen in der Tat deutlicher, als einem lieb war.

»Aluminium ist ein wunderbares Material, leicht und luftig, eigentlich mein Lieblingsmaterial. Ich habe einen Freund am Meer, der hat eine Gießerei, dort lasse ich meine Arbeiten fertigen«, erzählte Krogmann.

Caselli kickte noch einen Pinienzapfen über den Boden, ging ein paar Schritte und lauschte dann den Zikaden, die auf der Steinmauer zirpten.

»Alessandro.« Eine Stimme wie flüssige Bronze, deren samtiges Timbre Gedankenblitze heraufbeschwor. Warme Hände hielten ihm von hinten die Augen zu. Der

Rücksitz von Fulvios Volvo, der Hausflur in der Via dei Cappellari. Alles war wieder da, wirklicher denn je. Tiziana Gordoni schlang ihre Arme um Caselli und presste ihr Kinn gegen sein Schulterblatt.

»Und was machen wir beide jetzt … so ganz allein?«

*

»Was wolln Se denn jetzt machen, Dottore?«, fragte Marghita unsicher. Sie räusperte sich geräuschvoll und spuckte aus. Den vollbepackten, rostigen Kinderwagen hatte sie gut sichtbar vor dem Durchgang der Via dell'Arco dei Banchi abgestellt.

»Wir warten.« Claudio starrte auf die Rosen, die jemand hinter das Eisengitter des beschädigten Freskos gesteckt hatte. Es war schwül unter dem breiten Torbogen, und es roch nach Unrat und Urin. Der Gedanke daran, was hier vor wenigen Tagen geschehen war, setzte Claudio Perticone zu. Sein Vorhaben war riskant, aber irgendetwas musste er tun.

»Ich mag nicht sitzen, wo 'ne Leiche gelegen hat«, brummelte Marghita. Sie holte sich noch einen besonders dicken Pappkarton vom Altpapiercontainer, der ein Stück weiter vorn überquoll.

Claudio beobachtete schweigend das rußige Flackern roter Öllämpchen unter der Madonella. Es war finster und stickig. Claudio fühlte sich alles andere als wohl. Zudem machte er sich Sorgen um Marghita. Er brachte die alte Obdachlose in Gefahr. Was, wenn er tatsächlich einschliefe …

»Ham Se 'nen Verdacht?«, fing Marghita wieder an. »Sie reden wohl nicht mit jedem, was? Und was soll ich hier? Sie hätten auch allein hergefunden«, brummelte sie und schob sich den Karton unter ihren Hintern.

Claudio wandte den Kopf. Dann griff er in die zerbeulte Cordhose und zog ein gefaltetes Blatt heraus. »Hier.« Er reichte es Marghita. Sie faltete das Blatt mit schmutzigen Fingern auseinander und strich es sorgsam glatt. »Das hat Edmondo gezeichnet ...«

Sie sah auf. »War das der?« Sie strich noch mal über das Blatt. »Edmondo hat ihn also doch gesehen!«, rief sie triumphierend. »Mit mir hat er nich' geredet, aber Ihnen hat er das gegeben!« Sie wurde wütend. »Ihnen vertraut er!« Sie knüllte das Blatt zusammen und warf es in eine dunkle Ecke.

»Halt, was machen Sie denn da!« Claudio stand hastig auf. Er suchte mit seiner Taschenlampe das Kopfsteinpflaster ab, fand das Papierknäuel und hob es auf. »Edmondo hat es nicht mir gegeben, Marghita. Er hat es auf der Station gezeichnet. Als ich letzthin nach ihm sah, schlief er. Auf dem Nachttisch lagen Blätter, Karikaturen vom Pflegepersonal. Das hier lag zerknüllt auf dem Boden. Ich habe es aufgehoben. Das ist niemand aus dem Krankenhaus«, erklärte er rasch.

»Nein«, brummte Marghita. »Das ist einer, der in der Via della Scrofa wohnt.«

»Ja, ich weiß.« Claudio schlug die Schöße des Mantels zusammen, den er zerfetzt und so für seinen Einsatz hier präpariert hatte, und setzte sich wieder neben sie. Marghita fröstelte und zog die ausgefransten Ärmel ihrer Jacke über die Handrücken. Claudio sah es. Sie war nicht gut beieinander und hatte chronisch leichtes Fieber. Es war ihm nicht gelungen, sie zu überzeugen, sich im Krankenhaus eingehender untersuchen zu lassen.

»Der Professore kommt hier oft durch. Edmondo hat immer was gekriegt von ihm, aber einmal, da hat er ihm nichts gegeben. Wollte nur durch. Edmondo hat ihn am

Ärmel gefasst, er war betrunken. Da ist der Professore wild geworden, und er hat furchtbare Sachen gesagt.«

»Attardi hat Edmondo also bedroht, nicht wahr?«, fragte Claudio. Er tastete aus Gewohnheit nach dem Pieper in seiner Jackentasche und hoffte inständig, dass nicht ausrechnet in diesen Stunden der Nacht ein Notfall ihn ins Krankenhaus zurückrufen würde.

Marghita bejahte, dann packte sie ihn am Arm.

»Da … es kommt jemand!«, flüsterte sie.

*

»Ihren Mann beschäftigt das Gespräch mit Krogmann offenbar sehr.« Caselli durchquerte mit Marcella im Polka-Schritt den Hof.

»Ja, ich hatte mir den Abend anders vorgestellt«, erwiderte Marcella teilnahmslos. Tiziana und Roberto tanzten ausgelassen an ihnen vorbei. Cavallone klopfte ab. Das Strahlen, das in Marcellas dunklen Augen aufleuchtete, als sie zum Biobauern wechselte, empfand Caselli als nicht sehr schmeichelhaft. Und er konnte nicht umhin, zu denken, dass er nun wieder Tiziana am Hals hatte, im wahrsten Sinne des Wortes. Was hatte sie sich gedacht, als sie ihn vorhin überrumpelte? Er konnte von Glück sagen, dass Roberto dazugekommen war. Die Musik verstummte. Der Biobauer hantierte am Plattenspieler und legte neu auf.

Bei den ersten Takten warf Tiziana energisch ihre rote Lockenmähne zurück. »Na, so was! Alles hätte ich erwartet, Peppino da Capri, Paolo Rossi, eine Tarantella, aber keinen argentinischen Tango!«

Die ersten Takte einer Milonga klangen durch die sternklare Nacht. Diese populären argentinischen Klänge hatten Caselli schon seit jeher zu begeistern vermocht.

»Da kann ich dir nur recht geben«, erwiderte Caselli, während sie sich mit gestreckten Armen formierten. Das Stück war schmissig. Tango tanzte er gern. Beim Abendessen waren sie zum Du übergegangen. Fulvio hatte es vorgeschlagen.

»Erinnerst du dich … im Treppenhaus nach dem Abend im Arciliuto?«, fragte Tiziana, während sie überaus komplizierte Beinarbeit leistete.

»Überhaupt nicht«, antwortete Caselli, der ihr an Beinarbeit in nichts nachstand. »Filmriss. Fulvio brachte mich zum Wagen, und ab da kann ich mich an absolut nichts mehr erinnern«, gab er vor. Das stimmte nicht ganz.

»Aha.« Tiziana streckte den Arm durch und drehte den Kopf zackig nach rechts. Die nächste Schrittfolge begann. »Du tanzt erstaunlich gut«, bemerkte sie beim nächsten Ausfallschritt.

»Danke, Fortgeschrittenenkurs auf der Polizeischule in Catania.« Caselli pustete Locken aus seinem Gesicht.

»Hm, aber, nicht nur …«, hauchte sie, als er sie an sich zog. Caselli spürte, wie eine Sandalettenspitze sein Wadenbein hochfuhr.

»Und du kannst dich wirklich an gar nichts erinnern?«, flüsterte Tiziana nah an seinem Ohr.

Seltsam, dass es nachts noch so heiß war, noch dazu auf dem Land. Caselli trat einen Schritt zurück. Der Tango hatte ihn richtig ins Schwitzen gebracht. »Gehen wir ein paar Schritte, ja? Ich brauche frische Luft.«

»Ja, sicher, bestimmt ist die Luft dahinten beim Wäldchen frischer!« Tiziana setzte eine Unschuldsmiene auf.

Caselli musste unwillkürlich lachen. Sie hatte ja recht, sie waren doch an der frischen Luft! Er nahm ihre Hand. Vom Tisch unter der Platane drang Krogmanns Stimme herüber. Roberto und Marcella waren verschwunden.

Auf dem Tisch unter der Platane, an dem Scurzi und Krogmann saßen, standen mittlerweile zwei leere Flaschen.

»Für Granit können Sie nur einen Kantenmeißel nehmen, also Punktiereisen geht da nicht, von einem Hohlbeitel ganz zu schweigen ...« Krogmann nickte nachdrücklich. »Achter oder Neuner, mit einem soliden Holzhammer draufhauen, sonst splittert's.«

Caselli blickte die Hausfront hoch. Hinter den Vorhängen bewegten sich Schatten. »Entschuldige mich einen Augenblick. Ein Glas Punsch wäre nicht schlecht. Ich glaube, der steht da drüben.« Caselli überquerte den ungepflasterten Hof. Als er die Steintreppe hinaufging, hörte er Robertos Stimme.

»Sei bellissima ...«, flüsterte dieser eindringlich.

Caselli spähte mit dem Rücken zur Wand in die Küche. Roberto legte seine Hand an Marcellas Wange, zog ihr Kinn heran und gab ihr einen Kuss. Caselli hielt die Luft an. Was sollte er tun? Sich zurückziehen? Oder die Ehe seines Sergente retten? Die Entscheidung fiel schnell. Caselli hustete, stieß willentlich an den Gartenstuhl, der neben einem Oleanderkübel stand, rief gut hörbar: »E permesso?« und klopfte an die offen stehende Küchentür. Die Mühe hätte er sich sparen können, die beiden küssten sich immer noch. »Ich glaube, wir brauchen noch etwas Wein!«, sagte er laut.

Das Paar fuhr auseinander. Marcella wischte sich schuldbewusst über den Mund und wandte sich zur Spüle. Roberto strich seine dunklen Locken zurück. »Na, da muss ich wohl noch mal in den Keller!«, lachte er ungezwungen.

Caselli sah zu Marcella hinüber, die nicht aufzublicken wagte, dann ging er mit Cavallone hinaus. Tiziana wartete am Fuß der Treppe mit zwei Gläsern.

»Das, was ich glaube?«, fragte sie, als Roberto an ihnen vorbei war. Sie reichte ihm ein Glas. Caselli trank einen Schluck und schwieg. Tiziana lächelte. »Schon gut, du brauchst sie nicht zu verraten, Cavallones Hemd steht reichlich weit offen. Ich kann's mir denken.« Sagte es und nippte am Punsch. Am Himmel explodierten mit lautem Pfeifen und Knallen Feuerwerkskörper.

»Das Patronatsfest drüben in Morlupo!«, rief Cavallone. »Das ist aber nett, dass sie ein Feuerwerk veranstalten, sozusagen extra für uns!«

Tiziana blickte zum Nachthimmel. Ihr Trägerkleid war dünn und ausgeschnitten. Kupferfarbene Locken schimmerten im roten und grünen Sternenregen, und Caselli wurde mit einem Mal klar, dass er sich nicht eingestehen wollte, wie anziehend er sie fand.

Ein Scheinwerferkegel schwenkte in die Einfahrt. Tiziana wandte den Kopf. »Oh, Fulvio kommt zurück!«, sagte sie. »Ich hätte gar nicht gedacht, dass er tatsächlich eifersüchtig sein kann!« Sie fasste Casellis Kinn, küsste ihn mehr auf den Mund als auf die Wange und ging Richtung Parkplatz davon, Fulvio entgegen.

23

Am Sonntagmorgen saß Caselli allein am Frühstückstisch, den Roberto unter der Platane im Hof gedeckt hatte. Es war warm, und es wehte ein leichter Wind, der die Blätter des Baumes rascheln ließ. Caselli langte mit Appetit zu. Roberto brachte einen Krug Milch und setzte sich zu ihm.

»Schlafen Scurzi und Marcella noch?«, fragte Caselli, während er Erdbeermarmelade auf ein Hörnchen strich.

»Die sind schon weg ... in aller Frühe aufgebrochen. Ich fürchte, das ist meine Schuld.« Roberto fuhr sich durch die Locken. Er sah Casellis Blick und ließ ihn gar nicht erst zu Wort kommen. »Es war harmlos, Alessandro. Marcella sah so wunderschön und traurig aus, da habe ich mich hinreißen lassen. Ist bestimmt schon vergessen.«

Caselli war da anderer Meinung, aber er wollte nichts weiter dazu sagen. »Was ist eigentlich mit Sandra Pecci? Seht ihr euch noch?«, fragte er und blickte zu dem Fenster hoch, hinter dem er Tiziana und Fulvio vermutete. Die Läden waren geschlossen.

Roberto schüttelte den Kopf und verfolgte eine Weile still, wie Caselli sich ein Honigbrötchen schmierte. »Aus Bienenstöcken hier auf dem Podere ...«, sagte er stolz, »schmeckt er dir?«

»Hmm! Du solltest dir einen kleinen Bioladen einrichten«, meinte er und kaute.

»Bin schon dabei!« Roberto goss sich ein Glas Saft ein.

»Ist das alles?« Caselli machte eine Kopfbewegung zu dem Saft hin.

»Ich habe schon gefrühstückt«, lächelte Roberto. »Ich habe um fünf die Kühe gemolken, dann war ich auf dem Acker. Hier gibt es morgens eine ganze Menge zu tun, auch am Sonntag.« Er trank das Glas auf einen Zug aus.

»Tüchtig«, sagte Caselli anerkennend und nahm einen Schluck Kaffee. »Um auf Sandra Pecci zurückzukommen: Sie ist am zwanzigsten August bei dir eingezogen, eine Woche vor Simona Mendels Tod. Du bist am Samstag, den fünfundzwanzigsten, frühmorgens zur Viehauktion nach Terni gefahren und am Montag darauf zurückgekommen. Warst du dazwischen in Rom?«

»Das hast du mich schon gefragt.«

»Also, du bleibst dabei: Du warst die ganze Zeit in Terni.«

»Ja.«

»Und Sandra? Blieb sie die ganze Zeit auf dem Podere?«

»Das weiß ich nicht.«

»Habt ihr nicht telefoniert?«

»Nein.« Roberto sah weg und klopfte seinem Hund die Flanken. »Sie hat sich nicht gemeldet, und ich hatte keinen Bedarf, mit ihr zu reden. Mir war schon klar, dass das nichts mehr wird.« Roberto sah auf. »Aber wenn du sie verdächtigst, liegst du falsch. Sie ist ein wenig durchtrieben, und manchmal geht ihr Temperament mit ihr durch wie bei einer bissigen Stute, aber zu einem Mord gehört mehr.« Er sah mürrisch in den blauen Himmel, reckte die Glieder und stand auf. »Polizei bleibt Polizei, was?«, grummelte er. »Da gibt es keine Freundschaft.«

Caselli legte betroffen seine Honigsemmel weg. »Roberto!«, rief er ihm nach, doch der Biobauer stapfte in seinen Gummistiefeln bereits Richtung Stallungen, und sein Hund folgte ihm.

»Roberto!« Caselli warf die Serviette hin und stand auf.

Roberto blieb stehen und wandte sich um. Casellis Gesichtsausdruck war offenbar derart bestürzt, dass Cavallone zurückkam, ihm versöhnlich die Hand auf die Schulter legte und sich nochmals zu ihm setzte.

*

Während Caselli Schafweiden, Ginster und umgepflügte Felder hinter sich ließ, kreisten seine Gedanken um Dora. Nahm sie nicht ab, oder war sie tatsächlich nicht zu Hause, um halb neun, am Sonntagmorgen? Er legte die Stirn kraus und schaltete herunter, da eine Apetta einscherte, die, nur mit einem Netz und ein paar grauen Decken gesichert, einen schönen, alten Schrank transportierte, der beinahe größer war als der ganze Kleinlaster. Na, wenn dieses Möbel mal heil ankam, der Fahrer drückte ja gehörig aufs Gas! Offenbar war er spät dran. Wo der wohl hinfuhr? Vielleicht war Wochen- oder Antiquitätenmarkt in einer der umliegenden Ortschaften. Da würde Caselli bei Gelegenheit gern einmal hinfahren. Er würde sich bei Roberto erkundigen. Der wusste über so was bestimmt Bescheid. Meistens fanden die Märkte am ersten Sonntag des Monats statt. Es gab da alles: von der Großpackung Küchenrollen, über Bettbezüge und Lederhandtaschen bis zur wattierten Patronenweste für Jäger. Was hieß, praktisch alle erwachsenen Männer waren vor Ort, die am Sonntag mit ihren Flinten und Hunden über die Stoppelfelder steiften, um Singvögel, Enten und Rebhühner abzuschießen. Meistens gab es auf diesen Märkten auch Stände mit ökologischen Produkten wie Propolis, Tomatensugo oder Cantuccini. Letzten Herbst hatte sich Caselli auf dem Wochenmarkt in Rignano

Flaminio mit Pesto und Olivenöl eingedeckt. Das wäre auch eine Vermarktungsstrategie für Roberto, das musste er ihm noch vorschlagen. Aber sicher war Roberto schon selbst auf die Idee gekommen. Und jemand musste die Produkte dann ja zubereiten, in Gläser füllen, etikettieren. Alles frisch, Pesto und Tomatensaucen. Man könnte von arrabbiata bis puttanesca alle Varianten anbieten, so wie er sie kaufte. Caselli nämlich kaufte seine sughi immer im Glas. Bislang hatte er sich nie dazu aufraffen können, sich länger, als bis das Pasta-Wasser kochte, an den Herd zu stellen. Bienen hatte Cavallone auch. Der Honig beim Frühstück hatte wunderbar geschmeckt. Alles viel Arbeit. Da brauchte Cavallone schon eine Frau, die Lust und Talent hatte, mit anzupacken. Ja, eine Frau an der Seite zu haben, die verstand, dass ihr Mann seinen Beruf liebte und ihn unterstützte, statt herumzunörgeln, wenn er spät vom Dienst kam, oder querzuschießen, wenn nicht alles so lief, wie sie es sich vorgestellte, das war echtes Glück. Womit er wieder bei Dora war. Ein Missverständnis, entstanden aus Mangel an Kommunikation. Dora wollte nicht, dass er sie anrief, sie hatte ihm klipp und klar zu verstehen gegeben, sie wolle nicht auf seine Anrufe warten. Caselli hatte das respektiert, sie nicht bedrängt. Er hatte ihre Launen und Befindlichkeiten akzeptiert, und das war nun das Ergebnis. Wie konnte sie nach Sizilien zurückfahren, ohne mit ihm gesprochen zu haben? Dazu gehörte schon eine gehörige Portion Kaltblütigkeit. Und Lieblosigkeit. Er hätte das nicht gekonnt. Caselli schüttelte den Kopf und drückte aufs Gaspedal, um die Apetta zu überholen.

*

Eine halbe Stunde später war er zurück in Rom. Im Zentrum herrschte dichter Verkehr, bedingt durch die großzügigen Absperrungen für eine Demonstration. Caselli wartete an einer Ampel und dachte daran, dass er vorhin, wenige Kilometer vor den Toren Roms, in einer Ortsdurchfahrt für ein Huhn gebremst hatte, das flatternd über die Landstraße rannte. Er schüttelte den Kopf. Und nun das! Aber wenn er ehrlich war, liebte er das Wechselspiel, das nahe Beieinander von rauschender Metropole und ruhiger Campagna romana.

Die Gewerkschaftler waren auf der Straße, und Caselli, hörte, als er an der Porta Flaminia vorbeifuhr, die lauten Trillerpfeifen und Parolen von der Piazza del Popolo. Nach der Brücke Umberto I. war der Lungotevere gesperrt. Die von hohen, alten Platanen gesäumte, breite Straße zu beiden Seiten des Tibers war die Hauptverkehrsader der Innenstadt.

Caselli bog kurzerhand ab. Er fand eine Parklücke und beschloss zu Fuß nach Hause zu gehen. Das war allerdings ein gehöriges Stück. Doch er brauchte Bewegung. Ab dem Napoleonischen Museum wählte er den Weg durch die gepflasterten Gassen. Die Via dell'Orso war nicht weit. Caselli überlegte. Hier lag die Bottega des Goldschmieds, bei dem Simona Mendel ihre Ohrringe hatte fertigen lassen. Kurz drauf bog Caselli in die schattige, schmale Gasse. Das Geschäft war nicht zu verfehlen. Caselli blieb davor stehen und sah in die Auslage. Es lagen ausnehmend schöne Stücke auf kleinen Samtkissen. Auch Eheringe. Caselli schluckte. Da war er wieder, der Stich mitten ins Herz: Der ganze Zorn über Doras Verhalten kam wieder hoch, und dennoch war da auch Sehnsucht. Sonntagmorgen blieben die meisten Geschäfte in Rom geschlossen; doch Caselli sah die bläuliche Flamme eines Bunsenbrenners. Der Goldschmied war bei der Arbeit. Caselli klopfte an die Scheibe und trat vor die gepanzerte Drehtür. Der Öffner summte. Caselli drückte die Tür auf und betrat den Laden.

Leone erhob sich vom Schmiedetisch. Ein Hüne. Er trug eine hoch geschnittene, hellbraune Lederschürze, die wohl vor Funkenflug schützen sollte. Ein Vollbart verdeckte den größten Teil seines Gesichts. Das Haar war glatt, dunkel und fiel halblang in den Nacken.

»Na, da habe ich aber Glück, dass ich Sie am Sonntagmorgen hier antreffe«, sagte Caselli.

»Das Geschäft ist auch meine Werkstatt. Meine Wohnung liegt darüber im ersten Stock, also …«, erwiderte Leone.

»Aha, verstehe.«

»Was kann ich für Sie tun?«, fragte der Goldschmied.

»Sie haben schöne Stücke in der Auslage.« Caselli betrachtete die Ringe in der Unterglasvitrine des Ladentischs. »Das Gold hat eine intensive Farbe, edel wie auf Gemälden alter Meister, und die Steine wirken kraftvoll und ganz natürlich.« Er hob den Blick. »Außergewöhnlich … das gefällt mir.«

Der Goldschmied schaltete noch einen Strahler an. »Ich orientiere mich an Vorbildern der Renaissance«, sagte er und musterte Caselli. »Ich verwende wegen seiner speziellen Farbe zweiundzwanzigkarätiges Gold und arbeite nur mit Cabochon-Steinen. Ihre abgerundete Oberfläche lässt den Stein intakt. Er wird durch keinen gekünstelten Facettenschliff verletzt. Der Schimmer und der Glanz, den sie haben … es gibt nichts Schöneres!« Er strich mit seiner klobigen Hand über die Vitrine. »Nicht jeder der hereinkommt, sieht das. Verstehen Sie etwas von Schmuck?«, fragte er zögerlich.

Caselli hob die Hände. »Ich? Nein, überhaupt nicht, aber ich erkenne Kunstfertigkeit … wenn etwas hochwertig gearbeitet ist.« Er lächelte.

Der Goldschmied sah ihn an. »Suchen Sie was Bestimmtes?«

»Ich habe eine Verlobte und muss zusehen, dass sie mir etwas verzeiht«, gab Caselli vor.

Der Goldschmied ließ ein tiefes Lachen hören. »Ah, ich verstehe. Hier sind Sie richtig. Mit meinem Schmuck kriegen Sie auch das Schlimmste wieder hin.«

Das Eis schien gebrochen.

»Ihr Wort in Gottes Ohr«, sagte Caselli. »Momentan sieht es allerdings nicht danach aus.«

Der Goldschmied schmunzelte. »Glauben Sie mir: Schmuck wirkt wie ein Zauber. Frauen und Edelsteine bilden eine Symbiose. Sie ziehen sich magisch an.« Er ballte die Hände zu Fäusten und presste sie gegeneinander. »Ein richtig ausgewählter Stein stärkt das Feuer der Liebe. Das habe ich schon oft erlebt. An was hatten Sie denn gedacht, einen Ring?«

»Ein Armband.«

Der Goldschmied hob die Brauen, dann legte er den Kopf in den Nacken. »Nun, dazu brauche ich fünf oder sechs Cabochons, das Gold, die Verarbeitung, billig wird das nicht. Welche Steine?«

»Ich dachte an Rosa, meine Verlobte ist etwas kratzbürstig. Ich brauche etwas, das die Weiblichkeit unterstreicht, rosa Turmaline also vielleicht ... was meinen Sie?«

Der Goldschmied hielt inne. »Sie wissen genau Bescheid, was?«

»Ein wenig.«

»Gut, also Rubellit!« Er strich sich über den Bart. »Ja, ich habe Steine da. Ich könnte Ihnen etwas anfertigen.«

»So viel Zeit habe ich nicht. Ich brauche es gleich.«

Leone hob die Brauen. »Gleich?«

»Haben Sie kein fertiges Armband?«

»Ja, schon, aber nicht ganz aus Rubellit. Ich habe ein Armband in drei Farben. Verdelith, Wassermelonenturmalin, Rubellit. Wurde bestellt, aber nicht abgeholt, weil …«, er brach ab und sah auf. »Wollen Sie es sich ansehen?«

Ein paar Augenblicke später lag ein prachtvolles Armband auf schwarzem Samt, funkelte im Licht der Lampe und zog den Blick auf sich.

»Sehr modernes Design, Kompliment. Auch von Ihnen?« Caselli nahm den Schmuck in die Hand. Leone schob das Samtkissen gerade und machte eine abwehrende Handbewegung. »Es wurde von einer Kunststudentin bestellt. Ich habe es nach einem Entwurf gefertigt, den sie mir brachte.«

Caselli horchte auf. »Du meine Güte, die jungen Leute heutzutage haben das Geld aber locker sitzen. Na, wahrscheinlich zahlt es der Herr Papà!«

»Sie war aus guter Familie, in der Tat. Toskana. Ich hatte ihr auch schon Ohrringe gemacht, mit kleineren Steinen allerdings. Nun wollte sie das Armband dazu, vor einem Monat etwa war das. Sie sagte, sie habe eine kleine Erbschaft gemacht. Irgendein Onkel in England.«

»Nun, ich glaube, das ist nicht das Richtige.« Caselli hatte genug erfahren.

»Nein?«

»Mir gefallen die Ohrringe da.« Caselli deutete in die Vitrine.

»Lapislazuli«, erklärte der Goldschmied.

»Die nehme ich. Wie viel?«

»Gern. Vierhundert Euro.« Leone räumte das Armband vom Samtkissen und legte es in den Safe, den er sofort schloss. »Ich gebe Ihnen noch ein Etui.«

»Ja, danke«, erwiderte Caselli und wartete. Simona Mendel hatte also geerbt. Caselli atmete durch, als er den Laden verließ. Das Geschenk würde auf der nächsten Kreditkartenabrechnung kräftig zu Buche schlagen, aber er war sicher, dass es Dora gefiel.

Gestern war er hart mit ihr ins Gericht gegangen, vielleicht zu hart. Tat er ihr unrecht? Er war dermaßen verärgert gewesen, dass er ihren Standpunkt außer Acht gelassen hatte. Und zumindest teilweise war er nicht ganz unschuldig an der Misere. Sie mussten einfach miteinander reden. Sobald dieser Fall abgeschlossen war, würde er Urlaub nehmen und nach Catania fliegen.

*

Caselli beschloss, einen Stadtbummel zu machen. Der Sonntagmorgen mit seinem strahlenden Sonnenschein und dem leichten Lüftchen, das die drückende Schwüle der letzten Tage vertrieb, bot sich dafür geradezu an. Wollte er sich nicht schon längst einmal den Caravaggio in der Kirche San Luigi dei Francesi ansehen? Das Bild, von dem der kunsthistorisch beschlagene Scurzi erzählt hatte. Caselli hatte von den Kunstschätzen der Stadt bisher wenig gesehen. Das war eine gute Gelegenheit, seine Kenntnisse zu erweitern, denn dass er als unwissend dastand, störte ihn seit Langem. Caselli schlenderte die Via del Rinascimento hinunter. Japanische Touristen umringten die Postkarten-Rollständer auf dem Trottoir. Die kleine Buchhandlung hatte am Sonntagvormittag geöffnet. Caselli sah in die Auslage; mehrsprachigen Reiseführer, großformatige Kunstbände und kitschige Souvenirartikel lagen aus. Kurz darauf drückte er die Schwingtür auf. Als er herauskam, trug er einen Bildband unter dem Arm, auf dessen Umschlag ein lorbeerumkränzter Caravaggio-Bacchus-Knabe prangte. Als Caselli dann einen ersten Blick auf die eindrucksvolle Fassade der Kirche warf, hastete eine Frau mit wohlgeformten Hüften und fülliger Oberweite, eine schwarze Spitzenmantilla über dem Kopf, die flachen Stufen zum Eingang hinauf. Caselli hob die rechte Hand über die Augen, da ihn die Sonne blendete. Er fühlte Blicke im Rücken und wandte sich abrupt um. Eine Obdachlose starrte auf der anderen Straßenseite zu ihm herüber. Caselli erkannte sie. Es war die Frau, die unlängst in Giovannis Trattoria vor einem Grappa gesessen hatte. Ehe er sich versah, wurde Caselli von einer Reisegruppe Amerikaner umflutet. Als er sich endlich aus dem Strudel aufgefalteter Stadtpläne, verschwitzter T-Shirts und Eiscremetüten befreit hatte, war die Obdachlose weg. Caselli sah sich nach allen Seiten um, aber sie blieb wie vom Erdboden verschluckt. Er überlegte, ob er versuchen sollte, sie zu finden, weit konnte sie ja nicht sein. Aber dann dachte er, dass er sich vielleicht getäuscht hatte, aus ihrem Blick zu lesen, sie wolle ihm etwas sagen. Er wandte sich um und betrat die Kirche.

24

Die Atmosphäre im Kirchenbau San Luigi dei Francesi war düster. Caselli tauchte die Fingerspitzen in das Weihwasserbecken, bekreuzigte sich, wählte das rechte Seitenschiff und suchte das berühmte Gemälde. In einer finsteren Ecke fand er die Hinweisstafel. Man musste Münzen einwerfen, damit die Strahler angingen, die das Bild beleuchteten. Caselli kramte seine Taschen durch und merkte, dass er im Buchladen gerade sein ganzes Kleingeld ausgegeben hatte. Er blickte sich um. Ein paar Meter weiter vorn kniete eine junge Frau in einer Bank. Sie schien ins Gebet versunken. Caselli zögerte und sah sich suchend um. Doch um diese Zeit war die Kirche leer. Der schwere Weihrauchduft der beendeten Messe hing noch in der Luft. »Entschuldigen Sie bitte, hätten Sie vielleicht zwei zehn Cent Münzen …«, flüsterte er schließlich.

Die Frau unter der Spitzenmantilla hob verstört den Blick. Ihre Augen waren rot und verweint.

»Marcella …!«

»Commissario!« Gleich darauf begann sie, haltlos zu schluchzen.

»Aber, Marcella, bitte beruhigen Sie sich doch!« Caselli sah sich besorgt um. Ein Mönch mit Kutte samt weißer Kordel, der weiter vorn auf einer Leiter stand und Kerzen in einem Leuchter austauschte, sah schon herüber. Es gelang Caselli, die aufgelöste Marcella am Arm hochzuziehen und behutsam aus der Kirche zu führen. Sie gingen vor zur Piazza Navona und setzen sich gegenüber der Kirche S. Agnese in Agone in die Bar. Marcella hatte sich etwas beruhigt. Caselli wartete, bis sie den Mut fasste, aufzusehen und auszusprechen, was ihr auf der Seele lastete, aber eigentlich wusste er es ja schon.

»Sie haben uns gesehen, nicht wahr, Commissario, mich und Roberto?«, sagte sie leise. »Es war nichts, gar nichts. Er hat mich nur geküsst, aber ich muss ständig an ihn denken und stelle mir vor, wie ...« Marcella verstummte und wandte den Kopf zur Seite. »Und das ist doch eine Sünde im Geiste!« Wieder kullerten Tränen über ihre rosigen Wangen. »Ich weiß nicht, was ich machen soll. Ich liebe Raffaele doch, aber ich kann nur noch an den Kuss denken. Es war wunderschön, so etwas ist mir noch nie passiert, Commissario!« Sie sah scheu auf.

»Deshalb sind Sie zur Beichte gegangen?« Caselli sah ihr in die Augen.

Marcella senkte den Kopf. »Zur Beichte? Nein! Ich gehe nicht mehr zur Beichte. Nie mehr!«

Der Kellner sah in ihre Richtung. Caselli hob zwei Finger. »Due caffè!«, rief er halblaut. Der Kellner nickte. Caselli wandte sich wieder Marcella zu. »Nie mehr?«, fragte er verdutzt. »Warum denn das?«

Marcella schniefte und wischte sich verhalten über die Nase. Caselli reichte ihr sein Taschentuch.

»Danke.« Sie schnäuzte sich. »Raffaele und ich haben jung geheiratet, wissen Sie. Ich war erst achtzehn und hatte doch noch nie ... und als ich dann wieder zur Beichte ging wie fast jeden Sonntag, dann aber nach der Hochzeit, wissen Sie, was der Padre mich da alles gefragt hat? Es war so unendlich peinlich. Ich habe gar nicht verstanden, was er meinte, und die Worte, die kannte ich auch nicht, und dann hat er sie mir erklärt, die Worte, und mich gefragt, ob ich das mit meinem Mann mache und wie oft! Sie können sich nicht vorstellen, wie ich mich geschämt habe. Ich habe immer nur nein gesagt, und der Padre ist wütend geworden und hat geschrien, ich solle ihn nicht anlügen. Im Beichtstuhl zu lügen sei eine schlimme Sünde. Und seitdem bin ich nicht mehr hin. Aber als Giacomino im Frühjahr so krank war, da habe ich ein Fioretto gemacht, ein Versprechen an die Heilige Jungfrau, dass ich wieder beichten gehe. Regelmäßig. Wenn sie hilft, dass mein Giacomino durchkommt. Und sie hat geholfen.« Marcella küsste ihre Finger und schlug ein Kreuzzeichen. »Also bin ich hin, zum Padre, aber zu einem anderen, nicht in unsere Kirche. Der Beichtvater kannte mich nicht, und da hat er natürlich gefragt, ob ich Kinder habe. Ich habe gesagt, ich habe vier, und ich liebe sie über alles, aber jetzt will ich keine mehr bekommen. Die Ärzte meinen auch, die nächste Schwangerschaft wäre kritisch. Der Padre hat mich gefragt, was ich nun vorhätte. Ich habe nicht verstanden, was er meint. Und da hat er gesagt, fortan dürfe ich mit Raffaele gar nicht mehr … Sie wissen schon. Wir sollen Enthaltsamkeit üben, denn wenn ich keine Kinder mehr gebären wolle, dann dürfe ich auch nicht …« Sie presste das bereits durchgeweichte Taschentuch an die Nase. »Aber ich bin doch erst neunundzwanzig!«, brach es aus ihr heraus, und ein erneuter Weinkrampf schüttelte sie.

Die Gäste an den anderen Tischen sahen herüber. Caselli legte ihr den Arm um die Schulter und zog sie etwas an sich. »So beruhigen Sie sich doch, Marcella«, sagte er sanft. Der Kellner brachte das Tablett. Caselli zog mit einer Hand einen Schein aus seinem Jackett und machte dem Kellner ein Zeichen, das stimme so. Marcella hielt sich an Casellis Revers fest und schluchzte. Zu ihrem beigen Kostüm trug sie ein ausgeschnittenes schwarzes Shirt. Ihr Busen hob und senkte sich und mit ihm das Medaillon der Heiligen Jungfrau Maria.

»Marcella … bitte beruhigen Sie sich«, wiederholte Caselli. Er wandte den Blick zu den Glockentürmen der Borromini-Kirche und atmete tief durch. Wenn es darum ging, eine in der Öffentlichkeit weinende Frau zu beruhigen, fühlte er sich vollends überfordert. Nach und nach verebbte das Schluchzen. Dann ließ Marcella unversehens von ihm ab, und Caselli richtete erleichtert sein Revers.

»Ich benehme mich unmöglich, entschuldigen Sie.« Sie lächelte matt und wischte sich eine Träne aus dem Augenwinkel.

»Aber nicht doch«, sagte Caselli freundlich. »Ich verstehe Sie ja.«

*

Als der caffè getrunken und Marcella gegangen war, nicht ohne ihm das Versprechen abzunehmen, über den kleinen Vorfall Schweigen zu bewahren, kam Caselli auf sein Vorhaben zurück, sich den Caravaggio anzusehen. Er bog ums Eck in die Gasse zum Senat, sah eine Busladung nordländischer Touristen die Travertin-Stufen zu San Luigi dei Francesi hinaufströmen und verzichtete. Caravaggio musste warten. Das tat Caselli sich nicht an. Er kehrte um, lief zur Piazza delle Cinque Lune und bog in die Via dei Coronari ein, die mit ihren vielen Antiquitätengeschäften wohltuend schattig vor ihm lag. Er spürte die Tüte mit dem Caravaggio-Kunstband unter dem Arm, sah ab und an im Vorbeigehen in die Auslage auf einen unbezahlbaren Napoleon-III.-Stuhl oder eine edle Kommode, auf die der Händler Samtstoffbahnen drapiert hatte, damit die Silberleuchter das Holz nicht verkratzten. Caselli schritt zügig aus. Das war schon etwas, sich vorzustellen, dass genau hier, rund um die schnurgerade Via dei Coronari, die bedeutendsten Künstler der Renaissance gelebt und gearbeitet hatten, Michelangelo, Raphael und Leonardo da Vinci, wenn sie vom Papst nach Rom gerufen wurden. Auch die berühmten Kurtisanen ihrer Zeit, etwa Fiammetta Michaelis, die mit Cesare Borgia, dem Sohn von Papst Alexander VI. liiert gewesen war, waren auf diesem Pflaster schon gelaufen. Seine Freunde aus der Trattoria klärten ihn immer wieder gern über die Vorzüge des Viertels auf. Schließlich müsse er wissen, was in seinem Stadtbezirk so alles in früheren Jahrhunderten los gewesen sei, hatten Tiberio und Giovanni gemeint. Caselli wohnte im sechsten Bezirk, dem Rione Parione. Die Via dei Coronari lag knapp daneben im fünften, dem Rione Ponte, aber so genau nahmen es die Römer offenbar mit ihren Bezirken nicht. Giovanni hatte ja behauptet, man sei hier wesentlich entspannter als in der Toskana.

Die Via dei Coronari war lang. Caselli lief sie ganz hinunter, und wenngleich er Freude am Spaziergang hatte, war er dann doch froh, als er die Querstraße Via B. S. Spirito erreichte. Er warf einen Blick nach rechts auf die Engelsburg, ging über die Straße und stand vor dem hohen Torbogen zu dem Durchgang, in dem Simona Mendel den Tod gefunden hatte.

Die Lichter des vergitterten Madonnenaltars an der Mauer flackerten unruhig, und es roch alles andere als gut hier.

Jemand trat aus der Nische und packte Caselli am Arm. Erschrocken fuhr er zurück, riss sich los und klopfte sich über den Jackettärmel, auf dem eine verdreckte Hand Abdrücke hinterlassen hatte. Das höhnische Gelächter der Frau hallte vom Gewölbe wider, und Caselli erkannte im Halbdunkel unter dem Bogen den Vorkriegskinderwagen, der an der Mauer abgestellt war.

»Sie kommen mich suchen, häh?«, sagte sie, und Caselli, der in den Durchgang trat, sah die Frau, die vor ihm stand, im Licht der flackernden Öllämpchen. Sie war gar nicht so alt, wie er gedacht hatte, sondern höchstens Ende fünfzig, befand sich aber in einem bemitleidenswerten Zustand der Verwahrlosung. Sie trug Lumpen, nicht einmal mehr richtige Schuhe, die Haare waren zottig und wurden von einem rosa Skifahrerband aus dem Gesicht gehalten. Ihre Hände zitterten, und ihr Mund war weithin zahnlos. Sie hielt eine Flasche und torkelte, bevor sie sie an den Mund setzte. Nun, da er da war, schien sie sich nicht weiter um ihn zu kümmern.

»Ist das Ihr Schlafplatz, Signora?« Caselli deutete auf die Kartons am Boden. Die polizeiliche Absperrung aus Plastikband war heruntergerissen. Ein Streifen leuchtete zweckentfremdet vom Kinderwagengestell, ein Sack war damit zugebunden, ein paar Fetzen lagen auf dem Pflaster.

»Häh?«, machte sie und wandte sich um. »Wo is' hier 'ne Signora, bitte schön?« Sie zerrte mit der freien Hand an einer vor Schmutz starrenden Strähne. »Oder meinen Sie mich?«, fragte sie, wobei sie demonstrativ um sich stierte.

Caselli wiederholte seine Frage. Die Obdachlose hörte auf herumzupöbeln und sah ihn an.

»Wieso wollen Sie das wissen? Weil Sie von der Polizei sind, nich'? Jaaa, da schaun' Se, was? Dass ich das weiß. Ich pass eben auf! Ich weiß, wer Sie sind, und dass Sie in die Trattoria zu dem Giovanni gehn, der wo mir manchmal, nee … eigentlich selten, sehr selten«, korrigierte sie sich und nahm noch einen Zug aus der Flasche, »'nen Grappa hinstellt, aber 'nen guten.« Sie wischte sich über den Mund. »Deshalb sagen ich's Ihnen … Ihnen schon, denn wir sind ja sonst nur Dreck für die von der Polizei. Die schmeißen uns raus … wir ham keine Rechte wie andere Menschen, wir nich' … und ich hab gewusst, dass Sie hergekommen, irgendwann, und das sind Se ja auch, also, das hier …«, sie deutete mit der Flasche auf die Kartons, »is' der Platz vom Edmondo, normalerweise schläft der hier. Aber vor zwei Wochen hat man ihn zusammengeschlagen, übel, ganz übel. Jetzt is' er im Krankenhaus auf der Tiberinsel. Ich besuche ihn jeden Tag, auch wenn se mich da scheel anschauen. Es geht ihm schlecht, aber wenigstens hat er zu essen und 'n weiches Bett für 'n paar Wochen.« Und dann fügte sie hinzu: »Da wo die Tote lag, da ham se ihn rausgezogen, die Sanitäter, weil ich keine Ruh gegeben hab, bis sie mit her sind! Die müssen das, die ham 'nen Eid geschworen, den von dem Hippokrates! Ja, da schauen Se, dass ich das weiß! Ich war nicht immer so, so wie jetzt. Ich hab mich noch nicht ganz blöd gesoffen! Wenn ich hier gelegen hätte …« Sie rollte die Augen und fuhr mit der Handkante quer über den Hals. »Der, wo da umgeht nachts und das macht, der ist nicht irre.« Sie schüttelte heftig den Kopf. »Der will uns totmachen, uns Obdachlose. Da müss'n Se was tun, Commissario, da drum müss'n Se sich kümmern!« Sie nickte bedeutsam, bevor sie wieder die Flasche ansetzte, einen Zug nahm und dann brummelte: »Der andere, der, wo uns hilft, muss immer weg … so 'n Pieper da. Dann muss er weg, gestern auch, und allein bleib ich hier nich', nich', wo 'ne Tote gelegen hat, erst im Winter wieder, wenn's regnet, dann muss ich hier schlafen, ob ich will oder nich'.«

»Sie kennen den Mann, der hier umgeht, wie Sie sagen, nicht wahr?«, fragte Caselli.

Sie wischte sich mit dem Handrücken über den Mund, drückte die Flasche an sich und starrte auf die Straße.

»Ist es jemand, der öfter hier vorbeikommt und durch den Durchgang geht, Signora?« Caselli trat auf sie zu, weil er wollte, dass sie ihn ansah.

Sie wich zurück. »Reden Se mit dem Edmondo, ich sag nix mehr.«

»Können Sie den Mann beschreiben?«

»Ich sag nix mehr.«

Caselli gab nach. Mehr würde sie nicht sagen. Er drückte ihr fünfzig Euro in die Hand und fragte, ob er sie hier antreffen würde. Ein Kopfnicken. »Is' mein Viertel«, murmelte sie und stierte auf den Schein.

25

Caselli trat auf die Via B. S. Spirito und reckte sein Gesicht der Sonne entgegen. Nach dem Halbdunkel unter dem Torbogen tat das gut. Ein Blick auf die Uhr, es war Mittag – kurz darauf überquerte er die Engelsbrücke, und lief zum Taxistand an der Ecke vor dem früheren Auditorium Santa Cecilia. Wenig später setzte ihn der Fahrer am Fate-Bene-Fratelli Krankenhaus ab. Hier wollte er den eingelieferten Obdachlosen Edmondo ausfindig machen. Er musste den Angreifer gesehen haben. Wenn es Attardi gewesen war, dann musste er zur Verantwortung gezogen werden, auch wenn die Sache nichts mit dem Mordfall zu tun hatte. Caselli stand bei seinem Freund Claudio im Wort. Später musste er noch in die Questura. Er wollte ein Telefonat mit Simona Mendels Vater führen, auch wenn es Sonntag war.

Diese Erbschaft, die der Goldschmied Leone erwähnt hatte, wollte Caselli nicht mehr aus dem Kopf.

Es war nicht schwer, den Obdachlosen aufzutreiben, wie schon seine ersten Fragen an der Pforte klärten. Dort stellte sich heraus, dass der Gesuchte mit vollem Namen Edmondo Gambroni hieß. Die Stationsschwester wusste Bescheid. Sie führte Caselli zum Krankenzimmer und ließ die beiden allein.

»Wie geht es Ihnen?«, fragte Caselli, nachdem er sich vorgestellt hatte.

»Beschissen …« Edmondo starrte auf die Verbände und sagte nichts weiter. Caselli zog sich einen Stuhl heran und ließ ihm Zeit. Langsam begann Edmondo dann doch zu erzählen. »Der Kerl war ein Verrückter. Wie ein Berserker hat er auf mich eingeschlagen, mit einem Spazierstock, jawohl, der vorn eine Spitze hatte. Ich habe die meisten Schläge und Stiche mit dem Arm pariert, sonst wäre meine Fresse genauso zugerichtet wie die von der Nutte, die sich meinen Schlafplatz ausgesucht hat!«

»Es war keine Prostituierte«, stellte Caselli richtig.

»Und warum hat sie dann meinen Schlafplatz okkupiert?«, murrte Edmondo. »Ich werde ihn mir zurückholen. Ich habe gedacht, die lassen mich hier verrecken, weil ich bloß ein Penner bin. Aber die haben mich wieder anständig zusammengeflickt. Mein schlimmes Bein ist endlich zugeheilt, und das Fieber, das ich wegen der Darmentzündung dauernd hatte, ist auch weg.« Er sah auf. »Die haben mich mehrere Packungen teurer Antibiotika fressen lassen, wissen Sie. Eigentlich geht es mir gut, wenn nur diese Stichwunden, die mir der Alte gemacht hat, nicht so wehtäten, die gehen tief. Der war ja messchugge, wie der mich angeschaut hat, wie der Teufel persönlich!«

»Sie haben Ihren Angreifer also gesehen?«, fragte Caselli nach. »Würden Sie ihn wiedererkennen?«

»Na, klar doch, dem seine Adlervisage erkenne ich unter Tausenden wieder. Er kommt da öfter vorbei durch den Durchgang. Hat mir immer was gegeben, wenn ich ihn um ein bisschen Geld gebeten hab. Aber einmal nachts, als ich getrunken hatte, habe ich ihn am Ärmel gefasst, nur ganz leicht. Da ist er ausgerastet! Hat mich angebrüllt und beschimpft, Marghita auch!«

»Beschreiben Sie ihn mir. Meinen Sie, Sie könnten ihn bei einer Gegenüberstellung identifizieren?«

Edmondo schlug die Augen nieder. »Das mache ich nicht. Ich will keinen Ärger mit der Polizei. Es geht mir schon beschissen genug.«

»Hören Sie, Edmondo, Körperverletzung ist ein Delikt. Sie haben den Täter erkannt. Erstatten Sie Anzeige, und sagen Sie beim Verfahren aus. Sie können damit rechnen, dass der Richter Ihnen Schmerzensgeld zuspricht!«

Edmondo schüttelte den Kopf. »Ich mach das nicht. Man wird mir nicht glauben, und der, der hat Anwälte, die besten. Und die drehn alles, wie sie wollen. Ich bin nicht blöd. Wenn wir nicht aufpassen, wir von der Straße, dann stecken die uns in die Psychiatrische. Da kommt man nie wieder raus, nie wieder! Ich will nicht bei den Irren hocken in einer Zwangsjacke, auf keinen Fall.«

Caselli atmete angestrengt aus und schwieg. Wie sollte er Edmondo überzeugen? Auf dem Nachttisch lagen Zeichenblätter. Er stand auf und griff danach.

»Kann ich mal sehen?«

Edmondo nickte.

Caselli sah die losen Blätter durch. Es waren Karikaturen. Die Schwester, die ihn hereingeführt hatte, war auch dabei. Ihre prägnante Nase war gut getroffen. Caselli musste unwillkürlich lachen. »Das ist gut! Haben Sie das gezeichnet?«

»Das finden Sie gut?« Edmondo lächelte geschmeichelt.

»Wieso können Sie so gut zeichnen?«

»Ich habe das mal gelernt … früher.« Edmondo sah auf. »Haben Sie mal 'n Blatt und 'nen Stift für mich? Ich mache Ihnen auch eins!«

Caselli nahm seinen Kugelschreiber aus der Jacketttasche, griff dann nach einem ausliegenden Info-Blatt der Krankenhausleitung und drehte es um. »Geht das?«

Edmondo nickte. Mit ein paar zügigen Strichen skizzierte er einen Kopf und reichte Caselli das Blatt.

»Das ist ja unglaublich!«, lächelte Caselli, der sein Porträt in Händen hielt. »Sehr gut!«, wiederholte er, dann sah er auf. »Edmondo, zeichnen Sie den Mann, der Sie so zugerichtet hat. Er wird verurteilt!«

»Nein, Commissario.« Edmondo verschränkte die Arme vor der Brust.

»Edmondo …« Caselli zog den Stuhl näher heran. »Hören Sie, Marghita ist da draußen, allein. Sie schläft auf der Straße. Vielleicht unter dem Durchgang. Was ist, wenn der Mann wiederkommt, in der Nacht? Wenn er Marghita angreift?«

Edmondos Augen weiteten sich. »Marghita?«

»Ja, Marghita … haben Sie daran gedacht? Soll sie das nächste Opfer werden?«

»Ich habe ihr gesagt, sie soll da nicht mehr hin!« Edmondo presste die Lippen aufeinander und sah Caselli mit ängstlichen Augen an.

*

»Ich hätte es nicht gemacht, aber Sie haben recht, schon wegen der andern, die wo's erwischt hat.« Edmondo gab Caselli den Kugelschreiber zurück. »Wenn bloß Marghita nichts passiert!« Seine Stimme brach. Er fuhr sich fahrig über das runzelige Gesicht. »Wir haben doch sonst nichts, Commissario. Wir haben doch nur uns … und unser elendes Leben!«

Caselli legte ihm sacht die Hand auf die Schulter. »Der Täter wird gefasst, Edmondo, das verspreche ich Ihnen!«

Edmondo weinte leise vor sich hin. »Nichts, als unser elendes Leben …«, wiederholte er immer wieder.

Caselli ließ ihn allein.

Draußen auf dem Flur faltete er die beiden Zeichnungen zusammen und steckte sie sorgfältig in seine Brieftasche. Die Schwester, die ihn auf die Männerstation begleitet hatte, kam ihm entgegen.

»Und?« fragte sie freundlich. »Haben Sie Ihren Besuch bei Signor Gambroni beendet? Hat er etwas angestellt?«

»Nein, ganz im Gegenteil. Er hat die Ermittlungen einen gehörigen Schritt nach vorn gebracht«, antwortete Caselli. »Wie geht es ihm denn?«, fragte er weiter.

»Besser. Wir haben ihn auf Vordermann gebracht. Sie hätten ihn sehen sollen, als er eingeliefert wurde ... mit langen Haaren und so was von schmutzig. Na ja, wenn man auf der Straße lebt. Er war insgesamt sehr schlecht beieinander. Aber hier konnte er sich auskurieren. Dr. Perticone kümmert sich ja ganz besonders um ihn. Er hatte Bereitschaft in der Nacht, als Gambroni eingeliefert wurde ... und er will herausfinden, wer der Täter ist, der den Obdachlosen das antut.«

»Hm, ich wollte sowieso noch bei ihm vorbeischauen auf der Kinderstation«, meinte Caselli.

»Oh, das tut mir leid, Commissario. Dr. Perticone hat heute frei. Ich habe es gerade im Pausenraum auf dem Dienstplan gesehen.«

Caselli bedankte sich und ging. An der Pforte ließ er sich ein Taxi rufen. Es wollte umgehend in die Questura.

*

Als er die Treppe hinaufging, hörte er laute Stimmen aus seinem Büro. Durch die Verglasung erkannte er Sergente Scurzi, der mit jemandem stritt.

»Verdammt noch mal, was ist hier los!«, rief Caselli, während er die Tür zu seinem Büro aufdrückte.

»Alessandro! Ich habe mir Sorgen gemacht!«, rief Mortan und fuhr vom Stuhl hoch. »Raffaele hat mir gerade ...«

»Für Sie immer noch Sergente Scurzi, Mortan!«, polterte Scurzi los.

»Philipp, ich habe zu tun. Bitte geh nach Hause oder sonst wohin. Und was machen eigentlich Sie hier, Scurzi … an einem Sonntagnachmittag?«, fragte Caselli.

»Zu Hause ist dicke Luft.«

»Deshalb lässt er seine schlechte Laune an mir aus«, beklagte sich Mortan.

»Das stimmt doch überhaupt nicht, halten Sie den Mund, Mortan. Sie gehen mir schon lange auf die Nerven! Haben Sie nicht gehört, was Commissario Caselli gesagt hat? Sie sollen verschwinden!«

»Scurzi, was ist das für ein Ton! Ist doch sonst nicht Ihre Art. Was ist los?«, fragte Caselli.

Mortan fühlte sich angesprochen. »Ich war in Sorge und bin in die Questura, um zu sehen, ob du hier bist, und dann hatten Scurzi und ich …«

»Sergente Scurzi!«, brüllte dieser dazwischen.

Mortan heftete den Blick zur Decke. »Wir hatten eine kleine Meinungsverschiedenheit.«

»Er hat frech behauptet, Krogmann habe die Mendel auf dem Gewissen!«, brüllte Scurzi. »Für Roland Krogmann lege ich meine Hand ins Feuer, der ist ein grundanständiger Mensch! Nicht so ein kleiner Scheißer wie Sie!« Scurzi baute sich vor Mortan auf.

»Sergente!«, rief Caselli.

Mortans Reaktion war ein kurzes, sarkastisches Lachen.

Der Sergente sah rot.

Caselli ging dazwischen. »Scurzi, gehen Sie bitte mal kurz raus! Aber bleiben Sie in der Questura, ich brauche Sie dann noch!« Caselli packte Mortan am Arm. Scurzi schlug die Tür hinter sich zu. Caselli sah ihm nach. »Mein Gott, was ist das hier, ein Kindergarten?«

»Er ist eifersüchtig«, meinte Mortan.

»Rede kein Blech, willst du mir jetzt endlich sagen, was los war, oder gleich gehen?« Caselli zog seine Zigaretten aus dem Jackett.

»Du rauchst, hier? Dein Sergente hat mir gerade, als ich mir eine anzünden wollte, einen ellenlangen Vortrag gehalten, dass in Italien in öffentlichen Gebäuden …«

»Lass es gut sein, Philipp, ich weiß um das Rauchverbot.« Caselli unterbrach ihn mit einem ungeduldigen Abwinken. »Was ist das mit Krogmann?«, wollte er wissen.

Mortan vergrub die Hände in den Hosentaschen. »Ach, nichts.«

»Na gut, dann verlieren wir am besten keine weitere Zeit damit.« Caselli suchte nach dem Feuerzeug. »Der Fall ist sowieso so gut wie gelöst«, nuschelte er, die Zigarette zwischen den Lippen. Vor ihm schnappte Mortans Feuerzeug auf. Caselli blickte hoch. Es sah aus, als stünde Angst in Mortans Augen. Sein Lächeln wirkte maskenhaft verzerrt. Caselli umfasste kurz Mortans Hand, um die Flamme ruhig zu halten, und zündete die Zigarette an. Als er danach wieder aufsah, schien Mortans Ausdruck wieder wie gewohnt.

»Also, ich geh dann mal. Ich warte zu Hause auf dich«, sagte Mortan, und Caselli nickte.

»Sag Scurzi, er soll reinkommen, wir müssen noch arbeiten.«

Mortan verließ den Raum. Caselli sah ihm nach. Mortans Hand hatte gezittert. Die beiden mussten sich wirklich mächtig gezofft haben.

Scurzi kam herein. »Damit das klar ist, wir sind in der Römischen Questura. Mortan hat als Privatmann hier nichts zu suchen, und das hier ist auch mein Büro! Und wenn einer rausgeschickt wird, dann nicht ich …!«, wetterte er.

»Na, dann haben Sie ja jetzt alles gesagt, was Sie loswerden wollten … setzen Sie sich!«, befahl Caselli, nahm einen Zug von seiner Zigarette und drückte sie im Ascher aus. Scurzi setzte sich auf seinen Platz. »Sie verstehen doch was von Kunst«, fuhr Caselli fort. »Dann schauen Sie sich das mal an. Eines der Opfer von den Überfällen auf Obdachlose hat ein Phantombild seines Angreifers skizziert.« Er nahm das Blatt aus seiner Brieftasche und reichte es hinüber.

Scurzi starrte auf die Zeichnung und dann auf Caselli. »Das ist doch Professore Attardi!«

»Das stammt von dem Obdachlosen, der im Durchgang der Via dell'Arco dei Banchi angegriffen wurde, Edmondo Gambroni. Danach wäre Attardi derjenige, der die Obdachlosen malträtiert. Man könnte folgern, dass Attardi der Mörder von Simona Mendel ist. Er hat Simona genau dort umgebracht und liegen lassen, wo er den verletzten Obdachlosen zurückgelassen hat«, erklärte Caselli.

Scurzi fuhr sich mit der Hand über das Gesicht. »Ja, aber warum?« Er blickte Caselli an. »Warum hätte er eine seiner Studentinnen umbringen sollen?«

»Das werden wir noch herausfinden.«

Scurzi griff zum Hörer, aber dann legte er wieder auf. »Heute ist Sonntag, da bekommen wir hier in Rom keinen Richter für den Durchsuchungsbeschluss.«

Caselli blickte auf. »Ich überlege, ob wir ihn festnehmen sollen oder doch besser damit bis morgen warten. Attardi kommt in die Questura. Ich habe ihn vorgeladen.«

»Das glaube ich nicht, Commissario. Sie sollten das hier lesen …« Scurzi griff nach einem Blatt Papier. »Lag im Fax, als ich hereinkam.«

Es war eine Weile still im Zimmer, nur der Ventilator ratterte an der Decke. Caselli las die knappe Notiz und sah auf. »Soso, das ist ja eine interessante Wendung. Der Vice-Questore gibt die strikte Weisung, im Fall Mendel mit jeglichen Aktionen zu warten, bis er wieder da ist? Was hat das zu bedeuten?«

»Keine Ahnung, Commissario. Er kommt morgen zurück. Das Fax ist von Freitag, aus Amalfi. Da hat er nach dem Urlaub auf den Seychellen Zwischenstation gemacht. Also, quasi, denn eigentlich war er ja einen Tag im Büro und hat dann erst beschlossen, Amalfi dranzuhängen, weil es hier noch zu heiß ist. Sieht so aus, als habe ihn jemand angerufen.«

Caselli sah auf. »Nun, hier ist die Rede vom Fall Mendel. Die Hausdurchsuchung betrifft aber die Körperverletzung von Edmondo, und da sind die Kollegen zuständig. Sie, Sergente, erledigen das morgen in aller Frühe mit ein paar Polizisten, ohne viel Aufhebens. Und ich mache das Begrüßungskomitee für den Vice-Questore.«

Scurzi grinste. »Sehr gut, Commissario.«

»Na, dann kommen Sie, verbringen Sie den Sonntag mit Ihrer Familie … oder was vom Sonntag noch übrig ist.« Caselli stand auf und öffnete die Tür.

»Was ist mit der Überwachung Attardis, die Sie angeordnet hatten?«, fragte Scurzi beim Hinausgehen.

»Ist ja nun nicht mehr nötig«, antwortete Caselli und schaltete den Ventilator aus. Dann blieb er stehen. »Warten Sie mal, Scurzi, da fällt mir etwas ein. Sie hatten doch am Freitag die Mail aus England bekommen, nicht wahr?«

»Ja, Commissario, aus Dorset.«

»Und wer ist da gestorben? Das war doch ein Mortan, also ein Onkel von Philipp Mortan, oder?«

»Ja, Moment, das haben wir gleich!« Scurzi ging an seinen Schreibtisch zurück, suchte in der Ablage und griff nach einem Blatt Papier. »Hier, hatte ich ausgedruckt. Da steht es … Ernest Mortan. Warum fragen Sie das, Commissario?«

»Ich war heute bei Leone. Er hatte geöffnet, ist auch seine Werkstatt, die Goldschmiede, und er wohnt gleich darüber«, nahm er Scurzis Frage vorweg. »Simona Mendel hatte ein teures Armband bei ihm in Auftrag gegeben, passend zu den Turmalin-Ohrringen. Und als ich ihn darauf ansprach, wie eine Studentin sich derartigen Schmuck leisten könne, antwortete er, Simona Mendel erwähnte, sie habe geerbt.«

»Unsere Mendel? Na ja, wahrscheinlich haben beide etwas geerbt … von dem englischen Onkel.«

»Ich will das jetzt genau wissen, Scurzi. Ich rufe Giulio De Broglio an, Simonas Vater.« Er schloss die Bürotür, die immer noch offen gestanden hatte, seit Scurzi hineingestürmt war, und griff nach dem Telefonhörer.

»Sie wissen schon, dass Sonntag ist …«, gab Scurzi zu bedenken, als er ihm die Nummer auf einem Zettel reichte.

»Pronto? Commissario Caselli hier. Ja, entschuldigen Sie, dass ich Sie … am Sonntag … gut … ja, ich habe nur eine Frage. War Ihre Tochter vermögend? Ich meine, wie hoch war ihr eigenes Vermögen?« Er drückte die Lautsprechertaste, damit Scurzi mithören konnte.

»Sie hatte kein Vermögen, Commissario Caselli«, hörte er De Broglio antworten. »Ich habe Simona das Studium bezahlt, die Miete für das Apartment und eine gewisse Summe im Monat.«

»Und die Erbschaft? Hatte sie nicht geerbt?«, insistierte Caselli.

»Davon weiß ich nichts, Commissario. Sie wird mal erben, ein erhebliches Vermögen von ihrem Großvater, und von uns natürlich. Also, ich wollte sagen, sie hätte …« Er brach ab.

»Was ist denn mit Simonas Onkel in England?«, fragte Caselli weiter.

»Nein, da bringen Sie etwas durcheinander«, korrigierte ihn Giuliano De Broglio. »Sie meinen wahrscheinlich Ernest. Er ist nicht ihr Onkel. Ernest ist mit Philipp verwandt. Philipp ist der Sohn meiner Schwägerin. Sie hat ihn mit in die Ehe gebracht. Agnes ist sehr früh verstorben, und mein Bruder hatte einen Segelunfall vor zehn Jahren. Nach dem Tod seiner Eltern standen Philipp und Ernest sich recht nah. In den letzten Jahren war ihr Verhältnis allerdings getrübt, habe ich gehört.«

»Und wieso das?«, hakte Caselli nach.

»Soweit ich weiß, ging es um Geld. Ernest wollte Philipp nicht länger unterstützen, nachdem dieser sein Studium abgebrochen hatte. Ich habe aber kaum Kontakt zu Ernest. Er lebt in Dorset. Simona hat ihn manchmal besucht, wenn sie in England war, erst gerade dieses Jahr im Januar wieder. Sie hat Neujahr mit Freunden in London verbracht und fuhr danach zu ihm nach Dorset.« De Broglio machte eine Pause. »Das Einzige, was mir in puncto Vermögen in den Sinn kommt, ist die Lebensversicherung. Ich habe für Simona eine abgeschlossen, als Kapitalanlage natürlich, und damit Sie mal über eine größere Summe verfügen kann.«

»Und wer ist der Begünstigte?«, fragte Caselli.

»Wie bitte?«

»Im Todesfall, wer ist als Begünstigter eingetragen?«

»Nun, wahrscheinlich ich oder meine Frau. Ich weiß es nicht, Commissario … oder vielleicht Philipp. Ich habe ihr die Unterlagen zuschicken lassen, und sie hat sie ausgefüllt. Ich habe mich nicht eingemischt. Eine Kopie müsste bei ihr zu Hause sein. Die Versicherungsgesellschaft wird sich zweifellos melden. Ich habe letzte Woche schon einige Telefonate geführt. Ich muss ohnehin …«, er stockte, sprach dann weiter, »den Nachlass meiner Tochter regeln. Je schneller ich das hinter mich bringe, desto besser. Sie ist bereits hier in Siena, meine Simona. Die Beerdigung findet morgen statt. Ich danke Ihnen, dass das alles so zügig ging, die Ausstellung des Totenscheins und die Freigabe der Leiche, meine ich.«

»Ja«, sagte Caselli nur. »Also, bitte entschuldigen Sie nochmals die Störung!« Er wollte auflegen.

»Commissario, einen Moment! Geht das übermorgen klar? Sie wissen, ich habe am Dienstag in Rom zu tun und würde gern in die Wohnung meiner Tochter.«

»Ich denke, schon. Ich melde mich … Auf Wiederhören!« Caselli hängte ein.

»Jetzt wissen wir genauso viel wie vorher«, fasste Sergente Scurzi zusammen.

Caselli nickte. »Jetzt aber raus hier!«

*

Caselli selbst ließ sich ein Taxi rufen. Später würde er dann seinen Wagen holen, den er wegen der Straßensperrung am Lungotevere geparkt hatte. Während Caselli wartete, fasste er reflexartig in sein Jackett. Das kleine Etui war noch da. Und nun? Seine Wohnung belegte Mortan mit Beschlag. Für die Trattoria war es noch zu früh …

Caselli beschloss, zum Pincio zu fahren, und in der Casina Valadier einen Aperitif zu nehmen. Der Teil der Villa Borghese, von dem man einen herrlichen Ausblick auf Rom hatte, war beliebt für Sonntagsspaziergänge. Der weitläufige Park der Villa gehörte zu den grünen Lungen der Stadt, und das Museum mit den berühmten Marmorskulpturen von Canova war ein Muss für jeden Kunstliebhaber. Auch da hatte er mit Dora hingehen wollen.

Die Casina Valadier lag im gleißenden Sonnenlicht. Caselli saß unter einem großen Schirm zwischen mehreren Reihen Stühlen und Tischen auf der Sonnenterrasse des Cafés und genoss das atemberaubende Panorama über die Stadt. Er hatte Appetit auf Vanilleeis bekommen, einen Eisbecher mit Waffel, frostiger Himbeersauce und viel Sahne, wie ihn die Signora am Nebentisch löffelte. Diesen Eisbecher servierte ihm gerade der Kellner, dazu einen doppelten Espresso und ein Glas Wasser.

Der cremefarbene Anstrich der renovierten Casina mit ihren klassischen Säulen, auf denen zierliche, mit Agaven bepflanzte Eisenurnen standen, entsprach dem neuen Sanierungskonzept. Statt wie früher in Ockergelb und anderen mediterranen Farben wurden die Gebäude Roms nach und nach in gewöhnungsbedürftigem Cremeweiß gestrichen. Die schönen morbiden Farben und somit das Rom, das Caselli in seiner Jugend geliebt hatte, wenn er mit seinem Vater hergekommen war, gab es nicht mehr.

Es war angenehm warm und sonnig an diesem Nachmittag. Bevor Caselli zum Löffel griff, drückte er die Wiederwahltaste und hielt sein Handy ans Ohr. Es tutete, und es wurde abgenommen. »Pronto, Dora? Dora?«, rief Caselli laut und setzte sich auf.

Die Frau am Nebentisch sah herüber. Sie lächelte und blickte dann wieder über die Dächer.

»Dora?«, wiederholte Caselli gedämpft. »Das war ein Missverständnis! Du weißt, dass du mir vertrauen kannst!« Er sprach eindringlich, sie konnte jederzeit auflegen. »Wir klären das! Wenn der laufende Fall abgeschlossen ist, dann kann ich …«

Es klickte in der Leitung. Caselli hielt das Handy noch eine Weile ans Ohr, bevor er seine Hand sinken ließ.

Dann klemmte er einen Schein unter das Wasserglas, stand auf und ging. Er war über alle Maßen wütend.

26

»Was ist denn das?« Caselli blieb alarmiert vor Signorina Flavias Schreibtisch stehen. Ein duftendes Fähnchen hing über dem Bildschirm und kräuselte sich in der Wärme der Bürolampe.

»Ein Räucherstäbchen«, antwortete Flavia gelassen. »Vice-Questore Di Verdacchiano hat mehrere Packungen mitgebracht. Erfahrung aus dem Workshop, den er auf den Seychellen belegt hat. Er sagt, es klärt die Atmosphäre.«

»Und das?« Caselli deutete auf einen Quarz von drei bis vier Kilo Gewicht.

»Rosenquarz, schützt vor elektromagnetischer Strahlung. Ach, Moment, Commissario, das soll ich Ihnen geben ... vom Vice-Questore, kleine Aufmerksamkeit.« Sie bückte sich, um etwas vom Boden aufzuheben, rot im Gesicht tauchte sie wieder auf. »Eine Druse, Amethyst. Klärt den Geist, sagt der Vice-Questore.«

»Hmhm.« Caselli nahm den Quarzbrocken mit in sein Büro. Dieser Montagmorgen fing ja gut an.

Und es wurde nicht besser.

»Ich muss Sie sprechen, Caselli!« Vice-Questore Di Verdacchiano trat, ohne anzuklopfen, ein.

»Hier bei mir?«, fragte Caselli verdutzt. Er hatte gerade nach einem Platz für sein Geschenk gesucht.

»Ja, hier. Es muss ja nicht immer so förmlich zugehen.«

»Vielen Dank für ...«, setzte Caselli an.

»Ja, ja, keine Ursache. Amethyst klärt den Geist. Können wir alle brauchen, nicht wahr? Also, es geht um Attardi … ach so, ja, mein Urlaub war ganz nett, danke der Nachfrage!«, verkürzte der Vice-Questore die Prozedur und setzte sich auf Scurzis Stuhl. »Bei Ihnen alles in Ordnung?«

Caselli bejahte. »Ich habe allerdings heute Morgen durch Ihr Fax erfahren …«, begann er.

Di Verdacchiano schnitt ihm das Wort ab. »Schön, dann gehen wir gleich in medias res. Ich erkläre Ihnen jetzt mal die Gesamtsituation. Sie haben eine Durchsuchung vornehmen lassen, Caselli, beim Kunstprofessor Attardi, wegen Mordverdacht, gegen meine Anweisung. Ich habe das Fax ja nicht umsonst geschickt. Sie gehen davon aus … nun, Sie wissen ja selbst, wovon Sie ausgehen«, rief er in einem Anflug von Ungeduld und hob die Hand.

Caselli, der richtigstellen wollte, dass der Durchsuchungsbeschluss nicht wegen Mordverdacht beantragt worden war, schwieg.

»Was ich Ihnen sagen will ist: Attardi kommt als Mörder im Fall Mendel nicht in Frage. Er hat ein Alibi!« Di Verdacchiano hob erneut die Hand, um jeden Einwand zu stoppen. »Lassen Sie mich zu Wort kommen! Der Professor gehört den Freimaurern an, so eine Neovereinigung. Mein Schwager ist ebenfalls Mitglied, da bei denen, wie auch andere hochrangige Geschäftsleute, Politiker und Künstler. Ist ja nichts dabei, ist nicht rechtswidrig und weder anrüchig noch obskur. Die Freimaurer sind eine renommierte Vereinigung, stehen sogar im Telefonbuch, theoretisch kann da jeder aufgenommen werden. Ein gewisser Lebensstandard muss natürlich gewährleistet sein, schon wegen der karitativen Verpflichtungen.« Er sah Caselli an. Offenbar war nun er am Zug.

»Wir sind bei unseren Ermittlungen auf die Vereinigung gestoßen. Ich war letzten Freitag dort, stand aber vor verschlossenen Türen«, berichtete er.

»Wundert mich nicht«, erwiderte Di Verdacchiano. »Nun, die Versicherungsgesellschaft Travi Assicurazioni ist Ihnen ein Begriff, oder? Mein Schwager gehört zur traditionsreichen Familie der Travi. Er sitzt im Aufsichtsrat, auch deshalb ist es mir ein Anliegen, kein Aufhebens zu machen. Sie können beruhigt sein, die Loge in der Via Monserrato wurde vom Innenministerium unter die Lupe genommen, routinemäßig. Wir wollen schließlich keine zweite P2, nicht wahr? Na, ist wohl kaum vergleichbar.« Di Verdacchiano schlug die Beine übereinander und ruckte auf dem Stuhl herum. Caselli wartete darauf, dass sein Vorgesetzter endlich zum Punkt käme. »Trotzdem, es hängt jede Menge Renommee dran, also an der Via Monserrato. Unter den Mitgliedern sind auch Politiker. Das sagte ich ja schon, alles in allem, ein Neotemplerorden, eine Strömung, keine Loge an sich, nur so am Rande. Fragen Sie mich nicht, worum es da geht!« Di Verdacchiano hob die Hände. »Harmlos, meint das Innenministerium. Nun, lange Rede kurzer Sinn: In der Nacht vom fünfundzwanzigsten auf den sechsundzwanzigsten August war Logensitzung, und Attardi nahm daran teil, bis Sonnenaufgang war er dort, im Kreise der anderen. Die Riten dauern. Mein Schwager kann bezeugen, dass Attardi anwesend war. Wir wollen also den Ball schön flach halten und die Herren nicht behelligen, nicht wahr? Ist nicht zwingend nötig. Die Stellungnahme meines Schwagers genügt.« Di Verdacchiano erhob sich. »So, das wollte ich Ihnen schnell selber sagen, Caselli, dann werde ich …«, er wandte sich um, »bei Ihnen wäre mal eine neue Möblierung fällig! Die Stühle sind mächtig hart. Saßen wohl schon die Kollegen unter Mussolini darauf, was? Kleiner Scherz am Rande, also, gutes Schaffen!« Die Klinke in der Hand, zögerte er. »Ach, und was diese andere Sache angeht, diese vermeintliche Körperverletzung, da finden wir eine kreative Lösung. Da liegt ein Missverständnis vor, sage ich jetzt mal. Lassen Sie das meine Sorge sein! Ich nehme mich der Sache an, persönlich … ein Kompromiss, mit dem allen Beteiligten gedient ist. Wo kein Kläger, da kein Richter, Sie verstehen? Der Obdachlose hat sich getäuscht. War angetrunken, die sind ja alle nicht mehr ganz dicht, psychisch angeschlagen, wenn Sie verstehen, was ich meine, unzurechnungsfähig, in jedem Fall nicht glaubwürdig. Unschöne Sache, zugegeben, aber man muss es ja nicht aufbauschen. Also, wie gesagt, Caselli, damit das klar ist: Ich kümmere mich selbst darum.« Er grüßte zum Abschied und zog dann die Tür zu.

Nur wenig später kam Scurzi herein, eine Akte in der Hand. »Er, der Meister persönlich, war bei uns im Büro?«

Caselli hob nur die Brauen.

»Muss ein toller Guru gewesen sein auf den Seychellen. Flavia erzählte, der Vice-Questore habe da einen Ein-Tages-Workshop in Mitarbeiterführung belegt. War ein Angebot des Luxushotels für die Gäste.«

»Kommen Sie zur Sache, Scurzi!«, sagte Caselli gereizt. »Was haben Sie denn da?« Er wies auf die Akte.

»Den Bericht vom Innenministerium über die Sekte. Flavia hat ihn aus dem Kopierer geholt, als ich im Gang vorbeikam.«

»Gut, und wie ist die Durchsuchung gelaufen?«, fragte Caselli.

»Hat nichts ergeben. Keiner der Stöcke war irgendwie präpariert, keiner enthielt einen Mechanismus mit einer Metallspitze. Attardi hat sich selbstredend aufgeregt und mit allem Möglichen gedroht. In der Aufregung hat er nicht nach dem Durchsuchungsbeschluss gefragt. Das ist ihm erst eingefallen, als wir fertig waren, wir hatten aber einen … also, einen Beschluss, meine ich.«

»Er kann den Spazierstock sonst wo versteckt haben in dem Riesenkasten von Palazzo«, dachte Caselli laut nach.

Scurzi stimmte zu. »Ja, das ist richtig. Was ist denn das?« Der Sergente deutete auf die Druse.

»Amethyst … klärt den Geist«, brummte Caselli, »ein Mitbringsel vom Vice-Questore … und Edmondo?«

»Hat Anzeige erstattet. Es steht Aussage gegen Aussage, aber wer weiß, wann es zur Verhandlung kommt. Das kann dauern.«

Caselli fluchte leise, schlug mit der flachen Hand auf den Tisch. Er hatte Edmondo sein Wort gegeben; der Obdachlose vertraute ihm, und nun waren Caselli die Hände gebunden, und sowohl Edmondo Gambroni als auch Marghita waren möglicherweise in Gefahr. Er musste eine Lösung finden. Nur welche?

*

»Fulvio! Was führt dich denn hierher?« Caselli stand auf, als sein Freund das Büro betrat, und reichte ihm über seinen Schreibtisch die Hand.

»Hast du ein paar Minuten? Ich möchte dich gern sprechen.«

»Natürlich … bitte, nimm Platz.« Caselli wies auf den Stuhl vor seinem Schreibtisch. Er warf Scurzi einen Blick zu. Der Sergente ging hinaus.

Fulvio, auf dem Kopf einen Panamahut mit schwarzem Band, setzte sich und zog eine flache, rechteckige Metalldose aus der Innentasche seines Leinenjacketts. »Ich will dich nicht aufhalten und komme gleich zum Punkt. Ich bin wegen Tizianas Praktikum hier. Ich wollte noch mal ein gutes Wort für sie einlegen. Sie sieht in letzter Zeit sehr mitgenommen aus. Ich bin ein wenig in Sorge um sie.« Fulvio nahm einen Zigarillo aus der Metalldose, entflammte ein Streichholz, paffte daran, bis die Rauchware zog und prüfte die glimmende Spitze.

»Tut mir leid, Fulvio. Ich habe den Vice-Questore heute darauf angesprochen. Er hat abgelehnt. Ich habe Tiziana schon informiert.« Caselli stand auf, ging ans Fenster und drehte am Knauf. Der Rahmen klemmte, und Caselli schlug mit der flachen Hand dagegen. Endlich ließ sich das Fenster öffnen. Auf der Terrasse gegenüber nahm eine ältere Frau Wäsche von der Leine. Neben ihr stand ein kleiner Junge, der aufgeregt mit der Frau sprach, dann bückte er sich und sah in einen Karton, der auf dem Boden stand. »Es geht ihr offensichtlich deshalb nicht gut, weil du keine Zeit für sie hast«, nahm Caselli den Faden wieder auf, »deine Familie, der Messaggero und jetzt auch noch die TV-Sendung. Ist doch klar, dass Tiziana darunter leidet, dass sie zu kurz kommt und ihr euch kaum noch seht.« Caselli sah starr aus dem Fenster. Der Junge fasste in den Karton und hielt etwas hoch, so hoch, dass Caselli es erkennen konnte. Es war eine Schildkröte.

»Hat sie das gesagt?«, fragte Fulvio erstaunt.

»Nein, aber das liegt doch auf der Hand!« Er ging zurück an den Schreibtisch.

»Meine Sendung läuft täglich live, Einschaltquote eins Komma drei Millionen«, erwiderte Fulvio mit einem zufriedenen Lächeln.

»Gratuliere, und wenn du eine garçonnière anmietest?« Caselli setzte sich.

»Kostet mich Tausend Euro im Monat, Minimum.« Fulvio paffte und hakte die Daumen in die Gilettaschen ein.

»Das ist dir eine Frau wie Tiziana nicht wert? Deine Jacketts bekommst du doch jetzt umsonst!« Casellis Tonfall war alles andere als freundlich.

Fulvio hob eine Augenbraue. Er beugte sich vor und drückte den Zigarillo im Ascher aus. »Die Sache verhält sich anders, als du glaubst, Alessandro. Das Praktikum hätte sie abgelenkt, gerade jetzt. Tiziana und ich haben uns getrennt. Ich werde natürlich, soweit es mir möglich ist, weiterhin für Sie da sein, aber mehr als ihr Mentor.« Fulvio sah auf seine teure Armbanduhr. »Ich muss zum Sender!« Er stand auf. »Trotzdem, danke, Alessandro, dass du es versucht hast.«

»Sind aber kurz, Ihre Besuche heute …«, bemerkte Scurzi, als er wieder ins Büro trat, kaum dass Fulvio gegangen war.

Casellis Blick brachte ihn zum Schweigen.

Scurzi strich sich über den Stoppelhaarschnitt und schloss die Tür. Er setzte sich an seinen Platz und schaltete den Computer ein. »So, vielleicht kommt man hier auch mal zum Arbeiten!«, sagte er forsch.

Caselli nahm eine Akte aus dem Eingangskorb. Nach einer Weile sah er auf. Sergente Scurzi tastete sich, in den Bildschirmtext vertieft, den Schädel ab. Caselli widmete sich wieder der Akte. Als er erneut aufblickte, umspannte Scurzi seine Stirn zwischen Daumen und Zeigefinger. »Na, vermessen Sie wieder Ihre Höcker?«, fragte Caselli sarkastisch.

»Was soll das heißen?« Scurzi sah auf.

»Sie sollten sich mehr um Ihre Frau kümmern, Sergente.«

»Na, mache ich doch! Jetzt am Wochenende und Sonntag vor einer Woche … da haben wir mit den Kindern einen Ausflug nach Caprarola gemacht! Raus zur Villa Farnese, das ist der Landsitz von Alessandro Farnese, der dann Papst Paul III. wurde, und dem anderen Alessandro Farnese, seinem Enkel, der mit vierzehn Jahren schon Kardinal wurde. Stellen Sie sich das mal vor!«

Caselli sah Scurzi an. Die Geschichte der römischen Patrizierfamilien war eine Wissenschaft für sich. Erschwerend kam hinzu, dass viele dieselben Vornamen trugen.

»Herrlicher Garten! Im rückwärtigen Teil stehen die Kanephoren von Bernini. Ich sage Ihnen was, Commissario: Das sind Karyatiden, da kann Attardi einpacken! Sollte mal eine Landpartie machen, der Professore!«

»Bernini …«, sagte Caselli leise, der Caprarola, rund sechzig Kilometer nordwestlich von Rom, und den bekannten Fünfeck-Bau der Villa Farnese nur vom Hörensagen kannte.

»Also, Moment, die sind von seinem Vater«, stellte Scurzi mit einer kategorischen Handbewegung klar. »Die Kanephoren, die stammen von Pietro Bernini. Das ist der Vater vom dem, der den Vier-Flüsse-Brunnen auf der Piazza Navona gemacht hat. Der war auch Bildhauer, weiß bloß niemand. Nicht dass Sie da was durcheinanderbringen. Das Relief am Baptisterium in Santa Maria Maggiore ist von ihm. Hat seinem Sohn eine Menge beigebracht. Das machen Väter und Söhne, wie ich mit meinem Ältesten, Francesco. Habe ich Ihnen eigentlich die Urlaubsfotos gezeigt mit den Sandburgen, die wir gebaut haben? Hat sicher einiges dazu beigetragen, der Pietro Bernini, dass sein Sohn so ein berühmter Bildhauer wurde.«

Caselli nickte geduldig. Ja, er hatte nun mal einen Sergente, der zur sicheren Laufbahn im Polizeidienst gewechselt war, um seine Familie zu ernähren. Caselli stieß die Seiten der Akte auf der Schreibtischplatte bündig. »Sagen Sie, Scurzi, nicht dass Sie mich für ungebildet halten, aber wo Sie Ihr Wissen schon so beindruckend preisgeben: Was heißt das eigentlich, Kanephoren? Wieso nennt man die Figuren so?« Er legte die Akte in den Ausgangskorb.

»Weil die einen Korb auf dem Kopf haben! Kommt von canestro«, erklärte Scurzi prompt. »Karyatiden sind Säulen, aus denen eine Frauengestalt ragt, bloß der Oberkörper. Und wenn die dann noch einen Korb mit Blumen und Obst auf dem Kopf tragen, wie die Mädchen bei religiösen Festen im antiken Griechenland, dann heißen Karyatiden eben Kanephoren. Soll ich in der Bar am Eck anrufen? Ich glaube, es wäre Zeit für eine kleine Stärkung. Ist bald Mittag.«

»Nein, nicht jetzt!«, rief Caselli nervös. Wie sollten da Ermittlungen vorankommen? Dauernd tauchte ein Besucher auf, oder Sergente Scurzi dozierte über Kunst. Im Vergleich dazu hatte er seine Polizeistation in der sizilianischen Provinz, trotz widriger Umstände, geradezu vorbildlich geleitet. »Gehen wir noch mal den Mendel-Fall durch, Sergente. Wir haben gerade unseren Hauptverdächtigen verloren. Anscheinend haben wir etwas Wesentliches übersehen.«

Scurzi blickte auf die Uhr.

Caselli zog die Luft durch die Zähne. Offenbar hatte der Sergente Hunger, da musste er eben warten. »Wer kommt denn überhaupt noch in Frage? Was ist mit dem Goldschmied, Leone?«

Der Sergente schüttelte den Kopf. »Der ist sauber … habe ich abgeklopft. Und was sollte der denn auch für ein Motiv haben?«

Caselli fuhr sich mit dem Zeigefinger über die Lippen. »Sagen Sie mal, Scurzi, Ihr Streit gestern mit Mortan … worum ging es da?«

»Um Krogmann«, antwortete Scurzi bereitwillig. »Ich war ja wegen, na ja, wegen der dicken Luft bei mir zu Hause im Büro. Ich hatte gerade den Obduktionsbericht gelesen, den man uns Freitag noch geschickt hat. Da steht drin, die schlimmen Kopfverletzungen stammen eventuell von einer Spitzhacke. Eva Traviani aus der Pathologie hatte das ja sofort angenommen. Dann kam Mortan herein. Ich dachte, er wolle auf Sie warten, und habe ihn in Ruhe gelassen. Er geht ja seit einer Woche hier praktisch täglich ein und aus. Er fragte, was ich mache, und da habe ich vom Obduktionsbericht gesprochen. Ich hatte schon das Fax gelesen vom Vice-Questore, wusste also, das Attardi nicht mehr in Frage kommt. Da habe ich laut überlegt, welche Personengruppen Spitzhacken zum Einsatz bringen: Bergsteiger, Archäologen, Steinmetze, Landwirte. Die habe ich alle aufgezählt und meine Schlüsse gezogen. Weilershausen ist Archäologe, Professore Attardi Steinmetz, prosaisch ausgedrückt, Cavallone Landwirt. Fehlt bloß noch der Bergsteiger, habe ich gesagt, sollte ein Scherz sein. Es war eine blöde Situation, da mit Mortan allein im Büro, am Sonntag. Und wissen Sie, was Mortan daraufhin gesagt hat?« Scurzi schob verärgert die Unterlippe vor. »Er hat mit seinem Feuerzeug herumgespielt und ganz ruhig gesagt: Roland Krogmann gehörte dem deutschen Alpenverein an. Und da bin ich ausgerastet! Ich habe ihm gesagt, was Krogmann für ein feiner Mensch ist, von Grund auf anständig! Ja, und dann kamen Sie herein, und ich bin raus.«

»Hm …« Caselli blickte auf. »Was wusste Mortan denn sonst noch über Krogmann zu berichten?«

»Das war es eigentlich.«

Caselli schnaufte. »Ich schaue mal, ob ich Philipp bei mir zu Hause erreiche …« Er hob den Hörer ab. »Was ist denn mit Faserresten oder Hautspuren unter den Fingernägeln? Sie muss sich doch gewehrt haben. Wurde da nichts gefunden?«

»Nein, Commissario. Sie haben es im Bericht gelesen. Simona Mendel wurde mit einem Kabel erdrosselt von hinten. Hat ihr den Kehlkopf eingedrückt; sie war sofort tot. Der Täter muss Handschuhe getragen haben, und dann hat er sie verunstaltet, damit sie schwer identifizierbar ist, um Zeit zu gewinnen, wie Sie letzthin schon sagten.«

Caselli nahm den Hörer in die andere Hand. »Philipp? Ja, hör mal, es geht um Krogmann … ich habe da eine Frage …« Er drückte die Lautsprechertaste.

»Krogmann geht gern wandern, in den Bergen in Bayern vor allem. Er hatte eine komplette Ausrüstung. Einmal war Simona mit ihm auf Tour«, gab Mortan auf Casellis Frage sogleich Auskunft. »Sie hat sich prompt den Knöchel verstaucht; die Bergwacht musste sie auf einer Bahre heruntertragen. Ich war in Bath. Sie hat mich angerufen und gebeten, sie nach Siena zu ihrem Vater zu fahren … she was pretty much pissed off! Ich habe einen Flug nach München genommen und ein Auto gemietet. War nichts Ungewöhnliches. Ich war der Cousin für alle Fälle, wenn du verstehst, was ich meine.« Caselli hörte Philipp verhalten lachen. »Wir waren wie Brüderchen und Schwesterlein. Sie hat mir alles erzählt, ich ebenso, nur dass es bei mir nicht viel zu erzählen gab. Ich langweile mich meistens. Wir haben uns immer prima ergänzt. Ich habe mal zu Simona gesagt: Du erlebst die Abenteuer, und ich helfe dir aus ihnen heraus!«

»Danke, Philipp, wir sehen uns dann heute Abend.« Caselli wollte auflegen.

»Was ist mit Attardi?«, hörte er Mortan hastig nachfragen. »Dein Sergente hatte etwas angedeutet. Attardi ist doch noch der Hauptverdächtige, oder? Ihr bleibt an ihm dran, ja?«

Caselli fasste sich kurz und sagte Mortan nur, Attardi scheide wohl aus.

»Krogmann hat kein Alibi …«, meinte Scurzi zögernd, nachdem Caselli aufgelegt hatte.

Caselli schnaufte. »Ja, als ich bei ihm draußen war, sagte er, er habe den Abend allein zu Hause verbracht. Kommen Sie, Scurzi, so leid es mir tut, mir ist Krogmann auch sympathisch, das können Sie mir glauben, aber wir fahren da noch mal hin. Sieht so aus, als habe er kein Motiv. Aber vielleicht haben wir etwas übersehen. Sie sehen sich mal in der Scheune und im Schuppen um, wenn wir da sind. Ich werde mir das Haus vornehmen, so lange müssen Sie ihn irgendwie beschäftigen.«

»In Ordnung, Commissario«, antwortete Scurzi und packte zusammen.

27

»Herr Kommissar, das ist aber eine Freude!« Krogmann strahlte über das ganze Gesicht. Eine schwarze Schnauze drängte sich auf Kniehöhe durch den Türspalt. »Das ist Toby …«, erklärte Krogmann. »Er teilt jetzt meine selbstgewählte Einsamkeit. Roberto hat ihn mir gebracht. Er war übrig, bei einem Nachbarn von ihm, von einem Wurf. Und ich glaube, die hätten ihn in einem Sack im Fluss ersäuft, hätte ich ihn nicht genommen. Die Bauern hier in der Gegend kennen da nichts. Da ist er bei mir doch besser aufgehoben. Ach, Raffaele, du bist ja auch dabei!«

Scurzi strich Toby über den Kopf.

»Können wir uns ein wenig bei Ihnen umsehen, Signor Krogmann?«, fragte Caselli.

»Aber natürlich, nur zu! Suchen Sie ein Bild für Ihre Wohnung?« Krogmann wies sie herein. Ein großer Fotokopierer stand mitten im Zimmer. Gläser auf dem Tisch waren mit Muscheln, Pinienzapfen und Häher-Federn mit zartem, blauem Rand gefüllt. Eine Holzplastik in Vogelform schwebte in einer Ecke. Die war bei Casellis letztem Besuch nicht dagewesen.

»Ach, was ist das denn?« Scurzi tippte an die Schwanzfeder.

Krogmann lächelte matt. »Mein Pleitegeier … hat mir vor Jahren eine Freundin geschenkt, die nach Südafrika ausgewandert ist. Ich habe ihn gestern in einer Kiste gefunden, als ich den Kopierer rausgeräumt habe, nett, nicht? Toby, geh da weg! Da hinten liegt meine Buchführung«, er deutete auf einen Stapel loser Blätter und hingeworfener Aktenordner, »und ausgerechnet pinkelt da mein Hund jetzt immer drauf. Auf die Buchführung, wie passend. Da wird sich mein Steuerberater freuen.« Er lachte laut. »Noch nicht ganz stubenrein der Bursche, nicht wahr, Toby?« Er hustete und fuhr sich mit seiner großen Hand über die Nase. »Ich mache bei einem Wettbewerb mit. In Deutschland. Es geht wieder aufwärts! Wissen Sie, was wichtig ist? Das Extreme! Das passt! Sich bloß nicht an die Ausschreibungsunterlagen halten. Da springt die Jury darauf an!«

Toby durchwühlte inzwischen den Berg Textilien, die in zwei Häufchen neben der unorthodoxen Buchführung auf dem Boden lagen. Das eine Häufchen bestand aus grauen Socken, das andere aus Hemden und anderen Kleidungsstücken. Toby hatte etwas im Maul, und Scurzi hielt ihn am Halsband und versuchte, es ihm wegzunehmen. »Da sollten Sie lieber nicht hinlangen, Raffaele, das muss alles in die Waschmaschine. Bin bloß noch nicht dazu gekommen, tja, seit Längerem schon nicht. Ich sammle das immer ein bisschen an«, erklärte er. »Und dann hatte ich eine paar Tage keinen Strom, bis gestern. Hatte Rechnungen liegen lassen, da haben die ihn abgeschaltet. Jetzt ist dringend die Kochwäsche fällig. Ich habe schon vorsortiert, aber das hat ja jetzt ein Ende, die Knauserei … ich habe wieder Geld!« Er lachte glücklich und sah Caselli an. »Stellen Sie sich vor, Herr Kommissar, ich kann es immer noch nicht fassen. Simona … hat mich …«, er klopfte mit beiden Händen gegen seine Brust, »als Begünstigten eingesetzt in ihrer Lebensversicherung! Freitag kam der Anruf. Ich wusste gar nicht, dass sie eine hatte! Sie war doch noch so jung. Aber ja, das hat sie getan.« Er schluckte hörbar und kämpfte die Rührung nieder, die ihn überkam. Dann schüttelte er den Kopf. »Mein Gott, Simona …« Er brach ab und holte tief Luft. »Jetzt geht es wieder aufwärts, Herr Kommissar. Jetzt kann ich wieder was machen. Farben kaufen, an Ausschreibungen teilnehmen. Es ist grotesk, und es wäre mir lieber, sie wäre noch da, Simona. Das wäre mir viel lieber, als das ganze Scheißgeld, nicht wahr, Toby? Was sagen Sie, Herr Kommissar?« Er schaltete die Strahler an und fuhr sich mit der Hand über das faltige Gesicht. »Tja, das sind meine neuesten Bilder. Schauen Sie mal, ob Ihnen was gefällt, Herr Kommissar.«

Caselli trat hinzu. »Freut mich, Herr Krogmann, dass es Ihnen besser geht. Ich habe mich übrigens erkundigt, wegen Ihres Herzleidens. Es gibt da durchaus …«

»Commissario …« Scurzis Stimme klang tonlos. Caselli sah zu ihm hinüber und merkte sofort, dass etwas nicht stimmte. Der Sergente hielt etwas in der Hand. Es sah aus wie ein Lappen mit Farbe.

»Das ist aber kein Tizianrot!« Scurzi trat heran und hielt Krogmann das Textil unter die Nase.

»Wo haben Sie das her?«, stotterte der deutsche Bildhauer.

»War unter der Wäsche.« Scurzi breitete das Teil aus. Es handelte sich um ein hellblaues Abendjäckchen, Größe 34, in Brusthöhe befand sich ein eingetrockneter Blutfleck, dessen Schlieren sich zum Halsausschnitt zogen.

»Wem gehört das, Herr Krogmann?«, fragte Caselli. »Simona Mendel?«

»Ich habe mich beim Artischockenputzen geschnitten.«

»Herr Krogmann!«

»Ja, ja … es gehört Simona, aber es war so: Ich habe Artischocken geputzt für das Mittagessen, und da habe ich mir in den Handballen geschnitten. Es hat sehr stark geblutet, da lag das Jäckchen von Simona. Sie hat mir geholfen, beim Rahmenstreichen und Passepartout-Schneiden. Ab und zu hat sie das gemacht. Sie kam und hat mir bei diesen Dingen geholfen. Ich habe das Jäckchen genommen und auf die Wunde gedrückt, weil ich das als Erstes erwischt habe. Ich wollte es dann in die Wäsche geben, aber es ist in dem Haufen da …«, er deutete auf den Stapel, »liegen geblieben. Ich nehme doch blutverdünnende Mittel, wegen meiner Herzklappengeschichte. Da blute ich wie ein Schwein, wenn es mal losgeht. Ich habe das draufgedrückt und gewartet, bis es aufhört. Ich habe Verbandszeug im Haus, aber ich tue nie etwas darauf, bei mir heilt alles ganz schnell. Schauen Sie doch, da ist noch die Narbe!« Er hielt den beiden die Handinnenseite hin. Caselli meinte zwischen Falten, Schwielen und verschiedenen Farbresten einen dünnen Strich erkennen zu können. »Ich wollte es ja waschen, in der nächsten Kochwäsche, aber ich bin noch nicht dazu gekommen. Wie gesagt, ich habe erst seit gestern wieder Strom, wegen der Rechnungen, die kennen da nichts, die von der ENEL. Ich habe dann gleich bezahlt, aber der ganze Verwaltungskram, damit die ihn wieder anschalten, den Strom. Ich kenne mich da nicht aus. Roberto hat das geregelt, der kennt da jemand. Das ging dann schnell. Sie werden doch nicht tatsächlich glauben, ich hätte Simona … Das ist doch absurd! Raffaele!« Krogmann wandte sich hilfesuchend um.

»Das mit der Kochwäsche hätte aber nicht geklappt …« Scurzi trat wieder zu ihm. »Sehen Sie das Etikett im Kragen? Versace, achtzig Prozent Kaschmir, zwanzig Prozent Seide, und dann die aufwendige Blumenstickerei: Das ist Designermode, das zieht man doch nicht zum Rahmenstreichen an!«

»Sie hatte es ja ausgezogen und über den Stuhl gelegt. Sie hatte es zu einem T-Shirt und Jeans an, wenn ich es

Ihnen doch sage! Wenn Sie mich mitnehmen, was soll dann aus dem Hund werden? Ich kann hier nicht weg. Auf keinen Fall! Wenn ich hier weg muss, krepiere ich!« Er setzte sich auf einen Klappstuhl. Toby drückte die Schnauze gegen seine Jeans, und Krogmann streckte automatisch die Hand aus, um ihm den Kopf zu kraulen. »Ach, was soll's, nehmen Sie mich mit. Hat doch eh alles keinen Sinn mehr. Seit die feinen Pinkel von der Bank mir mein Haus weggenommen haben, mich betrogen haben, um Millionen … ist es aus … am besten ich hätte gleich Schluss gemacht. Die zwanzig Ulmen … alle weg, abholzt … damit das Grundstück mit Reihenhäusern bebaut werden kann. Die haben den Reibach gemacht, die von der Bank. Zwei Millionen Deutsche Mark war das alles wert, mindestens, und wissen Sie, was mir geblieben ist?« Er brach ab und sackte in sich zusammen.

Scurzi schluckte und warf Caselli einen Hilfe suchenden Blick zu.

Caselli legte Krogmann die Hand auf die Schulter. »Herr Krogmann, hier nimmt Sie keiner mit. Das Kleidungsstück und der Mord stehen bislang in keinem Zusammenhang. Wir klären das. Wir lassen das Jäckchen untersuchen, routinemäßig. Und wenn es so war, wie Sie geschildert haben, dann haben Sie ja nichts zu befürchten, Herr Krogmann. Also, bitte, Sie sollten sich nicht aufregen. Es wird sich alles klären.«

»Ah …« Krogmann fasste sich an die Herzgegend. Er beugte den linken Arm und hielt ihn gegen die Brust gepresst. »Der Arm … ich fühle nichts mehr. Ich habe Schmerzen in der Brust …« Er stöhnte und beugte sich vornüber.

»Signor Krogmann, um Gottes willen!« Scurzi blickte um sich und griff zum Telefon.

»Das geht nicht … haben sie mir abgestellt, heute …«, röchelte der alte Maler.

»Sie haben doch sicher Tabletten für den Notfall«, sagte Caselli geistesgegenwärtig.

Krogmann hob den Kopf. »Da, auf dem Bord neben dem Spiritus, zwei von den rosanen«, sagte er schwer atmend. »Ich spüre den Arm nicht mehr … So ein Mist, jetzt, wo ich wieder Geld habe, kratze ich ab …« Er lachte gezwungen.

»Scurzi, holen Sie die Tabletten! Ich rufe den Notarzt. Ganz ruhig, Herr Krogmann. Es kommt alles wieder in Ordnung. Wir bringen Sie ins Krankenhaus.«

»Der Hund …« Krogmann hustete.

»Den bringen wir zu Roberto. Machen Sie sich keine Sorgen.« Caselli drückte sein Handy ans Ohr. »Ja, ein Notruf, dringender Verdacht auf Herzinfarkt!«

Später verriet Caselli der Blick auf die Uhr, dass der Notarzt wider Erwarten schnell da gewesen war. Vorgekommen war es Scurzi und ihm viel länger. Nachdem die Sanitäter Krogmann in die Ambulanz geschoben hatten, fuhren Caselli und Scurzi den Hund zu Roberto Cavallone, der sich bestürzt über Krogmanns Schwächeanfall zeigte und versprach, nach ihm zu sehen. Auf der Rückfahrt sagte Scurzi kein Wort. Caselli respektierte es und schwieg ebenfalls.

Am Himmel standen Wolken, und Wind kam auf. Kurz vor Rom begann es leicht zu regnen. Das Wetter schlug um, der Sommer war vorbei.

*

In der Via del Cappellari lehnte ein Fahrrad an der Mauer. Caselli schloss auf und sah Tiziana auf den Stufen sitzen. »Alessandro …«, sie stand auf, »deine Nachbarin hat mich hereingelassen, als sie vom Einkaufen kam.«

»Tiziana … wir waren nicht verabredet, oder?«

»Na, dann gehe ich mal«, sagte sie und ging die Stufen hinab.

»Du willst gehen?« Caselli fasste sie beim Arm.

»Na, du bist bestimmt müde. Ich dachte, wir wollten Essen gehen. Aber du klingst nicht so, als wenn du große Lust dazu hättest.«

»Aber nein, ich ziehe mich nur rasch um. Was ist denn mit deinen Haaren?«

»Bisschen nass geworden auf dem Rad. Vorhin hat es geregnet, aber sie sind schon fast wieder trocken.«

»Komm mit hoch, ich habe einen Fön.«

»Ich warte lieber.«

Caselli machte kehrt. »Nein, du hast lange genug gewartet. Komm, gehen wir.«

*

Als Caselli auf der Piazzetta vor dem Restaurant in Trastevere den Motor seines Fiat Punto abstellte, waren sie in ein Gespräch vertieft und blieben sitzen. Die Atmosphäre zwischen ihnen hatte etwas von Vertrautheit. Sie schienen alle Zeit der Welt zu haben. Caselli bemerkte, dass es das war, was er so lange vermisst hatte: die Gesellschaft einer schönen, intelligenten Frau. Und schön und intelligent, das war Tiziana auf jeden Fall. Das wurde ihm richtig klar, als er sich ihr zuwandte und zuhörte, wie sie mit sanften, federleichten Gesten erzählte. Diese Locken und die strahlenden Augen, mit denen sie ihn anblickte. Wie Sterne am Firmament, fiel ihm dazu ein, wenngleich es eine Floskel war. Aber warum nicht, wenn es nun einmal stimmte! Und eine warme, sehr weibliche Stimme hatte sie. Sie lachte gern. Er lachte auch gern, und an diesem Abend wollte er sich unbeschwert fühlen. Er atmete tief durch. Das war ganz anders als in Sizilien. Tiziana war eine junge, moderne Frau. Wie weit würde so eine Frau gehen, fuhr ihm in den Sinn. Plötzlich merkte er, dass Tiziana zu sprechen aufgehört hatte. Er sah auf. Sie blickte auf ihre Hände.

»Ja, dann gehen wir mal, nicht?«, meinte er und zog den Autoschlüssel ab.

Tiziana nickte und stieg aus, bevor er dazu kam, den Wagen zu umrunden. War das altmodisch, einer Frau die Wagentür zu öffnen?, fragte er sich, während er abschloss. War es tatsächlich so lange her, dass er ein Rendezvous gehabt hatte? Das nasse Kopfsteinpflaster glänzte in der Abendsonne, und er wich einer Wasserlache aus.

Seine Begleitung wartete an der Aufgangstreppe zum Lokal. Caselli blickte die Fassade des Casale hinauf. Sie war burgunderrot gestrichen und hatte Fensterläden aus Holz, alles pittoresk und einladend. Wilder Efeu rankte am Fallrohr zur Dachrinne hinauf. Eine Pinie stand unweit, Grillen zirpten. Auf den Fenstersimsen brannten moccole, jene flachen, römischen Fackelschalen. Es war eine typische Trattoria in Trastevere, dem Stadtteil am anderen Tiberufer, in dem die einfachen Leute wohnten. Ein Viertel, volkstümlich, wo noch Wäscheleinen über den engen Gassen gespannt waren, und man aufpassen musste, dass von oben nicht jemand etwas aus dem Fenster kippte.

Die Warteschlange staute sich die gesamte steile Treppe hinunter. Caselli warf Tiziana einen besorgten Blick zu. Ihre Augen blitzten.

»Komm …« Sie streckte ihre Hand aus, die Caselli spontan ergriff, und sie drängte sich, ihn im Schlepptau, durch die Menschenmenge, die Treppe hinauf, durch den Eingang und bis vor zum Kellner, der die Leute bei Laune hielt und die Tische vergab. Die rustikale Trattoria besaß eine erstaunliche, räumliche Tiefe. Es herrschte ein angenehmes Halbdunkel; die Tische wurden nur von geschmiedeten Kerzenleuchtern erhellt. Links prasselte der Holzofen, den drei Pizzabäcker in Betrieb hielten, ein Stück weiter vorn war ein verlockendes Antipasti-Büfett aufgebaut.

Als der Cameriere Tiziana erkannte, ging ein Strahlen über sein Gesicht. »Buona sera, Signorina Gordoni!«

»Ciao, Carlo, sieht schlecht aus, hm?« Tiziana lächelte entwaffnend. Diesem Lächeln konnte keiner widerstehen; da war Caselli sich sicher.

»Aber, Signorina, für Sie und den Dottore haben wir doch immer einen Tisch …« Carlo wies voran. Caselli sah mit entschuldigender Miene in die Gesichter der Wartenden.

»Komm schon, Alessandro«, flüsterte Tiziana und zog ihn am Arm. »Da stößt sich niemand dran. Alle haben irgendein Lokal, in dem man sie auch vorlässt, in der Trattoria am Eck oder im Nobelschuppen. Das machen alle, und deshalb hat man Verständnis, wenn es einen selber trifft.«

Caselli hörte nachsichtige Seufzer. Ein Herr an der Seite seiner Gattin schwang die Hand, als wolle er ihn zu seiner Begleitung beglückwünschen, und Caselli folgte seinen ansonsten eher militanten Ansichten über Gleichheit und Gerechtigkeit zum Trotz dem Kellner nicht ungern. Dieser, der jetzt erst zu bemerken schien, dass die Signorina nicht in Begleitung des Dottore war, ließ nonchalant den Schein verschwinden, den Tiziana ihm zusteckte. In Beihilfe zu Liebesränken seien die Römer unübertroffen, hatte Caselli in Giovannis Trattoria gehört. Und in Tizianas Augen lag ein Versprechen, das er sich nie zu erträumen gewagt hätte.

Sie nahmen am Tisch Platz, den der Kellner ihnen zugewiesen hatte. Im Hintergrund sang lauthals ein Sänger, begleitet von Gitarre und Akkordeon.

»Das ist der bekannte Lando Fiorini, manchmal singt er hier, wir haben Glück!«, meinte Tiziana. Der Sänger kam Richtung Tisch. Als Tiziana das Lied erkannte, sah sie Caselli an. Er räusperte sich. Im sizilianischen Liedgut kam der Troubadour nicht über das schmachtende Ansingen der Angebeteten auf dem Balkon hinaus, von unten, versteht sich, hier dagegen … io tocco il cielo solamente, se sento la sua pelle sulla mia …, das geht einem ja durch und durch, dachte Caselli. Er würde doch nicht sentimental werden? Er riss sich zusammen und nahm die Serviette vom Tisch.

»Der Abend bei Roberto war sehr schön, Alessandro.« Tiziana hob den Blick. »Und dein Flamenco im Arciliuto, du hättest dich sehen sollen! Das war fantastisch.« Sie studierte die Karte. »Aber du kannst dich ja nicht daran erinnern.« Sie sah auf. »Oder?«

»Tja, leider nicht«, seufzte Caselli. »Was nehmen wir als Vorspeise? Am besten gehen wir ans Antipasti-Büfett. Ich habe Lust auf marinierte Auberginen …« Caselli schob seinen Stuhl zurück und wollte aufstehen.

Tiziana fasste ihn am Arm und blickte ihn an. »Wirklich nicht, keinerlei Erinnerung?«

Er schüttelte leicht den Kopf.

»Na, dann muss ich deinem Gedächtnis wohl auf die Sprünge helfen, Commissario Caselli.« Sie beugte sich zu ihm und, ehe er sich versah, hatte sie ihn geküsst. »Und jetzt?«

»Dunkel … vage«, meinte er.

Ein weiterer Kuss.

»Ich glaube, jetzt weiß ich's wieder«, lächelte Caselli halbherzig. Er rückte seinen Stuhl zurecht und ergriff die Karte. Hier machte ihm eine Frau sehr direkt Avancen, sollte er das gutheißen? Und während der unermüdliche Lando Fiorini zur Verzückung begeistert aufkreischender Amerikanerinnen am Nebentisch den Gassenhauer Roma nun fa stupida stasera anstimmte, musterte Caselli Tiziana nüchtern. Sie war attraktiv und wusste, was sie wollte, doch recht glücklich war er nicht darüber. Tiziana beendete gerade einen Satz und lachte. Er hatte nicht zugehört, warf aber eine halbwegs charmante Bemerkung ein. Dann schlug er die Karte auf und richtete sein Augenmerk ostentativ auf die Liste der Primi Piatti. Tiziana vereinte zweifellos viele Vorzüge, aber er war nicht sicher, ob er als Sizilianer so viel Initiative seitens einer Frau verkraften konnte.

*

»Tiziana, bitte versteh mich nicht falsch, aber ich bin der Meinung es ist besser, wenn wir uns nicht mehr treffen.« Caselli wich einer Regenpfütze aus, die auf dem Kopfsteinpflaster auf der Piazza Santa Maria in Trastevere stand. »Ich bin nicht der Richtige für dich. Und Fulvio ist ein Freund von mir.«

»Du willst sagen: Ich sei nicht die Richtige für dich. Das ist es doch, oder? Fulvio und ich haben uns getrennt. Das hat er dir bestimmt schon gesagt. Ich bin frei, aber du … weißt du, was ich glaube?« Sie wandte sich um.

Caselli hatte plötzlich den Eindruck, der Abendspaziergang durch Trastevere, den sie nach dem Essen machten, werde unschön enden, doch er hatte es ja selbst darauf angelegt.

Sie baute sich vor ihm auf und gestikulierte aufgebracht. »Ich glaube, du hängst einer alten Geschichte nach, von der du nicht loskommst, aus Romantik, Stolz, Ehrgefühl, fehlgeleiteter Treue. Und deshalb hast du aufgehört zu leben, richtig zu leben! Sieh dich doch an! Du machst dicht, blockst jedes Gefühl ab! Du hängst Erinnerungen nach, die ein für alle Mal vorbei sind, und merkst das nicht einmal! Komm zurück ins Leben, Alessandro. Oh, und wenn du so weit bist, ruf mich an!« Sie drückte ihm eine Visitenkarte in die Hand, die er automatisch nahm, ruckte am Riemen ihrer Umhängetasche und ging mit raschen Schritten davon.

28

Caselli warf den geschlossenen Federhalter auf die Schreibtischplatte, lehnte sich zurück und verschränkte die Hände hinter dem Kopf. »Wann können wir denn eigentlich mit dem Bericht über die Blutanalyse von Krogmann rechnen?«, fragte er und sah zu Scurzi hinüber.

Der Sergente zuckte die Achsel. »Vielleicht heute, Commissario. Der Streik ist vorbei. Die Spurensicherung arbeitet wieder. Ach, bevor ich es vergesse, für Sie hat Paolo Guerrieri angerufen. Das klappt mit der Wohnung der Mendel, heute. Sie hatten sich doch bei ihm erkundigt wegen der Freigabe und es dringlich gemacht, deshalb nimmt er die Wohnung als Erstes dran. Wollte nicht heute De Broglio aus Siena kommen?«

Caselli sah zur Decke und blies die Wangen auf. »Sie haben recht! Heute ist Dienstag. Ich habe vergessen, ihn zurückzurufen.«

Scurzi sah auf die Uhr. »Paolo Guerrieri sagte, sie fangen gegen zwei Uhr an. Da sollten wir dort sein. In einer Stunde beginnt die Besprechung mit dem Vice-Questore. Er verlangt einen Zwischenbericht. Will sich wohl rückversichern, dass Sie gegen Attardi nichts mehr unternehmen, wo sein Schwager ihn entlastet hat.« Scurzi sah auf die Uhr. »Wenn er nicht allzu lange macht, könnten wir es schaffen.«

»Die Spurensicherung hat Vorrang. Wir gehen dann eben rechtzeitig weg von der Besprechung. Ich weiß sowieso nicht, was ich vorlegen soll. Wir kommen nicht weiter. Fällt Ihnen noch etwas ein, Sergente? Sie hatten in letzter Zeit doch ein paar gute Eingebungen.« Caselli nahm die Hände hinter dem Kopf hervor und setzte sich auf.

Scurzi schürzte die Lippen. »Die Autopsie ergab, dass die Verletzungen zugefügt wurden, als Simona Mendel bereits tot war. Die Todesursache ist eindeutig: Sie wurde stranguliert, wahrscheinlich von jemandem, der ihr unter dem Torbogen aufgelauert hat. Wissen Sie was …« Scurzi klopfte mit dem Stift auf. »Ich glaube, der Mörder wusste, wo Attardi zuschlug. Er hat die Mendel dort im Durchgang der Via dell'Arco dei Banchi umgebracht und entstellt, damit wir annehmen, es wäre zu einer Verwechslung gekommen. Wir sollten glauben, der Obdachlosenaggressor sei der Mörder.«

Caselli sah das auch so. »Alle Fährten, denen wir gefolgt sind, haben bislang in die Irre geführt. Ich nehme an, auch die letzte mit Krogmann … der Alpenverein, die Spitzhacke. Seine Bergwanderungen müssen doch mindestens zehn Jahre her sein. Er ist in keiner guten körperlichen Verfassung mehr. Das Blut auf der Jacke stammt wohl wirklich von ihm. Also, mir erscheint er glaubwürdig.«

Scurzi machte eine beipflichtende Geste mit der Hand.

»Und vorher …«, fuhr Caselli fort, »die ganze Geschichte mit Attardi? Die Spazierstöcke mit der ausklappbaren Stahlspitze, doch alles nur Finten!«

Scurzi schwieg eine Weile, dann blickte er auf. »Und wer hat Ihnen den Tipp mit den Spazierstöcken gegeben?«

Caselli sah auf.

»Wer hat Krogmann mit dem Alpenverein in Zusammenhang gebracht und uns die Namen und Adressen der Freunde der Mendel, Weilershausen und Cavallone geliefert?«, fuhr Scurzi fort. Er sah Caselli prüfend an. »Das war doch Mortan.«

Caselli räusperte sich, seine Stimme war belegt. »Mortan hat ein Alibi. Er wurde gesehen in Rapallo. Er war frühmorgens am Meer; die Kellner haben ihm auf der Hotelterrasse das Frühstück serviert. Die Aussagen haben wir.«

»Und wenn er in der Nacht doch in Rom war?«, warf Scurzi ein. »Ich habe im Internet den Fahrplan herausgesucht. Die schnellste Verbindung Rapallo-Rom per Schnellzug ist vier Stunden und achtunddreißig Minuten. Das ist knapp, aber es kann gereicht haben. Ich weiß bloß nicht, was sein Motiv gewesen sein könnte.«

»Eben. Wir können ihm nichts nachweisen«, sagte Caselli zögerlich.

»Sie glauben also auch, dass Mortan es getan haben könnte …«

Caselli antwortete nicht.

*

»Signor De Broglio wartet seit seiner halben Stunde unten an der Pforte«, sagte Flavia vorwurfsvoll, als Caselli aus der Besprechung kam. »Simona Mendels Vater hat heute geschäftlich in Rom zu tun. Er sagt, Sie wüssten das, und behauptet, er habe mit Ihnen einen Termin.«

»Ja, rufen Sie runter, ich bin unterwegs!« Caselli nahm sein Jackett. »Da sind Sie ja, Scurzi, kommen Sie! De Broglio ist da. Es geht los.«

*

»Es herrscht ein ziemliches Durcheinander. Da hat jemand etwas gesucht«, sagte Paolo Guerrieri, nachdem er

Caselli begrüßt hatte. Caselli nickte. Das wusste er schon von Scurzi.

»Wir sind fast fertig«, sagte Paolo.

»Irgendwas Besonderes?«, wollte Caselli wissen.

»Die Kassette im Anrufbeantworter fehlt. So ein altmodisches Ding.«

»Kann ich ein paar Sachen mitnehmen?« Giuliano De Broglio trat zu ihnen.

Paolo Guerrieri blickte auf. »Ja, wir haben die Fingerabdrücke schon genommen.«

De Broglio sah sich um. »Das hier war Simonas Reich, keine feine Gegend, doch mitten im Zentrum«, sagte er.

Caselli sah ihn an. De Broglio war mittelgroß, hatte kurzes graues Haar und machte einen sportlichen Eindruck. Er bemühte sich um Normalität, doch die tiefe Trauer um seine einzige Tochter stand ihm ins Gesicht geschrieben. Caselli nahm sich vor, bei seiner Befragung behutsam vorzugehen. »Philipp Mortan hat oft hier übernachtet, nicht?«, fragte er, während Scurzi mit den Leuten der Spurensicherung sprach.

»Ja, wenn er hier war, übernahm Simona, ihn aufzunehmen und zu bewirten, aber auch alle anderen anfallenden Kosten. Das hat mich immer etwas gestört. Philipp war meistens blank.«

»Die Ermittlung ergaben, dass sein Onkel in Dorset kürzlich verstorben ist …«, fuhr Caselli fort.

»Ernest ist verstorben? Das wusste ich nicht. Sie haben das gestern gar nicht erwähnt. Ach, deshalb haben Sie wegen der Erbschaft gefragt …« Er hob die Brauen. »Wir hatten kaum Kontakt die letzten Jahre. Nun, da erbt Philipp jetzt eine kleinere Summe. Er ist sein einziger Neffe. Ernest hatte keinen anderen Verwandten mehr.«

»Und was heißt eine kleinere Summe?«, fragte Caselli nach, der sich vorstellen konnte, dass diese Einschätzung nach Vermögensstand dessen, der sie abgab, sehr unterschiedlich ausfallen konnte.

»Na, so zweihunderttausend Pfund.«

»Zweihunderttausend? Na, so wenig ist das gar nicht, hm?«, meinte Caselli und lächelte.

»Ja, für Philipp ist es sicher eine ganze Menge, da haben Sie recht …«, gab De Broglio zu. »Philipp hat es ja nie zu etwas gebracht. Lebt in den Tag hinein. Sein ganzes Leben hat er darauf gewartet, dass Ernest ihm mal sein Vermögen vermacht.«

»Wie Sie sehen, wurde die Wohnung durchwühlt«, sagte Caselli. »Haben Sie eine Ahnung, was der Betreffende gesucht haben könnte?«

De Broglio schüttelte den Kopf. »Ich nehme an, es waren Einbrecher. Schon letzten Herbst wurde hier eingebrochen. Michael, also Herr von Weilershausen, hatte gerade einen Teil seiner Ausrüstung untergestellt, alles weg.«

»Was geschieht jetzt mit der Wohnung?«, fragte Caselli.

»Ich werde sie auflösen, jetzt, wo meine Tochter nicht mehr …« De Broglio rang um Fassung, dann tat er einen tiefen Atemzug und fuhr fort: »Jetzt, wo Simona nicht mehr da ist, wird Philipp wohl nicht mehr nach Rom kommen. Ich konnte ihn nicht erreichen. Keine Ahnung, wo er sich aufhält. Er hat mir kondoliert, seitdem hat er sich nicht mehr gemeldet.«

Caselli räusperte sich, sagte aber nichts.

»Ich bin heute nur gekommen, um ein paar persönliche Dinge zu holen. Und Michael bat mich, die Travellerschecks und Unterlagen, die er im Safe deponiert hat, für ihn aufzubewahren. Er bleibt noch bis Ende des Jahres im Jemen.«

»Im Safe?«

»Ja, hier ...« De Broglio ging zu einem großformatigen, modernen Bild. »Letzten Oktober kam Simonas Schmuck weg, auch Familienerbstücke. Da habe ich einen Safe einbauen lassen, ohne Genehmigung. War mir egal ...« Er nahm das Bild ab.

»Ja, was haben wir denn da ...!«, rief Paolo Guerrieri, der hinzutrat. »Moment, nichts anfassen! Da nehmen wir noch Fingerabdrücke ab. Michele, komm mal rüber mit deinem Kasten, hier gibt es noch etwas für dich zu tun!«

Besagter Michele war schnell zur Stelle und schnell bei der Arbeit.

»So bitte, jetzt können Sie ran«, sagte Paolo, als sein Kollege fertig war.

De Broglio gab die Kombination ein. Der Safe sprang auf. De Broglio wandte sich um. »Da war jemand vor uns da.«

»Wer wusste noch davon, Signor De Broglio?«, fragte Scurzi, der neben Caselli stand und in den fast leeren Safe lugte. »Nur ich, Simona, Michael von Weilershausen und die Firma, die ihn eingebaut hat.«

»Und Philipp Mortan?«, fragte Caselli.

»Ja, das ist gut möglich. Simona und er waren ja sehr vertraut miteinander. Sie hat ihm die Kombination bestimmt verraten.«

»Etwas ist noch drin ...«, sagte Scurzi, »eine Versicherungspolice.«

»Das ist die Lebensversicherung meiner Tochter. Ich hatte sie für sie abgeschlossen. Das sagte ich Ihnen ja bereits. Die Versicherung hat mir übrigens mitgeteilt, wer der Begünstigte ist. Sie hatten mich vorgestern am Telefon danach gefragt.«

»Roland Krogmann«, las Scurzi ab. Er blickte zu Caselli. Caselli machte eine Handbewegung, die so viel hieß, wie: abwarten.

»Das war's …« De Broglio schien erleichtert. »Dann packe ich jetzt die Sachen zusammen.« Er trat zur Kommode und räumte die Silberrahmen mit Familienfotos in eine Louis-Vuitton-Reisetasche. Eine Aufnahme behielt er länger in der Hand und sah sie an, dann steckte er auch diese weg und blickte sich suchend um. »Ah, da sind sie ja, die Bücher, Simonas Kinderbücher auf Deutsch. Katrin, also meine Frau, bat mich, sie zu holen, einige gehörten bereits ihr, als sie noch ein Kind war. Das tue ich natürlich. Meine Frau leidet sehr. Sie ist für ein paar Tage zu mir nach Siena gekommen. Ich wünschte, sie würde bleiben. Ja, dann wollen wir mal …« Er bückte sich und wollte nach den Büchern greifen.

»Dürfte ich einen Blick hineinwerfen?«, kam ihm Caselli zuvor. Erinnerungen wurden wach. Wann kam er schon mal an deutsche Kinderbücher, jetzt, wo er hier in Rom war? So viel Sentimentalität musste man sich ja wohl erlauben können, Polizist hin oder her. De Broglio richtete sich auf. »Aber gern. Ich gehe mich dann kurz frisch machen.«

Caselli zog den Stapel aus dem Regal. Er griff zum Struwwelpeter, eine Ausgabe aus den sechziger Jahren. Rote Jacke, strohblondes, abstehendes Haar und die langen Fingernägel. Caselli lächelte. Das Buch hatte er auch gehabt. Er blätterte. Da war der Suppen-Kaspar, dick und rund, dann abgemagert wie ein Strich, Bulimie der Jahrhundertwende. Da war Hans-Guck-in-die-Luft, der den Schwalben nachsah und ins Wasser fiel. Caselli legte das Buch weg. Da waren Grimms Märchen. Und ein Band von Wilhelm Busch, die Fromme Helene. Caselli schmunzelte und griff danach. Wer hatte doch gleich erwähnt, der von Busch gezeichnete Schulmeister sehe Attardi ähnlich? Es stimmte nämlich. Philipp, es war Philipp Mortan gewesen! Casellis Miene wurde unversehens ernst. Er wollte das Buch schon zuklappen, als er auf der letzten Seite einen Brief entdeckte. Er war an Simona Mendel adressiert. Caselli drehte ihn um, um den Absender zu entziffern. Ernest Mortan stand da. Und eine Adresse in England. Er nahm das Papier aus dem Umschlag und begann zu lesen.

»Was haben Sie denn da?« De Broglio war zu ihm getreten.

»Es ist ein Brief von Ernest Mortan an Ihre Tochter vom Dezember letzten Jahres. Er bittet sie, zu ihm nach Dorset zu kommen, da die Ärzte ihn wissen ließen, er habe nicht mehr lange zu leben …«, fasste Caselli den Inhalt zusammen. »Ernest Mortan wollte Ihrer Tochter sein gesamtes Vermögen vermachen, weil er seinen Neffen für einen Luftikus hielt, der alles durchbringen würde. Der Brief endet mit: Ich habe hier ein Testament, in dem ich dich zur Alleinerbin einsetze. Komm nach Dorset, ich möchte dich noch einmal sehen, bevor ich sterbe …« Caselli reichte De Broglio den Brief. »Ihre Tochter war doch dort, nicht wahr?«

»Ja, im Januar; ich sagte Ihnen das schon.«

»Kann es sein, dass sie das Testament im Safe aufbewahrte und es nun verschwunden ist?«

»So ein Dokument hinterlegt man im Grunde bei einem Notar, aber Simona hatte keinen hier in Rom. Also scheint es mir naheliegend, dass sie es im Safe aufbewahrt hat, wo auch sonst. Und es kommt nur einer in Frage, der Interesse daran hätte, es verschwinden zu lassen. Darauf wollen Sie doch hinaus, nicht wahr?« In De Broglios Gesichtszügen spiegelte sich, was in seinem Kopf ablief. »Ich kann nur hoffen, Sie irren sich«, sagte er matt.

*

»Da kommt er … wollen Sie das allein machen, Commissario?«, fragte Sergente Scurzi.

Caselli schüttelte den Kopf. »Nein, bleiben Sie, Scurzi.« Zurück in der Questura hatte er Philipp Mortan unter einem Vorwand in sein Büro gerufen. Eine Stunde später war er da. »Ciao, Philipp … danke, dass du gekommen bist«, begrüßte ihn Caselli.

»Ist doch selbstverständlich, Alessandro!« Mortan legte die Packung Medikamente auf den Tisch, die vorbeizubringen Caselli ihn gebeten hatte.

»Ein Rückschlag?«, fragte Mortan.

»Das könnte man sagen«, sagte Caselli. »Setz dich bitte.«

»Was ist denn?« Mortan schien alarmiert.

»Simonas Wohnung ist jetzt freigegeben.«

»Na, prima.«

»Ja.« Caselli schob die Hände in die Hosentaschen und ging auf und ab. »Wir haben einen Safe gefunden …«, begann er.

»Simona hatte einen Safe? Wo denn? Das wusste ich ja gar nicht!« Mortan schlug die Beine übereinander.

»Aus dem Safe ist vermutlich auch ein Testament entnommen worden.«

Mortans jungenhaftes Lächeln erstarb. »Ein Testament?«

»Ja, von deinem Onkel Ernest. Er wollte Simona sein gesamtes Vermögen vermachen, zweihunderttausend Englische Pfund.«

»Das glaube ich nicht! Onkel Ernest mochte Simona überhaupt nicht, außerdem war sie reich genug, während ich nichts habe … er hätte das nicht getan. Ich bin sein rechtmäßiger Erbe. Sobald ich wieder einen Pass habe, fahre ich nach Dorset und trete die Erbschaft an. Ich wollte die Sache sofort nach dem Urlaub in Rapallo regeln, aber dann kam es anders, wie wir ja alle wissen. Und da mein Pass und meine Brieftasche gestohlen wurden, hat sich meine Abreise verzögert. Ich habe mich telefonisch erkundigt. Es ist alles in Ordnung. Bei einem Todesfall bleiben sechs Wochen Zeit, das Erbe anzutreten.«

Flavia steckte den Kopf herein. »Da sind zwei … Herrschaften für Sie, wollen Sie unbedingt sprechen. Keine Ahnung wie sie einen Passierschein bekommen haben, aber sie sind jetzt bei mir … hier. Kommen Sie doch bitte. Es eilt …« Flavia blieb in der offenen Tür stehen. Marghita und Edmondo sahen zu ihm herüber.

Caselli tat einen tiefen Atemzug und fuhr sich durchs Haar. »Na gut, ich komme. Philipp warte, bitte, ja?« Caselli warf Scurzi einen Blick zu und ging hinaus. »Edmondo, Marghita … was machen Sie denn hier?« Caselli überwand sich und schüttelte schmutzige Hände. »Flavia, haben wir etwas zum Anbieten da? Eine Packung Kekse, Saft?«

»Wir kommen wegen der Belohnung«, sagte Marghita ohne Umschweife. »Sie haben Edmondo eine Belohnung versprochen, wenn er aussagen tut, vor Gericht. Das hat er doch gemacht, aber die Belohnung ham wer nich' gekriegt!«

»Sie meint das Schmerzensgeld«, erkläre Edmondo. »Wann bekomme ich das?«

»Nun, es muss ja erst zur Verhandlung kommen, die ist noch nicht angesetzt. Das dauert noch.«

»Sagen Sie doch gleich, ich kriege nix! Wieder mal beschissen worden!« Edmondo machte ein wütendes Gesicht.

»Nein, so ist das nicht«, versuchte Caselli zu erklären.

»Und ich habe gedacht, Sie helfen uns! Sind auch nich' besser wie der andere, der Dottore, der wo sich um

Edmondo gekümmert hat. Der wollte uns helfen. Hat sogar dort geschlafen, unterm Durchgang, wie einer von uns. Er wollte den kriegen, der Edmondo das angetan hat. Gestern isser weg und kam nich' wieder. Wir sind dann weiter. Es is' auf keinen von euch Verlass! Ihr schmiert uns doch alle an!«

»Sprechen Sie von Claudio Perticone?« Caselli hatte das ungute Gefühl, irgendetwas stimme nicht. Er hatte Claudio anrufen wollen. Die Krankenschwester im Hospital hatte ja erwähnt, er versuche auf eigene Faust den Täter zu stellen. Caselli hatte ihn davon abhalten wollen und es nicht getan. Hoffentlich war Claudio nichts passiert.

»Ja, so heißt er«, nickte Marghita.

Im Büro wurde es laut. Caselli fuhr herum. Mortan schrie Scurzi an. Er wollte gehen und riss die Bürotür auf. Scurzi drehte ihm den Arm auf den Rücken.

»Shit! Lassen Sie mich los! Alessandro, tu doch etwas!«, schrie Mortan. »Sag deinem Idioten von Sergente, er soll mich gefälligst loslassen! Fuck off!«

Marghita fasste Caselli am Ärmel.

Er wandte sich zu ihr um.

»Commissario … den da drin, den kenne ich. Der war mal am Lungotevere mitten in der Nacht, hat was in den Fluss geworfen!«

»Was sagen Sie da, Marghita?«

Scurzi brachte Mortan unter Kontrolle. Und Casellis Bürotür knallte zu.

»Dass … ich den kenne. Er hat was in den Fluss geworfen!«

»Nachts ist es dunkel, wie konnten Sie ihn da erkennen? Sind Sie sicher?«

»Die Straßenbeleuchtung brennt doch immer. Es war, als der Edmondo schon im Krankenhaus lag. Ich hab kein Auge zugemacht. Manchmal tun mir alle Knochen weh von der Feuchtigkeit, und als ich ihn da stehen sah, bin ich hin, damit er mir was gibt. Ich hatte bloß noch ganz wenig für den nächsten Tag, Geld meine ich. Ich habe ihm ins Gesicht gesehen. Er kam direkt auf mich zu. Hat nich' damit gerechnet, dass ich da bin, neben dem Baum, wo die Müllcontainer stehen. Hat mich nich' gesehen, erst als ich rausgetreten bin und die Hand hingestreckt hab. Da hat er mich dann angestarrt und is' in die andere Richtung weg. Gegeben hat er mir nix!«

»Flavia, rufen Sie unten die Kollegen von der Bereitschaft an. Wir behalten Mortan hier!«, rief Caselli.

Flavia stellte klirrend das Tablett mit Geschirr, Orangensaft und Kuchen ab und griff hastig zum Hörer.

»Sind Sie wirklich sicher, Signora Marghita?«, fragte er noch einmal. Sie nickte.

»Gut, wir werden eine Gegenüberstellung veranlassen.«

Wenn das stimmte, dann hatte er nun eine Zeugin dafür, dass Mortan in der Mordnacht in Rom gewesen war.

29

Als Caselli zwei Stunden später sein Büro verlassen wollte, um im zweiten Stock die Gegenüberstellung zu leiten, kam ihm ein aufgeregter Scurzi entgegen.

»Commissario, ich muss Ihnen vorher unbedingt noch etwas sagen! Erstens, Krogmann ist raus. Es ist sein Blut auf dem Jäckchen. Die Mendel hat eine andere Blutgruppe. Und zweitens, der Vice-Questore leitet die Gegenüberstellung. Er hat das noch nie gemacht, ich weiß nicht, was in ihn gefahren ist, seit er zurück ist.«

Caselli nahm die Akte vom Tisch und schlüpfte in sein Jackett. »So? Dann schauen wir mal. Das mit Krogmann habe ich mir gedacht. Freut mich. Also, ich gehe vor. Ach, noch etwas! Das ist sehr dringend. Sie kennen doch meinen Freund, Claudio Perticone. Er sitzt unten in Gewahrsam. Schauen Sie mal, ob Sie ihn da rausbekommen! Ich erkläre Ihnen das später.«

»Ist gut, Commissario, wird gemacht.«

Caselli öffnete die Bürotür. Flavia sprach gerade laut mit dem Vice-Questore. »Ruggiero, nicht hier … ich habe nein gesagt!«

Das klang privat. Caselli blieb abrupt stehen. Es wäre ihm unangenehm gewesen, in eine private Unterhaltung zu platzen. Flavia stand mit dem Rücken zu ihm.

»Ich muss hier arbeiten, Ruggiero … kläre bitte die Luft in deinem Büro!«, sagte sie mit Entschiedenheit und drückte dem verdutzt dreinblickenden Di Verdacchiano den Räucherstäbchenhalter in Buddhaform in die Hand. »Den Rosenquarz kannst du hier lassen, ist ganz hübsch. Das mit dem Elektrosmog sehe ich eher ein.«

Caselli grüßte.

Der Vice-Questore warf ihm einen sehr kurzen Blick zu. »Wir sehen uns unten, Caselli!« rief er, bevor er seine Bürotür schloss.

»Ich hatte schon Kopfweh«, sagte Flavia und setzte sich wieder an den PC, »und Sie, Commissario, klappt es mit Ihrer Druse?« Sie sah über den Rand ihrer Lesebrille und lächelte.

»Doch, doch …« Caselli lachte. So kannte er Signorina Flavia gar nicht. Er lugte durch die Tür, zwinkerte ihr zu und hob anerkennend den Daumen, ehe er sich zur Gegenüberstellung aufmachte.

Marghita blickte durch die Spiegelscheibe. In der Hand hielt sie ein Papiertaschentuch, das sie zwischen ihren Fingern zerknüllte. Ihre Augen wechselten fahrig von einem Kandidaten zum anderen. Caselli sah zu Scurzi, der nachgekommen war. Der Sergente hob die Augenbrauen. Er hatte anscheinend dasselbe ungute Gefühl wie er. Denn Marghita war sich nicht mehr sicher. Caselli sah durch die Spiegelglasfront. Mortan blickte inmitten von vier anderen Kandidaten stoisch vor sich hin, das Schild mit der Nummer auf Bauchhöhe.

Di Verdacchiano trat neben Caselli und neigte sich zu ihm hin. »Wie heißt sie noch?«, fragte er.

»Marghita …«, antwortete Caselli leise.

»Was meinen Sie?«, setzte Di Verdacchiano an.

Er wurde von Marghitas unsicher klingender Stimme unterbrochen. »Ich glaube … es ist die …«, sie schluckte und atmete unregelmäßig, es war fast schon ein Keuchen, »die drei …«, sagte sie mit all ihrer verbliebenen Entschlossenheit und sah zu Caselli.

Caselli senkte den Blick.

»Das war's.« Di Verdacchiano gab ein Zeichen, die Aktion abzubrechen.

Scurzi machte eine Ansage, und die Kandidaten verließen den Nebenraum. Das Licht hinter der verspiegelten Glasfront ging aus.

»So, Marghita … ich darf Sie doch so nennen?«, begann der Vice-Questore in gewinnendem Ton.

Sie nickte und blickte ängstlich zu Caselli.

Er lächelte ihr aufmunternd zu.

Marghita setzte sich auf den Stuhl, den der Vice-Questore ihr hinschob. Der setzte sich ebenfalls, Caselli blieb stehen. Scurzi kam wieder herein.

»Sie sind sich sicher … es war die Nummer drei.«

»Ja.« Marghita hielt das Papiertaschentuch fest in der Hand.

»Woran haben Sie ihn denn erkannt?«, fragte Di Verdacchiano freundlich.

»Am Gesicht«, antwortete Marghita.

»Und was genau im Gesicht, die Nase, die Augen?«

»Es war die drei«, wiederholte sie und zerpflückte eine Ecke des Taschentuchs.

»Vielen Dank, Marghita. Sie haben uns sehr geholfen«, erwiderte Di Verdacchiano ruhig und stand auf. »Sergente, begleiten Sie die Signora doch bitte hinaus.«

»Nun, das ist wohl fehlgeschlagen«, bemerkte Di Verdacchiano nüchtern, kaum dass sie allein waren.

Caselli rechnete mit einer bissigen Bemerkung über die Glaubwürdigkeit der Zeugen, die er beibrachte, doch er täuschte sich.

»Das kann viele Ursachen haben«, fuhr Di Verdacchiano milde fort. »Vielleicht wollte sie ihrem Freund, der Attardi identifizieren konnte, nicht nachstehen und auch jemanden überführen.« Beim letzten Wort malte er Anführungszeichen in die Luft. »Sie ist schlecht beieinander«, sagte er dann und fuhr mit der Hand über die Tischkante. »Man muss mit diesen Menschen Mitgefühl haben. Es ist eine Schande, dass es überhaupt so weit kommen kann. Wir leben in einer Wohlstandsgesellschaft, und dennoch … Nun, nehmen wir es ihr nicht übel, nicht wahr? Die Sache hat sie überfordert. Die Lösung schien in greifbare Nähe gerückt, und nun …« Er klopfte Caselli zweimal auf die Schulter. »Na, Sie werden das schon schaffen, Sie sind mein bester Mann. So, jetzt wieder an die Arbeit!«

Caselli blieb wie angewurzelt stehen.

Der Vice-Questore wandte sich in der Tür noch mal um. »Wie steht's eigentlich so bei Ihnen … Flavia, also Signorina Flavia … hat mir berichtet, Sie hätten noch gar nicht richtig ausgepackt? Letzthin, Sie wissen schon … ich war leider verhindert, bei der Beerdigung von Flavias … also, Signorina Flavias Mutter. Ist ja auch schon wieder eine Weile her.« Er sah Caselli prüfend an. »Gefällt es Ihnen denn … hier, bei uns in Rom … in der Hauptstadt?«

»Doch, doch«, brachte Caselli gerade so heraus. Das Erstaunen über Di Verdacchianos Wesenswandel versetzte ihn in eine Art Muskelstarre, aus der er sich zu befreien suchte, indem er die Hand in den verspannten Nacken legte.

»Verspannt, so, so«, kommentierte Di Verdacchiano die Geste, »da müssten mal zarte Frauenhände ran, was?« Er lächelte mild. »Na, wird schon werden, Caselli, also dann!«

*

»Und was jetzt?« Scurzi rieb sich das kantige Kinn.

»Wir versuchen es trotzdem …«, sagte Caselli.

Scurzi grinste. »Dasselbe habe ich mir auch gedacht.«

»Wo ist Mortan?«

»In Ihrem Büro. Ein Polizist steht vor der Tür. Ich habe die Jalousien heruntergelassen und eine todernste Miene aufgesetzt. Er ist seit einer halben Stunde allein da drin. Wenn mich nicht alles täuscht, machen seine Nerven das nicht mehr lange mit. Was haben Sie denn so lange mit dem Vice-Questore besprochen?« Sie waren auf dem Weg zu Casellis Büro.

»Unwichtig … was ist mit Perticone?«, fragte Caselli.

»Er kommt raus. Da hat jemand überreagiert. Er hatte ja nur keine Papiere dabei. Die Anklage lautet Erregung öffentlichen Ärgernisses wegen des ungepflegten Aufzugs. Und Beleidigung. Wie es scheint, ist er mit Professore Attardi tatsächlich aneinandergeraten, also da, im Durchgang.«

»Gut. Danke, Sergente. Wir klären das später. Was ist mit den Fingerabdrücken auf und um den Safe? Hat die Spurensicherung da was gefunden?«

»Nein, es sind nur die vom Simona Mendel drauf.«

»Na, wäre auch zu einfach gewesen!« Caselli atmete angespannt.

»Wollen Sie allein zu ihm rein?«, fragte Scurzi mit Blick Richtung Bürotür.

»Warum fragen Sie das immer, Sergente? Nein, kommen Sie mit. Es ist genauso Ihr Fall!«

*

»Ihr werdet doch dieser Obdachlosen nicht glauben! Die ist nicht mehr ganz dicht!«, rief Mortan bereits zum dritten Mal, aber diesmal stand er auf. »Ihr könnt mir nichts nachweisen!«

»Philipp, du warst in der Tatnacht in Rom! Außerdem habe ich noch das hier ...« Caselli hielt eine Minikassette hoch.

Mortan fuhr herum.

»Das ist die Kassette aus Simonas Anrufbeantworter. Da ist der Anruf des Notars aus Dorset drauf. Es geht um die Erbschaft. Das Testament zugunsten von Simona, das du aus dem Safe entwendet hast! Soll ich sie dir vorspielen?«

»Wenn's dir Spaß macht«, sagte Mortan kalt.

Caselli fing Scurzis Blick auf. Scurzi presste die Lippen aufeinander. Er wusste ebenso gut wie er, dass die Kassette im Anrufbeantworter gefehlt hatte. Den Anruf des Notars aus Dorset hatte Caselli erfunden, und die Kassette hatte ihm Flavia aus dem Büromittelschrank gegeben. Mortan war nicht darauf hereingefallen.

Mortans Blick verdüsterte sich. »Ich verstehe, dass du einen Mörder brauchst, Alessandro ... aber nun bist du zu weit gegangen. Erst die Untersuchungszelle und jetzt so ein einfältiger Bluff, disgusting! Ich hole sofort meine Sachen aus deiner Wohnung. Bis mir die Botschaft den neuen Pass ausstellt, bleibe ich in Simonas Apartment!«

»Der Passierschein!«, rief Scurzi. Mortan machte kehrt. Er wartete mit zusammengebissenen Zähnen, bis Caselli den Schein abgezeichnet hatte, und fügte dann abschätzig, voller Bitterkeit hinzu: »Und ich dachte, wir wären Freunde!«

Apropos Freunde ... Caselli machte sich auf den Weg, Claudio aus der Zelle zu holen.

»Na, das wird Zeit, dass du kommst!« Claudio kam Caselli zerlumpt und vor Schmutz strotzend entgegen.

»Bezahlen die dich so schlecht in deinem Hospital?«

»Witzbold, gratuliere mir lieber!« Claudio unterzeichnete das Formular, das ein Polizeibeamter ihm über den

Tisch schob. Der Beamte platzierte seine Utensilien auf den Tisch. Claudio legte seine Uhr an, steckte Taschenmesser und Schlüssel in seine Hosentaschen und griff nach der kleinen Digitalkamera, die auf der Theke lag. »Da ist er drauf, wie er mich angreift. Ich habe es geschafft, Fotos zu machen am Boden, als er auf mich losging. Ich habe Beweise!« Er nickte zufrieden. »Jetzt ist er dran, euer feiner Kunstprofessor! Edmondo hat einen Rückzieher gemacht, hat sich einschüchtern lassen von deinem Vice-Questore, aber nun erstatte ich Anzeige!«

»Alle Achtung!«, sagte Caselli voll ehrlicher Bewunderung. »Da hast du dir ganz schön was zugemutet. Das hätte ins Auge gehen können.«

»Ja«, sagte Claudio, »aber die Mühe hat sich gelohnt. Und jetzt brauche ich eine Dusche. Fährst du mich heim? In diesem Zustand«, er sah an seiner verdreckten Cordhose hinunter, »oder kippt da dein Immunsystem?«, spielte er auf Casellis Bakterienphobie an.

»Nun, rede keinen Stuss und komm schon!« Caselli ging voran. Der Beamte öffnete die Gitterabsperrung.

30

»Ist Mortan bei Ihnen ausgezogen?«, fragte Scurzi am Freitag gegen Mittag, als er, nach einem Notruf seines Cousins in der Bar an der Piazza Cavour – die Aushilfe war verhindert – noch einmal zurück ins Büro kam.

Caselli, der gerade seinen Bericht ins Diktiergerät sprach, drückte die Stopptaste. Scurzi beabsichtigte offenbar gleich wieder zu gehen, denn er fuhr den PC herunter.

»Ja, er wartet nur noch auf seinen neuen Pass. Wenn ich mich recht erinnere, kann er ihn heute beim Konsulat abholen. Er wird nach Dorset zurückfliegen und seine Erbschaft antreten. Es ist kein Testament hinterlegt. Um das herauszufinden, haben ja sogar Ihre dürftigeren Englischkenntnisse gereicht. Ernest Mortan erwähnt das neue, geänderte Testament nur in dem Brief an Simona.«

»Ernest Mortan hat also Simona das neu geschriebene Testament bei ihrem Besuch im Januar ausgehändigt. Es lag im Safe, und Mortan hat es entwendet …«, sagte Scurzi.

»Ja, davon gehe ich aus. Beweisen können wir das nicht. Folglich bleibt rechtlich alles beim Alten. Mortan ist als einziger, direkter Verwandter der rechtmäßige Erbe und zudem im Besitz des Testaments, das sein Onkel ihm vor Jahren ausgehändigt hat. Er wird also ganz legal erben.«

»Na ja, wenigstens ist bei mir zu Hause wieder alles im Lot …«, meinte Scurzi.

Caselli sah zu ihm hinüber. »So?«

Scurzi machte eine bestätigende Kopfbewegung. »Ich gehe heute früher. Marcella und ich wollen heute Abend groß ausgehen. Jetzt, wo sie die schöne Halskette hat, muss sie sie auch zeigen, sagt sie. Ich habe ihr eine Granatkette gekauft, weil der Professore doch gesagt hat, na ja …« Er nahm seine Jacke vom Bügel. »Wir fahren zu Krogmann raus. Mein Schwiegervater sucht Kunst für seine Kanzlei. Roland hat auch Bilder mit Häusern und Pinien drauf, nicht nur die modernen.« Scurzi zog seine Jacke über. »Wir machen das gleich heute, nächste Woche lässt Roland sich durchchecken im Fate-Bene-Fratelli. Nett von Ihrem Freund Perticone, dass er das veranlasst hat. Ich meine, noch so ein Schwächeanfall muss ja nicht sein, nicht wahr? Vorsorge ist besser. Und dann gehen wir alle zusammen in eine Trattoria. Mein Schwiegervater lädt uns ein.«

»Aha«, sagte Caselli. »Was macht eigentlich Silvia Marconi?« Er versuchte, seine Frage beiläufig klingen zu lassen.

»Wer?«

»Na, die angehende Bildhauerin?«

»Ach, die … keine Ahnung. Marcella und ich hatten ein Gespräch. Es ist alles wieder gut.«

»Freut mich.«

»Also dann, schönes Wochenende, Commissario!«

Was sollte da schon schön werden, allein in Rom.

Caselli stand in der offenen Tür. Auch Flavia packte zusammen. Sie schulterte ihre Tasche und schaltete den PC aus. Caselli schien, als gäbe es in der ganzen Stadt keinen einsameren Menschen als ihn. Wäre es nicht das Beste, wenn er wieder nach Sizilien zurückkehrte? Trotz der massiven Drohungen und all dem, was ihm dort zugesetzt hatte und der Grund für seine Versetzung gewesen war? Caselli strich sich durch das wellige Haar. Er würde darüber nachdenken.

*

Die Nacht war warm. Im fünften Stock des Palazzos in der Via dei Cappellari stand das Fenster offen. Caselli sah auf die Visitenkarte, die er in der Hand hielt. Er fixierte das Telefon … klopfte mit der Karte auf seine Handfläche, starrte in die Luft. Dann schüttelte er den Kopf, und Tizianas Nummer landete im Papierkorb. Er trat ans Fenster, sah zu den Sternen, die am Nachthimmel blinkten. Dann wandte er sich um, setzte sich an seinen Schreitisch und zog das Telefon heran. Nach kurzem Zögern hob er den Hörer ab und wählte Doras Nummer.

Doras Mutter antwortete. Er zwang sich zu ein paar Floskeln, dann verlangte er Dora. »Wohin?«, fragte er fassungslos. Er hatte den Ort, an den Dora in die Ferien gefahren war, akustisch einwandfrei verstanden, nur glauben konnte er es nicht.

»Nach Bali, Alessandro … Thailand. Sie hat eine Gruppenreise gebucht im Reisebüro … mit Santino. Sie sind vorgestern geflogen.«

Caselli hatte keinen Bedarf, die Signora, die fast seine Schwiegermutter geworden wäre, nach Details zu fragen. »Grazie, Marta …«, sagte er nur und legte auf. Er biss die Kiefer zusammen und trat erneut ans Fenster. »Bali …«, murmelte er, »und ich Idiot warte hier!« Er sah hinunter in die finstere Gasse. Die Madonella in der Ädikula am Eck war kaum zu erkennen. Er kniff die Augen zusammen und senkte den Kopf. Wann würde dieser Schmerz endlich aufhören … diese Quälerei, das Gefühl, einen Fehler gemacht zu haben, die Liebe zerstört zu haben, die ihn und Dora verband, seit sie siebzehn war. Und wofür? Für hehre Prinzipien, um die sich keiner scherte. Er könnte längst Kinder in die Welt gesetzt haben, einen Sohn … was machte sein Leben für einen Sinn?

Von der Gasse drang das Klappern von Absätzen zu ihm herauf. Caselli nahm seine Zigaretten aus der Innentasche seines Jacketts, steckte sich eine zwischen die Lippen und holte das Feuerzeug aus der Hosentasche. Die Schritte verstummten.

Er bemerkte, dass ein Fahrrad an der Mauer lehnte. Er schob die Zigarette in den Mundwinkel, öffnete den anderen Flügel, stützte die Hand auf den Fensterrahmen und sah hinunter. Im Mondschein leuchteten rote Locken, und ein blasses Gesicht sah zu ihm herauf.

*

Er öffnete die Pforte, Tiziana trat ein. Die Tür schlug ins Schloss. Sie standen im Hausflur. Tiziana hielt etwas in der Hand. »Ich habe dir eine Packung indische Räucherstäbchen mitgebracht, damit du Mortans schlechte Schwingungen loswirst.«

»Ach, bitte keine Räucherstäbchen!« Caselli richtete seinen Hemdkragen und lächelte.

»Hast du ein Problem damit?«

»Nein, überhaupt nicht …« Ihr Haar roch nach frischer Luft.

»Du musst es nur sagen. Dann lassen wir es eben. Ich bin für klare Verhältnisse«, sagte sie.

Caselli schwieg.

»Alessandro, was soll ich denn noch tun? Ich … ich habe mich in dich verliebt, als ich dich zum ersten Mal sah … an dem Morgen in der Via dell'Arco dei Banchi …« Sie brach ab. »Du bist immer so abweisend, ich …« Ihre Stimme zitterte. Sie strich sich eine Strähne aus der Stirn und schluckte beklommen.

»Komm …«, sagte Caselli und wandte sich zu Treppe.

Tiziana hob zögernd den Blick.

»Ich würde dich hochtragen, aber ich wohne im fünften Stock«, erklärte Caselli nüchtern.

Sie lachte, und dieses helle Lachen, das er mochte, hatte er hören wollen. Tränen hatte es genug gegeben mit Dora. Und überhaupt. Es wollte nicht, dass Tiziana unglücklich wäre … seinetwegen.

»Eigentlich möchte ich mein Fahrrad hereinholen, steht am Eck, ziemlich teuer. Wäre schade, wenn es wegkommt.«

»Na, dann holen wir dein Fahrrad. Über Nacht sollte man wertvolle Dinge unterstellen, hm? Deine Tasche lege ich solange dahin, unter die Briefkästen.« Er griff danach. »Ist die schwer! Was schleppst du nur alles mit dir herum?«

»Na, was eine angehende Journalistin halt so braucht, Block, Stifte, Diktiergerät, Wochenmagazine, man muss schließlich informiert sein.«

»Zahnbürste, auch?«

»Wieso, hast du keine zweite?«

*

Es läutete an der Tür. Tiziana hob verschlafen den Kopf von seiner Schulter. Caselli machte sich sachte los und stand auf. Er warf sich rasch etwas über, zog den Reißverschluss der Jeans hoch, band die Schluppe seines Morgenmantels, ging zur Tür und öffnete.

»Philipp …«, sagte er und machte einen Schritt zurück ins Wohnungsinnere.

»Kann ich hereinkommen, Alessandro? Ich muss mit dir reden.«

»Komm.« Als Caselli die Schreibtischlampe anschaltete, kontrolliert er, ob die Schlafzimmertür geschlossen war, und wies auf die Couch. »Nimm Platz.«

»Du kannst dir denken, warum ich hier bin, nicht?«

Caselli steckte die Hände in die Taschen seines bordeauxfarbenen Morgenmantels mit Paisleymuster und antwortete nicht. Mit Philipp Mortan hatte er am allerwenigsten gerechnet.

Mortan ging ans Fenster und blickte hinaus.

Caselli sah seine schmalen Schultern im Schein der Lampe. Er dachte an Mortan in der Schürze mit den Pinguinen, die sich eine Scholle teilten. Er dachte an Mortan, wie er ihm in die Augen gesehen und dankbar seine Hand gedrückt hatte im Krankenhaus. Er sah Mortan mit seinem jungenhaften Lachen tropfnass aus der Fontana di Trevi steigen. Das alles passierte Revue, und er spürte ein schreckliches Gefühl der Beklemmung in der Brust.

»Du weißt, dass ich es getan habe …«, sagte Mortan tonlos, »dir kann ich nichts vormachen, Alessandro. Ich habe es in Simonas Wohnung nicht mehr ausgehalten. Ich halte es nirgendwo mehr aus …« Er wandte sich um und sah Caselli an. »Du weißt, ich komme aus England, dem Land von Shakespeare, da werden die Mörder immer verrückt … ich glaube, mir ergeht es nicht anders. Die Erinnyen sind hinter mir her. Diese Rachegöttinnen gibt's nicht nur in der griechischen Mythologie, weißt du. Denn wo ich gehe und stehe, sehe ich Simona vor mir, und stell dir vor: Sie fehlt mir!«

Caselli kniff die Augen zusammen. Er wollte nicht wahrhaben, dass Philipp Mortan einen derart abscheulichen Mord begangen hatte. Es konnte nicht sein. Es tat ihm leid um ihn … ein Gefühl, das gerade einmal zwei Sekunden andauerte, ehe er wieder als Kommissar dachte, der einen Mörder vor sich hatte. Einen Mörder, der ihm ein Freund gewesen war. Die Ungeheuerlichkeit, die in dieser Feststellung lag, verdrängte er.

»Simona ist selbst schuld …«, fuhr Mortan fort. »Warum musste sie so habgierig sein! Ein egoistisches Aas war sie … Sie, die alles hatte, wollte mir das Wenige nehmen, das mir zustand! Ich bin der rechtmäßige Erbe, und außerdem habe ich ein Testament, in dem Onkel Ernest mich als Alleinerben eingesetzt hat. Er gab es mir, als ich volljährig wurde, zehn Jahre nach dem Tod meiner Mutter, seiner jüngeren Schwester. Er wollte, dass einmal mir gehört, was er auf die Seite gelegt hatte.« Mortan sah auf. »Zu Neujahr kam Simona in den Sinn, mal wieder Onkel Ernest zu besuchen. Sie feierte mit Freunden in London. Ich war nicht eingeladen. Sie ist allein nach Dorset gefahren. Ich wusste nichts davon. Ich weiß nicht, wie sie es geschafft hat, doch mein Onkel, der bereits sehr krank war, hat im letzten Moment seine Meinung geändert und Simona bei ihrer Stippvisite ein Testament zu ihren Gunsten ausgehändigt. Dabei ist sie gar keine richtige Nichte vom ihm. Meine Mutter hat einen von Giuliano De Broglios Brüdern geheiratet. Das war ihre zweite Ehe. Sie war in den siebziger Jahren schon mal verheiratet. Hielt nur ein paar Jahre. Mein Vater lebt nicht mehr. Nach Mutters zweiter Heirat gab es Familienfeste. Wir Kinder haben uns angefreundet, die Ferien zusammen verbracht. Simonas Eltern waren damals noch zusammen und lebten auf dem Landsitz bei Siena, den Giuliano jetzt allein bewohnt. Simona hatte genug Geld, immer schon. Aber sie wollte mir das bisschen, das mir zustand, auch noch nehmen!«

»Was ist am fünfundzwanzigsten August vorgefallen?«, wollte Caselli wissen. »Simona fuhr also nach Rom …«

Mortan nickte. »Ja, Simona reiste ab. Sie wollte mit Attardi am Sonntag die Einzelheiten für die Vernissage besprechen.«

»An dem bewussten Abend?«, fragte Caselli dazwischen.

Mortan sah auf. »Das habe ich doch gerade gesagt.«

»Aber an dem Abend war Attardi nicht zu Hause. Er war bei den Neo-Templern in der Via del Monserrato.«

»Davon weiß ich nichts. Sehr spät, nach Mitternacht, traf man Attardi eigentlich immer an. Ich denke, sie hat gar nicht damit gerechnet, dass er nicht zu Hause sein könnte, und wenn es in Rom heiß ist, geht niemand vor Mitternacht schlafen. Simona wollte am Sonntag noch in Rom übernachten und dann zu ihrem Vater nach Siena. Er hatte Geburtstag. Sie hatte ihm nichts davon gesagt, dass sie geerbt hatte, weil sie fürchtete, er würde ihr die Zuwendungen kürzen, aber dann kam sie mit den Formalitäten nicht klar. Es war ihr zu umständlich. Ich sollte das für sie machen, und da habe ich mich geweigert. Ich habe nein gesagt. Das erste Mal habe ich nein gesagt, und da musste dann wieder der Papà ran. Sie wollte es mit ihm besprechen, in Siena … nach seinem Geburtstag.«

»Da hast du gehandelt, bevor Simona ihren Vater einweihen konnte«, folgerte Caselli.

»Ja, ich habe im Hotel sehr früh zu Abend gegessen, den Schlüssel geholt und den Nachtzug genommen. Eine halbe Stunde vor Mitternacht war ich ihn Rom. Ich habe unter dem Durchgang auf sie gewartet. Ich wollte sie abpassen, wenn sie von Attardi käme. Ich wusste nicht, ob ich sie tatsächlich treffen würde. Ich habe es darauf ankommen lassen. Ich hatte mir einen Plan zurechtgelegt …« Er machte eine kurze Pause, ehe er fortfuhr: »Ich wusste, was Attardi mit den Obdachlosen tat.

Seiner Meinung nach verschandelten sie die Stadt, und es widerte ihn an, wenn er an ihren stinkenden Kartonlagern vorbeimusste.«

»Woher wusstest du das?«, fragte Caselli.

»Er hat es mir ins Gesicht gesagt, als ich ihn darauf ansprach. Ich hatte ihn mal vom Arciliuto nach Hause begleitet, da bedachte er einen Betrunkenen mit derben Fußtritten. Simona und ich waren oft bei ihm eingeladen, ich hatte das dir gegenüber nur nicht erwähnt …« Mortan suchte Casellis Blick. »Ich billige sein Vorgehen nicht, aber anzeigen wollte ich ihn auch nicht. Ich hatte das Gefühl, es könnte mir irgendwann mal nutzen, etwas gegen ihn in der Hand zu haben.«

»Und da hast du ihn die Obdachlosen malträtieren lassen«, sagte Caselli. Mortan schwieg. »Was war dann?«

»Ich habe Simona unter dem Torbogen abgepasst und mit einem Kabel erdrosselt. Ich hatte irgendwo gelesen, dass niemand eine Chance hat, wenn man ihn so von hinten angreift und gleich den Kehlkopf erwischt. Sie war sehr schnell tot.«

»Und das Gesicht?«, fragte Caselli zögernd.

»Ich wollte den Verdacht auf Attardi lenken, deshalb musste sie auch andere Verletzungen haben, und ich wollte Zeit gewinnen, man sollte sie nicht gleich identifizieren. Ich hatte eine Hacke aus dem Gartenschuppen der Villa mitgebracht; die habe ich später in den Tiber geworfen. Da hat mich diese Obdachlose gesehen. Ich habe Simonas Leiche unter Kartons und Zeitungspapier versteckt. Alles war viel zu schnell gegangen. Als sie durch den Durchgang kam, da war ich nicht mal eine Viertelstunde dort gewesen. Ich war in einer schrecklichen Verfassung. Auf der langen Bahnfahrt hatte ich mehrmals meine Absicht geändert. Selbst als ich schon im Durchgang stand, habe ich mir noch überlegt, es sein zu lassen. Aber dann …«

»Was hast du getan, nachdem du die Gartenhacke im Tiber entsorgt hattest?«

»Dann bin ich zum Bahnhof. Andere Klamotten hatte ich in einer Sporttasche in einem Schließfach deponiert. Ich habe mich auf der Toilette umgezogen und die schmutzigen Sachen in einen Müllcontainer geworfen. Dann habe ich den nächsten Zug nach Genua-Rapallo genommen. Am nächsten Morgen saß ich am Frühstückstisch. Der Portier hat sich nicht daran gestört, dass ich in aller Frühe zur Tür hereinkam. Ich habe oft bei Tagesanbruch Spaziergänge am Strand gemacht, um Muscheln zu suchen.«

Als Caselli auf dieses Geständnis hin nichts sagte, rückte Mortan mit der eigentlichen Frage heraus.

»Was würde geschehen, wenn ich zur Polizei ginge?«

»Du hast vorsätzlich gehandelt und kannst nicht auf mildernde Umstände hoffen«, erklärte Caselli. Er lehnte sich gegen seinen Schreibtisch.

»Würde ich nicht nach England ausgeliefert?«

»Nein, du hast hier in Italien eine Straftat begangen und wirst hier dafür verurteilt. Die Haftstrafe kannst du in England verbüßen, wenn du einen Antrag stellst.«

Mortan schien zu überlegen. »Du hättest mir diesen Mord nicht zugetraut, Alessandro, nicht wahr? Sind wir trotzdem noch Freunde?«

Caselli verschränkte die Arme vor der Brust. »Ich weiß nicht, was das jetzt soll, Philipp. Du hast einen Menschen, den du von Kindesbeinen an kanntest, aus purer Habgier brutal umgebracht und abscheulich zugerichtet. Dann hast du alle Informationen, die du über Simona hattest, dazu benutzt, mich auf falsche Fährten zu locken. Du hast mich manipuliert. Ich glaube nicht, dass das irgendwas mit Freundschaft zu tun hat. Du kannst dir einen guten Anwalt nehmen, Philipp, aber die nächsten fünfzehn Jahre wirst du im Gefängnis zubringen …« Er griff zum Telefon. Das reichte an persönlichem Wortwechsel. Dass Mortans Vertrauensbruch und, vor allem, die Kaltblütigkeit seiner Tat ihn bis ins Mark trafen, musste er ihm gegenüber nicht auch noch zugeben.

»Was machst du da?«, rief Mortan alarmiert.

»Du bist festgenommen! Ich rufe in der Questura an, dass sie einen Streifenwagen schicken.«

»Bist du verrückt?« Mortan entriss ihm den Hörer. »Niemand weiß, dass ich mit dir gesprochen habe! Du kannst mir genauso wenig etwas nachweisen, wie vorher … mein Flug nach London geht in vier Stunden, dann bin ich weg und trete ganz normal mein Erbe an!« Er ging zur Tür.

»Das glaube ich nicht …«, hörte man eine weibliche Stimme sagen.

Mortan fuhr herum.

»Tiziana, geh da weg!«, rief Caselli.

Tiziana schwenkte ein Diktiergerät in der Luft. »Ich habe da alles drauf! Sie sind überführt, Philipp Mortan!«

»Geben Sie das her!« Mortan stürzte auf sie zu. Caselli fuhr dazwischen und fing sich einen Kinnhaken, der ihn taumeln ließ.

»Nein, Philipp, nicht!«, hörte Caselli Tiziana in Panik schreien. Dann spürte er einen schweren Schlag auf den Kopf, ging zu Boden. Als er die Augen öffnete, lag das gusseiserne Feuerzeug in Form eines Kanonengrenadiers, ein Erbstück von seinem Großvater, vor ihm auf dem Teppich, und er fühlte Blut über seine Stirn rinnen. Tiziana schrie im Treppenhaus. Caselli zog sich mühsam hoch und wankte zum Flur.

Mortan rang mit Tiziana. Er drängte sie gegen das Treppengeländer, presste eine Hand gegen ihren Hals und versuchte, ihr das Diktiergerät zu entreißen.

»Alessandro!«, schrie Tiziana erstickt.

»Lass es fallen!«, rief Caselli und hielt sich am Türrahmen fest. »Lass das Ding fallen!«

Sie gehorchte. Das Gerät schlug klackend auf das Geländer des darunterliegenden Stockwerks. Mortan ließ sie los. Tiziana fasste sich an den Hals und keuchte. Sie rutschte zu Boden.

Caselli packte Mortan an der Schulter, riss ihn herum und schlug ihm mit der Faust ins Gesicht. Mortan schleuderte die Wucht des Schlags gegen das Treppengeländer. Caselli setzte nach, packte Mortan, und sie rangen miteinander. Immer wieder prallten sie während des Kampfes gegen die Wände, gegen die Brüstung, und plötzlich hörte Caselli das unvermeidliche Knacken. Das rostige, verschnörkelte Treppengeländer gab nach, ein ganzes Stück brach heraus, Lauf und Ornamentik. Es fiel in die Tiefe und schlug mit einem lauten Knall unten im Erdgeschoss auf. Gerade in diesem Moment platzierte Mortan einen mächtigen Faustschlag genau in Casellis Magengrube. Er sackte auf die Knie, hinter ihm klaffte ein Loch im Geländer, darunter leerer Raum.

Mortan versetzte ihm einen letzten Stoß.

»Nein!«, schrie Tiziana entsetzt auf.

Ein Schrei hallte in die Tiefe der Treppenschnecke.

*

»Alessandro …«, sie warf sich auf ihn. »Alessandro, Philipp ist …« Sie brach ab und begann zu schluchzen.

Caselli rappelte sich mühsam hoch. Er legte ihr den Arm um die Schulter und drehte sacht ihren Kopf zur Seite. »Sieh nicht hinunter.«

*

»Das hätte leicht anders ausgehen können, Commissario!« Sergente Scurzi fuhr sich mit der flachen Hand über den Kopf. Er stand neben Caselli im Treppenhaus. Zwei Träger brachten gerade eine Bahre. Caselli blickte ein letztes Mal auf Philipp Mortans verrenkte Leiche und wandte sich dann ab.

»Alles in Ordnung mit Ihnen?«, fragte Scurzi.

»Ja, ja«, sagte Caselli. Er presste die Hand in die schmerzende Seite. »Ich glaube, ich habe mir ein paar Rippen geprellt. Das ist alles.«

Ein Polizeibeamter in Zivil trat zu ihnen. »Commissario, könnten wir Sie dann sprechen. Ich möchte Sie bitten, uns den genauen Ablauf der Ereignisse zu schildern.«

»Ja, natürlich«, entgegnete Caselli und, an Scurzi gewandt, fragte er: »Wieso sind Sie eigentlich hier, Sergente?«

»Der Einsatzleiter ist ein Kollege von mir, noch von damals, als ich bei der Drogenfahndung angefangen habe. Er weiß, dass ich mit Ihnen zusammenarbeite. Er hat bei mir zu Hause angerufen. Ich dachte, es sei Ihnen lieber, wenn ich dabei bin … die stellen Ihnen mit Sicherheit eine Menge Fragen.«

»Wäre nicht nötig gewesen, aber trotzdem danke.« Caselli fasste den Sergente kurz am Arm. »Ich spreche jetzt mit den Kollegen. Sind Sie so nett und kümmern sich solange um Tiziana? Ihre Nerven haben nachgegeben.«

»Mache ich, Commissario.«

Caselli wandte sich zum Gehen.

»Commissario?«

Caselli drehte sich noch einmal um.

»Es ist gut … dass Sie das heil überstanden haben«, sagte Scurzi, und seine Stimme klang belegt, »wollte ich noch schnell loswerden.«

»Danke, Sergente.«

Epilog

Im Arciliuto war es voll. Es herrschte festliche Stimmung, freudige Erwartung lag in der Luft. Tiziana nahm am Tisch Platz. Caselli sprach mit ihr. Als er aufblickte, kamen ihm Sergente Scurzi und Marcella entgegen.

»Scurzi …«, grüßte Caselli. »Marcella, Sie sehen fabelhaft aus …«, er reichte ihr die Hand, »und Ihr Schmuck, wunderschön!«

»Grazie, Commissario.« Marcella fasste an ihre Granatkette. »Die hat mir mein Mann geschenkt!«, strahlte sie.

»Ihr kennt ja Tiziana«, stellte Caselli vor.

»Entschuldigung, ich möchte mich kurz frischmachen.« Tiziana stand hastig auf.

»Ich komme mit …«, sagte Marcella. »Es tut mir alles so leid für Sie. Es muss furchtbar gewesen sein, das mitanzusehen, dieser tragische Unfall in Commissario Casellis Palazzo«, sagte sie leise zu Tiziana, während die beiden sich durch die Tischreihen drängten.

Caselli hörte Tizianas Antwort nicht. Er und Scurzi nahmen Platz. Scurzi blickte auf seine Armbanduhr.

»Müsste gleich losgehen, kurz vor zehn Uhr. Tja, wer hätte das gedacht, dass Professore Attardi …« Er brach ab und sah Caselli an. »Wenn unser Kinderarzt Perticone nicht gewesen wäre, wäre Attardi für seinen Obdachlosenhass nicht einmal zur Rechenschaft gezogen worden. Na, er kommt trotzdem glimpflich davon, aufgrund seines Alters. Hätten Sie gedacht, dass er weit über siebzig ist? Da keine Vorstrafen vorliegen, wird er wegen Körperverletzung zu Schmerzensgeld und einer hohen Geldstrafe für karitative Zwecke verurteilt. Und ich habe gehört, die Richterin will ihn zu Sozialstunden heranziehen, die er ableisten muss, sonst droht ihm Hausarrest.«

»Sozialstunden?«

»Die werden sich was einfallen lassen, Commissario … Am meisten freut mich, dass es für Edmondo und Marghita ein gutes Ende nimmt. Edmondo hatte ja seine Anzeige zurückgezogen und den Vorschlag, den ihm der Vice-Questore gemacht hatte, akzeptiert. Di Verdacchiano steht zu seinem Wort, obwohl sich die Sache durch Perticones Anzeige nun doch nicht vertuschen lässt. Sie wissen ja, der Schwager unseres Vice-Questore sitzt im Aufsichtsrat einer Versicherung. Der gehören Palazzi und was weiß ich nicht noch alles. Edmondo und Marghita bekommen eine Hausmeisterwohnung. Den Cortile in Schuss halten, Pflanzen gießen, die Kieswege rechen. Edmondo wird als Hilfe für den Hausmeister angestellt, mal sehen, ob das gut geht … ich meine, ob die beiden sich eingewöhnen. Wenn man lange auf der Straße gelebt hat, soll es eine ziemliche Umstellung sein, wieder ein geregeltes Leben zu führen, heißt es. Auf jeden Fall, das Organisatorische mit der Wohnung hat der Vice-Questore geregelt … beziehungsweise sein Schwager. Und Attardi zahlt das Monatsgehalt für den Hausmeisterjob.«

»Na, das hört sich doch gut an. Ich bin überzeugt, die beiden schaffen das.« Caselli lächelte.

Scurzi sah zur Bar. »Schauen Sie mal … ich glaube Ihr Freund Perticone hat Ärger mit seiner Freundin. Die, die bei Ihnen im Palazzo wohnt und die Sie nicht mögen.«

»Also, das habe nie gesagt, woher …« Caselli wandte sich um und sah, wie Cora sich Richtung Ausgang durch die Tische drängte.

Caselli erhob sich und schlenderte zu Claudio hinüber.

»Was hat sie denn?«, fragte er ihn.

Perticone blickte auf den Grund seines Glases. »Eine Volontärstelle in Mailand beim Corriere della Sera. Sie hat mir gerade den Laufpass gegeben, zieht nach Mailand … nächsten Monat.«

»So?«

»Sag jetzt bitte nichts …« Claudio hob die Hand.

»Es ist schon nach zehn. Es geht gleich los«, sagte Caselli daraufhin nur.

»Ja …«, bestätigte Claudio. »Die Honoratioren der Krankenhausverwaltung sind schon alle da.« Er blickte in Richtung eines Tisches weiter vorn.

»Ich wollte eigentlich gar nicht kommen«, erklärte Caselli und verfolgte, wie Tiziana und Marcella wieder an den Tisch kamen.

»Wieso? Ich finde Attardis Benefiz-Konzert zugunsten der Obdachlosen eine gute Idee. Er versucht sich zu rehabilitieren. Er sagte, er bereue zutiefst, was vorgefallen sei, und will wiedergutmachen, was wiedergutzumachen ist. Das ist doch legitim. Außerdem hat er eine Unsumme für die Renovierung des Krankenhauses gestiftet. Das muss man anerkennen, auch wenn ich gern auf mein Abenteuer verzichtet hätte.« Claudio trank einen Schluck, dann blickte er zum Tisch. »Tiziana sieht schlecht aus … immer noch der Schock?«

Caselli nickte und atmete angestrengt durch. »Ja, es kommt erschwerend hinzu, dass sie der festen Überzeugung ist, immer wenn sie eine Beziehung anfinge, geschehe ein Unglück. Mit Fulvio war es fast das Gleiche. Er hat seinen Sohn verloren. Ich habe damals die Ermittlungen geleitet.«

»Das glaubt sie, wirklich? Aber das ist doch Blödsinn!«

»Natürlich, aber sie redet es sich ein«, sagte Caselli müde. »Das mit mir und Tiziana steht unter keinem guten Stern.«

»Ach was …«, Claudio legte ihm die Hand auf die Schulter, »ein schlimmes Erlebnis schweißt ein Paar oft enger zusammen.«

Caselli sah auf. »Das ist aber nicht die Art von Beziehung, die ich mir vorstelle.«

»Hoppla!« Claudio fuhr vom Hocker hoch und fasste rasch nach einer Papierserviette. Ein Drink war durch eine ungeschickte Bewegung auf seiner Hose gelandet.

Flavia, den Fotoapparat in der Hand, blickte ihn entsetzt an. »Oh! Das tut mir leid … ich … wollte nur ein paar Aufnahmen machen. Das ist mir schrecklich peinlich. Entschuldigen Sie bitte!«

»Aber das macht doch nichts, Signorina … ach, sind Sie nicht Flavia?«

»Kennen wir uns?«

»Der Fotokurs … sonntags, Porträtaufnahmen, schwarz-weiß … ich bin in Ihrem Kurs. Also ich war einmal da, mein Dienstplan hat seine Tücken. Ich komme oft einfach nicht weg aus dem Krankenhaus. Ich bin Arzt, Kinderarzt, im Fate-Bene-Fratelli-Hospital auf der Tiberinsel. Darf ich Sie auf ein Glas einladen … auf den Schrecken?«

»Gern!« Flavia wandte den Kopf. »Hallo, Commissario Caselli.«

»Buona sera, Flavia, Sie sehen heute Abend bezaubernd aus.«

»Danke.«

»Dann gehen wir mal rüber …« Claudio schob Flavia voran. Sein eindringliches Augenzwinkern sollte Caselli wohl klarmachen, dass er mit ihr allein sein wollte. »Was haben Sie denn da für eine Kamera, Flavia? Ich will mir jetzt eine neue zulegen. Ich besitze eine Hasselblad von meinem Vater, von zweiundsechzig und für Rollfilme sechs mal sechs Millimeter, aber die sind ja so verflixt schwer zu finden, selbst im Internet ... und dann habe ich noch eine ganz kleine, so eine Art Agentenmodell, die hat mir letzthin gute Dienste geleistet, aber das ist eine andere Geschichte!«

Tiziana trat zu Caselli.

»Alles in Ordnung mit dir?«, fragte er und lächelte.

Sie nickte, während sie Flavia und Claudio nachblickte. »Ich würde es den beiden wünschen, dass sie zusammenkommen«, sagte sie.

Attardi, ganz in Schwarz gekleidet, betrat jetzt das Podest.

»Es geht los ...!«, rief Caselli in die Runde.

Der alte Künstler setzte sich, stützte den Fuß auf einen Schemel und legte seine Gitarre über das angewinkelte Knie. Zwei weitere Musiker nahmen auf den Stühlen hinter ihm Platz. Im Arciliuto erklang spanischer Flamenco, der seinesgleichen suchte.

»Meinst du, es klappt mit uns?«, flüsterte Tiziana und schmiegte sich eng an Caselli.

»Hm«, murmelte er kaum hörbar.

»Ist das alles, was du dazu zu sagen hast?«

»Nun, neulich ... das, war doch gar nicht so schlecht.«

»Wie bitte?« Sie ließ ihn vorgeblich entrüstet los. Caselli lachte, doch war es kein glückliches, aufrichtiges Lachen. Er hatte seine Entscheidung getroffen.

Fine

Lesen Sie auch die weiteren Fälle von Commissario Caselli!

Römisches Vermächtnis
Römische Ermittlungen
Römische Verwicklungen
von Bianca Palma